Obras do autor publicadas pela Galera Record

Os primeiros dias
Os últimos dias
Tão ontem

SÉRIE FEIOS
Volume 1 – *Feios*
Volume 2 – *Perfeitos*
Volume 3 – *Especiais*
Volume 4 – *Extras*

SÉRIE LEVIATÃ
Volume 1 – *Leviatã: A missão secreta*

SCOTT WESTERFELD

·LEVIATÃ·

— A MISSÃO SECRETA —

Ilustrações de
Keith Thompson

Tradução de
André Gordirro

2ª edição

GALERA RECORD
RIO DE JANEIRO • SÃO PAULO

2012

CIP-BRASIL. CATALOGAÇÃO NA FONTE
SINDICATO NACIONAL DOS EDITORES DE LIVROS, RJ

	Westerfeld, Scott, 1963-
W539l	Leviatã : A missão secreta / Scott Westerfeld; ilustração Keith Thompson;
2ª ed.	tradução André Gordirro. – 2ª ed. – Rio de Janeiro: Galera Record, 2012.
	il. (Leviatã; 1)

Tradução de: Leviathan
ISBN 978-85-01-09758-3

1. Ficção americana. I. Thompson, Keith. 2. Gordirro, André III. Título. IV. Série.

| 12-7048 | CDD: 028.5 |
| | CDU: 087.5 |

Título original em inglês:
Leviathan

Copyright © 2009 by Scott Westerfeld

Publicado primeiramente por Simon Pulse, um selo da Simon & Schuster
Children's Publishing Division.
Os direitos desta tradução foram negociados com Jill Grinberg Literary Management LLC
e Sandra Bruna Agencia Literaria, SL.

Texto revisado segundo o novo Acordo Ortográfico da Língua Portuguesa.

Composição de miolo: Mari Taboada

Adaptação de capa original : Renata Vidal da Cunha

Direitos exclusivos de publicação em língua portuguesa
somente para o Brasil adquiridos pela
EDITORA RECORD LTDA.
Rua Argentina 171 - Rio de Janeiro, RJ - 20921-380 - Tel.: 2585-2000
que se reserva a propriedade literária desta tradução.

Impresso no Brasil
ISBN 978-85-01-09758-3

Seja um leitor preferencial Record.
Cadastre-se e receba informações sobre
nossos lançamentos e nossas promoções.

EDITORA AFILIADA

Atendimento e venda direta ao leitor:
mdireto@record.com.br ou (21) 2585-2002

Para a minha equipe de escritores de Nova York,
por saberem a importância da Arte

◈ **UM** ◈

OS CAVALOS AUSTRÍACOS RELUZIAM ao luar, os cavaleiros eretos e de espadas em riste nas selas. Atrás deles vinham duas fileiras de máquinas andadoras movidas a diesel, prontas para atirar, com os canhões apontados acima das cabeças da cavalaria. A superfície de metal de um zepelim brilhava enquanto ele fazia a varredura da terra de ninguém que era o centro do campo de batalha.

A infantaria francesa e a britânica se encolhiam atrás de suas fortificações — um abridor de cartas, um pote de nanquim e uma fileira de canetas-tinteiro —, sabendo que não tinham chance alguma contra o poderio do Império Austro-Húngaro. Mas uma fileira de monstros darwinistas se avultava atrás deles, pronta para devorar qualquer um que ousasse retroceder.

O ataque quase havia começado quando o príncipe Aleksandar pensou ter ouvido alguém do lado de fora da porta…

Ele deu um passo cheio de culpa em direção à cama — então parou onde estava, ouvindo com atenção. As árvores se agitavam diante de uma leve brisa lá fora, mas, tirando isso, a noite estava silenciosa. Pai e Mãe estavam em Sarajevo, afinal de contas. Os criados não ousariam perturbar seu sono.

Alek voltou para a mesa e começou a avançar a cavalaria, sorrindo à medida que a batalha se aproximava do clímax. Os andadores austríacos completaram o bombardeio e era hora de os cavalos de chumbo acabarem com os franceses, lamentavelmente em menor número. Ele levou a noite inteira armando o ataque, usando um manual de táticas imperiais emprestado do escritório do Pai.

Parecia justo que Alek se divertisse um pouco enquanto os pais estavam ausentes assistindo a manobras militares. Ele havia implorado que fosse junto para ver a exibição de fileiras de soldados marchando na vida real, para sentir pela sola das botas o estrondo das máquinas de guerra reunidas.

Foi a Mãe, é claro, que o proibira de ir — seus estudos eram mais importantes do que "paradas", como ela chamava as manobras. Ela não entendia que os exercícios militares tinham mais a ensiná-lo do que velhos tutores bolorentos e seus livros. Logo Alek estaria pilotando uma daquelas máquinas.

A guerra estava chegando; afinal de contas. Era o que todo mundo dizia.

A última unidade de cavalaria de chumbo tinha acabado de se chocar contra as fileiras francesas quando o som baixinho soou novamente no corredor: um tilintar, como um molho de chaves.

Alek se virou e olhou pela fresta debaixo das portas duplas do quarto. Sombras se moviam através da nesga de luar, e ele ouviu prolongados sussurros.

Alguém estava do lado de fora.

Em silêncio, de pés descalços, ele cruzou rapidamente o chão de mármore frio e se deitou na cama assim que a porta se abriu. Alek estreitou os olhos, deixando apenas uma fresta aberta, e se perguntou qual dos criados fora vê-lo.

O luar se espalhou pelo quarto, fazendo os soldados de chumbo na mesa reluzirem. Alguém entrou com cuidado e em silêncio total. A figura parou, encarou Alek por um momento e em seguida foi de mansinho em direção à cômoda. Alek ouviu o som da madeira de uma gaveta sendo aberta.

Seu coração disparou. Nenhum dos criados ousaria roubá-lo!

Mas e se o intruso fosse algo pior do que um ladrão? Os alertas do pai ecoaram nos ouvidos...

Você tem inimigos desde o dia em que nasceu.

Havia a corda de um sino ao lado da cama, mas os aposentos dos pais estavam vazios. Com o Pai e o guarda-costas em Sarajevo, as sentinelas mais próximas estavam do outro lado do salão de troféus, a 50 metros de distância.

Alek colocou uma das mãos debaixo do travesseiro até os dedos encontrarem o aço frio da faca de caça. Ele ficou deitado ali, prendendo a respiração, segurando o cabo com força, repetindo o outro conselho do Pai.

A surpresa é mais valiosa do que a força.

Então outra figura entrou, com as botas ecoando no chão e as presilhas de metal de uma jaqueta de piloto tilintando como um molho de chaves. A figura foi diretamente para a cama, dando passos duros.

— Jovem mestre! Acorde!

Alek soltou a faca e exalou um suspiro de alívio. Era apenas o velho Otto Klopp, seu professor de mekânica.

A primeira figura começou a revirar a cômoda e retirar roupas.

— O jovem príncipe estava acordado o tempo todo — disse a voz baixa do conde Volger. — Um pequeno conselho, vossa alteza? Quando fingir que está dormindo, é aconselhável não prender a respiração.

Alek se sentou e fez uma cara feia. O professor de esgrima tinha um talento irritante para perceber dissimulação.

— O que significa isto?

— O senhor virá conosco, jovem mestre — murmurou Otto, observando o chão de mármore. — Ordens do arquiduque.

— Meu Pai? Ele já voltou?

— Ele deixou instruções — disse o conde Volger com o mesmo tom irritante que usava durante as aulas de esgrima. Ele jogou um par de calças de Alek e uma jaqueta de piloto sobre a cama.

Alek encarou os dois homens, meio enfurecido e meio confuso.

— Como o jovem Mozart — disse Otto baixinho. — Nas histórias do arquiduque.

Alek franziu a testa ao se lembrar das histórias favoritas do Pai sobre a educação do grande compositor. Aparentemente, os tutores de Mozart o acordavam no meio da noite, quando a mente estava nua e indefesa, e o obrigavam a ter aulas de música. Isso tudo parecia bastante desrespeitoso aos olhos de Alek.

Ele pegou as calças.

— Vocês vão me fazer compor uma *fuga*?

— Uma ideia divertida — disse o conde Volger. — Mas, por favor, se apresse.

— Nós temos um andador esperando atrás dos estábulos, jovem mestre. — O rosto preocupado de Otto tentou sorrir. — O senhor deve assumir a direção.

— Um andador? — Alek arregalou os olhos. Pilotar era uma parte dos estudos para a qual ele sairia da cama alegremente. Alek se enfiou nas roupas velozmente.

— Sim, sua primeira lição noturna! — disse Otto ao entregar as botas de Alek.

Alek calçou as botas e ficou de pé, depois pegou as luvas de piloto favoritas na cômoda, dando passos que ecoaram no chão de mármore.

— Silêncio agora. — O conde Volger parou ao lado das portas do quarto. Ele abriu um pouco e espiou o corredor.

— Vamos sair de mansinho, vossa alteza! — sussurrou Otto. — Bem divertida esta lição! Igualzinho ao jovem Mozart.

Os três passaram cautelosamente pelo salão de troféus, com o mestre Klopp ainda pisando forte no chão e Volger dando passos leves e silenciosos. Quadros dos ancestrais de Alek, a família que reinava na Áustria havia 600 anos, ladeavam o corredor, e as figuras tinham olhares fixos e expressões enigmáticas. As galhadas dos troféus de caça do Pai projetavam um emaranhado de sombras como uma floresta iluminada pelo luar. Cada passo era intensificado pelo silêncio do castelo, e perguntas ecoavam na mente de Alek.

Não era perigoso pilotar um andador à noite? E por que o professor de esgrima estava indo junto? O conde Volger preferia espadas e cavalos a mekanismos sem alma, e tinha pouca paciência para plebeus como o velho Otto. O mestre Klopp tinha sido empregado pelas habilidades como piloto, não pelo nome da família.

— Volger... — começou Alek.

— *Quieto*, menino! — disparou o conde.

Alek sentiu uma onda de fúria e um xingamento quase irrompeu pela boca, mesmo que arruinasse o jogo idiota de sair de mansinho.

Era sempre assim. Para os criados ele podia ser "o jovem arquiduque", mas nobres como Volger jamais deixavam Alek esquecer sua posição. Graças ao sangue plebeu da mãe, ele não podia herdar terras ou títulos reais. O Pai podia ser o herdeiro de um império de cinquenta milhões de almas, mas Alek era o herdeiro de nada.

O próprio Volger era apenas um conde que não tinha fazendas, apenas um pouco de floresta, mas ainda assim podia se sentir superior ao filho de uma dama de companhia.

Entretanto, Alek se controlou para ficar calado, e deixou a raiva passar enquanto corriam pelas enormes cozinhas apagadas. Anos de insultos o haviam ensinado a morder a língua, e era mais fácil engolir o desrespeito com a perspectiva de pilotar em breve.

Um dia ele se vingaria. O Pai havia prometido. O contrato de casamento seria alterado de alguma forma e o sangue de Alek se tornaria real, mesmo que isso significasse desafiar o próprio imperador.

◈ DOIS ◈

QUANDO CHEGARAM AOS ESTÁBULOS, a única preocupação de Alek era evitar tropeçar na escuridão. A lua ainda não havia completado o quarto crescente e as florestas de caça do terreno se estendiam como um mar negro pelo vale. Àquela hora, até mesmo as luzes de Praga estavam reduzidas a meros lampejos.

Quando Alek viu o andador, uma leve exclamação lhe escapou dos lábios.

Ele era mais alto do que o telhado do estábulo, e os dois pés de metal afundavam no solo do cercado. Parecia um dos monstros darwinistas à espreita na escuridão.

Aquela não era uma máquina de treinamento como outra qualquer — era um verdadeiro artefato de guerra, um Ciclope Stormwalker. Havia um canhão montado no ventre, e os canos curtos e grossos de duas metralhadoras Spandau brotavam da cabeça, que era tão grande quanto um defumadouro.

Até aquela noite, Alek tinha pilotado apenas botes sem armas e corvetas quadrúpedes de treinamento. Mesmo com a aproximação de seu décimo sexto aniversário, a Mãe sempre insistia que ele era jovem demais para máquinas de guerra.

"FUGINDO."

— Eu tenho que pilotar *isto*? — Alek ouviu a própria voz falhar. — Meu velho bote não chega nem ao joelho disso aí!

A mão enluvada de Otto Klopp deu tapinhas pesados no ombro do garoto.

— Não se preocupe, jovem Mozart. Estarei ao seu lado.

O conde Volger chamou a máquina, e os motores roncaram, ganhando vida e fazendo o chão tremer sob os pés de Alek. O luar cintilava sobre as folhas molhadas da rede de camuflagem que cobria o Stormwalker, e o burburinho de cavalos nervosos vinha do estábulo.

A escotilha ventral se abriu e uma escada de mão feita de correntes foi se desenrolando ao cair. O conde Volger fez com que ela parasse de balançar e então fincou uma bota no primeiro degrau para deixá-la firme.

— Jovem mestre, por obséquio.

Alek ergueu os olhos para a máquina. Tentou se imaginar guiando aquele monstro pela escuridão, derrubando árvores, prédios e qualquer outra coisa que desse o azar de estar em seu caminho.

Otto Klopp se aproximou.

— Seu pai, o arquiduque, lançou-nos um desafio, para o senhor e para mim. Ele quer que esteja pronto para pilotar qualquer máquina da Guarda da Casa, mesmo no meio da noite.

Alek engoliu em seco. O Pai sempre dizia que, com a guerra no horizonte, todo mundo na casa tinha que estar preparado. E também fazia sentido que ele começasse a treinar enquanto a Mãe estivesse ausente. Se Alek batesse com o andador, os piores machucados sumiriam antes de a princesa Sofia retornar.

Mas Alek ainda hesitava. A escotilha ventral da máquina retumbante parecia com as mandíbulas de algum predador gigante se abaixando para dar uma mordida.

— É óbvio que não podemos forçá-lo, sua serena alteza — disse o conde Volger, em tom divertido. — Podemos sempre explicar ao seu pai que você estava com muito medo.

— Eu *não* estou com medo. — Alek pegou a escada e subiu. Os degraus serrilhados se agarravam às luvas conforme Alek passava pelos ferrões antiabordagem dispostos ao longo do ventre do andador. Ele entrou lentamente na bocarra escura da máquina, o cheiro de querosene e suor penetrando no nariz, o ritmo dos motores reverberando nos ossos.

— Bem-vindo a bordo, vossa alteza — disse uma voz.

Dois homens esperavam na cabine dos artilheiros com capacetes de aço reluzentes. Um Stormwalker podia ser tripulado por cinco homens, Alek se lembrou. Aquilo não era um pequeno bote qualquer de três tripulantes. Ele quase se esqueceu de responder às continências.

O conde Volger vinha logo atrás dele na escada; portanto, Alek continuou subindo até a cabine de comando. Ele tomou o assento do piloto e colocou o cinto de segurança enquanto Klopp e Volger o seguiam.

Alek pôs as mãos nos controles, sentindo o impressionante poder da máquina tremendo sob os dedos. Era estranho pensar que aquelas duas pequenas alavancas pudessem controlar as imensas pernas de metal do andador.

— Visibilidade máxima — disse Klopp, abrindo a escotilha até o limite. O ar frio da noite entrou na cabine do Stormwalker, e o luar recaiu sobre dezenas de interruptores e alavancas.

A corveta quadrúpede que Alek tinha pilotado no mês anterior precisava apenas de alavancas de controle, um medidor de combustível e uma bússola. Mas agora havia inúmeros ponteiros diante dele, tremendo como os bigodes de alguém nervoso.

Todos eles serviam *para quê*?

Alek tirou os olhos dos controles e espiou pela escotilha. A distância até o chão deu uma sensação de enjoo, como olhar do alto de um palheiro com a ideia de pular.

A borda da floresta avultava-se a apenas 20 metros. Eles realmente esperavam que Alek pilotasse a máquina por entre aquele arvoredo denso e de raízes emaranhadas... *à noite*?

— Quando quiser, jovem mestre — disse o conde Volger, soando entediado.

Alek trincou o maxilar, decidido a não dar mais motivos para o sujeito se divertir. Empurrou as alavancas para a frente com um movimento leve, e os enormes motores Daimler mudaram de tom conforme as engrenagens de aço giraram, entrando em movimento.

O Stormwalker se levantou da posição agachada lentamente, deixando o chão ainda mais distante. Alek conseguia enxergar acima da copa das árvores agora, até as luzes cintilantes de Praga.

Ele puxou a alavanca esquerda para trás e empurrou a direita para a frente. A máquina cambaleou e entrou em movimento com um passo enorme e inumano, jogando Alek para trás no assento do piloto.

O pedal direito subiu um pouco à medida que o pé do andador pisou no solo fofo e empurrou a bota de Alek. Ele mexeu nas alavancas e transferiu o peso de um pé para o outro. A cabine balançou como uma casa de árvore em uma ventania, inclinando-se para trás e para a frente a cada passo gigante. Um coral de assobios surgiu dos motores abaixo, e os medidores dançaram conforme as juntas pneumáticas do Stormwalker eram forçadas pelo peso da máquina.

— Ótimo… excelente — murmurou Otto do assento do comandante.

— Porém, observe a pressão do joelho.

Alek arriscou uma olhadela para os controles abaixo, mas não tinha ideia do que o mestre Klopp estava falando. *Pressão do joelho?* Como alguém poderia ficar de olho em todos aqueles ponteiros sem guiar a máquina em direção a uma árvore?

— Melhor — disse o homem alguns passos depois. Alek assentiu de boca fechada, eufórico por ainda não ter feito tudo desabar.

A floresta já começava a aparecer, inundando a escotilha escancarada com um emaranhado de formas escuras. Os primeiros galhos reluzentes passaram se arrastando e bateram contra a escotilha, respingando orvalho frio em cima de Alek.

— Não deveríamos ligar os faróis? — perguntou ele.

Klopp balançou a cabeça.

— Lembra, jovem mestre? Estamos fingindo que não queremos ser vistos.

— Uma maneira revoltante de viajar — murmurou Volger, e Alek novamente se perguntou por que o sujeito estava ali. Haveria uma aula de *esgrima* após isso? Em que espécie de Mozart guerreiro o Pai estava tentando transformá-lo?

Um guincho de engrenagens rangendo tomou conta da cabine. O pedal esquerdo pulou contra o pé de Alek, e a máquina inteira se inclinou de maneira ameaçadora para a frente.

— O senhor ficou preso, jovem mestre! — disse Otto com as mãos prontas para agarrar as alavancas.

— Eu *sei*! — gritou Alek ao mexer nos controles.

Ele bateu o pé direito da máquina no meio de uma passada, e a junta do joelho soprou ar como um apito de trem. O Stormwalker vacilou como um bêbado por um momento, ameaçando cair. Porém, depois de longos segundos, Alek sentiu o peso da máquina se assentar no musgo e na terra. Estava equilibrado com um pé esticado para trás, como a pose de um esgrimista após uma estocada.

Ele empurrou as duas alavancas; a perna esquerda puxou o que quer que a tivesse prendido, e a direita fez força para a frente. Os motores Daimler gemeram e as juntas de metal assobiaram. Finalmente, a cabine tremeu com o som satisfatório de raízes sendo arrancadas do solo — o Stormwalker se ergueu. Ele ficou ereto por um momento, como uma galinha em uma perna só, para então dar um passo à frente outra vez.

As mãos trêmulas de Alek guiaram o andador pelos passos seguintes.

— Muito bem, jovem mestre! — exclamou Otto. Ele bateu palmas uma vez.

— Obrigado, Klopp — disse Alek em um tom seco, sentindo o suor descendo pelo rosto. As mãos agarraram as alavancas com força, mas a máquina estava andando suavemente de novo.

Aos poucos, Alek se esqueceu de que estava usando controles, sentindo como se os passos fossem os seus. O corpo se ajustou ao balanço da cabine, o ritmo das engrenagens e dos compressores não era tão diferente do ritmo do bote, apenas mais forte. Alek começou até mesmo a notar padrões nos ponteiros cintilantes do painel de controle — alguns pulavam para a marca vermelha a cada pisada e voltavam atrás quando o andador se ajeitava. Pressão do joelho, de fato.

Mas o puro poder da máquina o mantinha ansioso. O calor dos motores se acumulava na cabine, o ar da noite soprava no interior como dedos gelados. Alek tentou imaginar como seria pilotar durante uma batalha, com a escotilha meio fechada para se proteger de balas e estilhaços.

Finalmente o caminho adiante deles ficou livre dos galhos de pinheiros.

— Vire aqui e teremos uma superfície melhor, jovem mestre — disse Klopp.

— Aqui não é uma das pistas de equitação da minha mãe? — falou Alek. — Ela vai arrancar o meu couro se deixarmos marcas! — Sempre que um dos cavalos da princesa Sofia tropeçava em uma pegada de andador, o mestre Klopp, Alek e até mesmo seu pai sentiam a fúria dela por dias.

Mas ele soltou o acelerador, grato por um momento de descanso, e fez o Stormwalker parar na pista. Dentro da jaqueta de piloto, Alek estava encharcado de suor.

— É reprovável em todos os aspectos, vossa alteza — disse Volger. — Mas é necessário se quisermos ganhar tempo hoje à noite.

Alek se virou para Otto Klopp e franziu a testa.

— Ganhar tempo? Mas isso é apenas um treino. Não estamos *indo* a algum lugar, estamos?

Klopp não respondeu, e ergueu os olhos para o conde. Alek tirou as mãos das alavancas e girou o assento do piloto.

— Volger, o que está acontecendo?

O conde o encarou em silêncio e, de repente, Alek se sentiu muito sozinho ali fora, no escuro.

A mente começou a repetir os alertas do Pai: como alguns nobres acreditavam que a linhagem suja de Alek ameaçava o império. Que algum dia os insultos pudessem se tornar algo pior...

Mas estes homens *não podiam* ser traidores. Volger tinha apontado uma espada para o pescoço de Alek milhares de vezes nos treinos de esgrima. E o professor de mekânica? Impensável.

— Para onde estamos indo, Otto? Explique *de uma vez*.

— O senhor tem que vir conosco, sua alteza — falou Otto Klopp baixinho.

— Precisamos nos afastar o máximo possível de Praga — disse Volger. — Ordens do seu pai.

— Mas meu pai não está sequer... — Alek cerrou os dentes e xingou. Como tinha sido *tolo*, deixando-se levar à floresta pela tentação de histórias de pilotagem à meia-noite como uma criança atraída por doce. A casa inteira estava dormindo, os pais longe, em Sarajevo.

Os braços de Alek ainda estavam cansados de lutar para manter o Stormwalker de pé e, como estava preso ao assento do piloto, mal conseguiria sacar a faca. Alek fechou os olhos — ele tinha deixado a arma no quarto, debaixo do travesseiro.

— O arquiduque deixou instruções — falou o conde Volger.

— Você está *mentindo*! — berrou Alek.

— Eu gostaria de estar, jovem mestre. — Volger meteu a mão dentro da jaqueta de equitação.

Uma onda de pânico passou por Alek, rompendo o desespero. As mãos dispararam para os controles estranhos, procurando pela corda do apito de emergência. Eles não podiam estar tão longe de casa. Com certeza *alguém* ouviria o grito do Stormwalker.

Otto entrou em ação e agarrou os braços de Alek. Volger retirou um frasco da jaqueta e posicionou o gargalo aberto na frente do rosto de

Alek. Um cheiro doce tomou conta da cabine e fez sua mente girar. Ele tentou não respirar, e lutou contra os homens maiores do que ele.

Então seus dedos acharam a corda de emergência e a puxaram...

Mas as mãos do mestre Klopp já estavam nos controles e liberaram a pressão dos compressores do Stormwalker. O apito soltou apenas um gemido triste que foi ficando mais baixo, como uma chaleira retirada do fogo.

Alek ainda resistiu e prendeu a respiração pelo que pareceu ser minutos, mas finalmente os pulmões se rebelaram. Ele respirou com dificuldade, e o cheiro pungente de produtos químicos tomou sua mente...

Uma cascata de pontinhos brilhantes caiu sobre os instrumentos, e um peso pareceu deixar os ombros de Alek. Ele sentiu como se estivesse flutuando, livre das mãos dos homens, livre do cinto de segurança, livre até mesmo da gravidade.

— Meu pai vai condenar suas cabeças — conseguiu resmungar.

— Infelizmente não, vossa alteza — disse o conde Volger. — Seus pais estão mortos, foram assassinados esta noite em Sarajevo.

Alek tentou rir diante da afirmação absurda, mas as palavras fugiram, e o silêncio e a escuridão caíram.

⬡ TRÊS ⬡

– ACORDE, SUA BOBALHONA!

Deryn Sharp abriu um olho... e viu que encarava as linhas pontilhadas que passavam pelo corpo de um aeromonstro como o curso de um rio ao redor de uma ilha — um diagrama de fluxo de ar. Ao levantar a cabeça do manual de aeronáutica, descobriu que a página aberta estava colada no rosto.

— Você ficou acordada a noite inteira! — A voz do irmão, Jaspert, agrediu seus ouvidos novamente. — Mandei você dormir um pouco!

Deryn arrancou delicadamente a página da bochecha e franziu a testa — uma mancha de baba tinha estragado o diagrama. Ela se perguntou se dormir com a cabeça no manual enfiara mais conhecimentos sobre aeronáutica no cérebro.

— É claro que eu *dormi* um pouco, Jaspert, como pôde perceber ao me encontrar roncando.

— Aham, mas não na cama, como deveria. — Ele perambulava pelo pequeno quarto alugado, no escuro, reunindo as peças limpas de um uniforme de aeronauta. — Você disse "uma hora a mais de estudo" e queimou nossa última vela até virar um toquinho!

Deryn esfregou os olhos e observou ao redor do pequeno quarto deprimente. Ele estava sempre úmido e tinha o cheiro dos cavalos dos

estábulos abaixo. Felizmente, a noite anterior seria a última vez que ela dormiria ali, fosse na cama ou não.

— Não importa. A Força Aérea tem suas próprias velas.

— Aham, se você passar na prova.

Deryn deu um muxoxo de desdém. Tinha estudado apenas porque não conseguia dormir, meio empolgada por finalmente fazer a prova de aspirante a aeronauta e meio assustada que alguém descobrisse seu disfarce.

— Não é preciso se preocupar com isso, Jaspert. Eu vou passar.

O irmão assentiu devagar, uma expressão travessa se formando no rosto.

— Sim, e talvez seja uma especialista em sextantes e aerologia. E seja capaz de desenhar qualquer aeromonstro da frota. Mas há uma prova que não cheguei a mencionar. Não tem a ver com o estudo de livros; é mais o que eles chamam de "instinto do ar".

— *Instinto do ar?* — disse Deryn. — Você quer me aborrecer?

— É um segredo obscuro da Força Aérea. — Jaspert se inclinou para a frente, a voz virando um sussurro. — Estou arriscando ser expulso por ousar mencioná-lo para um civil.

— Você é cheio do *lero-lero*, Jaspert Sharp!

— Não posso dizer mais nada. — Ele puxou a camisa ainda desabotoada pela cabeça e, quando o rosto ressurgiu, havia um sorriso.

Deryn fez uma careta desdenhosa, ainda sem ter certeza se ele estava brincando. Como se não estivesse nervosa o bastante.

Jaspert apertou o cachecol de aeronauta.

— Coloque o uniforme e vamos ver como você fica. Todo esse estudo vai para o lixo se suas roupas não os convencerem.

Deryn olhou com tristeza para a pilha de roupas emprestadas. Depois de todo o estudo e de tudo o que tinha aprendido enquanto o pai estava vivo, a prova de aspirante seria fácil. Mas não importaria o que havia em sua cabeça, desde que ela conseguisse fazer com que os cientistas da Força Aérea acreditassem que seu nome era Dylan, não Deryn.

Ela havia reformado as velhas roupas de Jaspert para mudar o caimento delas e era uma garota bem alta — mais alta do que a maioria dos meninos na idade de aspirante. Mas altura e forma não eram tudo; um mês treinando nas ruas de Londres e em frente ao espelho a havia convencido disso.

Meninos tinham alguma outra coisa… uma espécie de *marra*.

Depois de se vestir, Deryn olhou seu reflexo na janela escura. A imagem de sempre devolveu o olhar: uma garota de 15 anos. As roupas alteradas com cuidado só a fizeram parecer estranhamente magricela; nem se passava tanto por um menino, estava mais para um espantalho em roupas velhas, feito para assustar os corvos.

— Bem? — disse ela, finalmente. — Dá para passar por Dylan?

Os olhos de Jaspert foram de cima a baixo, mas ele não falou nada.

— Sou bem alta para um menino de 16 anos, né? — implorou ela.

Ele finalmente assentiu.

— Sim, acho que passa. Sorte sua quase não ter peitinhos.

Deryn ficou boquiaberta e cruzou os braços sobre o tórax.

— E você é um vagabundo sujo!

Jaspert riu, dando um tapa forte nas costas da irmã.

— Esse é o espírito da coisa! Ainda vou conseguir que xingue como um marinheiro.

Os ônibus de Londres eram bem mais bacanas do que os da Escócia — e mais rápidos, também. O que os levou para o campo de aviação de Wormwood Scrubs era puxado por um hipopotesco da largura de dois touros. O monstro enorme e poderoso se aproximava de Scrubs antes do romper da alvorada.

Deryn olhou pela janela, observando o movimento da copa das árvores e a poeira sendo levada pelo vento, buscando pistas sobre o clima naquele dia. O horizonte estava vermelho e o *Manual de Aerologia* dizia *Céu vermelho na alvorada, marinheiros com a atenção redobrada*. Mas seu pai sempre dizia que isso era superstição. Quando se via um cachorro comendo grama, então se sabia que cairia um temporal.

Não que uma gota de chuva fosse importante — as provas naquele dia seriam em ambiente fechado. Era o conhecimento teórico que a Força Aérea cobrava dos jovens aspirantes: navegação e aerodinâmica. Mas encarar o céu era mais seguro do que compreender os olhares dos outros passageiros.

Desde que tinha entrado no ônibus com Jaspert, a pele de Deryn coçava ao imaginar como se parecia aos olhos de estranhos. Será que viam quem ela era apesar das roupas de menino e dos cabelos curtos? Os estranhos realmente pensavam que era um jovem recruta a caminho do Campo de Treinamento Aéreo? Ou será que Deryn parecia com uma menina qualquer com um parafuso a menos, brincando de se vestir com as roupas velhas do irmão?

A penúltima parada do ônibus era a famosa prisão de Scrubs. A maioria dos passageiros desembarcava ali, mulheres levando cestas de almoço e presentes para os homens presos. A visão das janelas com grades revirou o estômago de Deryn. Em que enrascada Jaspert se meteria se o golpe desse errado? Seria o suficiente para perder o posto na Força Aérea? Até mesmo para ser mandado para a prisão?

Simplesmente não era *justo* ela ter nascido menina! Deryn sabia mais de aeronáutica do que o pai jamais tinha conseguido enfiar na cachola de Jaspert. Ainda por cima, tinha menos medo de altura do que o irmão.

O pior era que, se os cientistas não a deixassem entrar na Força Aérea, ela passaria a noite naquele horrível quarto alugado novamente e no dia seguinte estaria a caminho da Escócia.

Sua mãe e suas tias estavam lá esperando, certas de que o esquema maluco daria errado e prontas para enfiar Deryn de volta em saias e espartilhos. Chega de sonhos de voar, chega de estudo, chega de *xingamentos*! E de o restante da herança ser desperdiçado naquela viagem para Londres.

Ela olhou feio para três meninos na frente do ônibus que se acotovelavam e riam nervosamente à medida que o campo de treinamento se aproximava, felizes como pintos no lixo. O mais alto mal chegava ao ombro de Deryn. Não era possível que fossem tão mais fortes do que ela e não acreditava que fossem também mais espertos ou corajosos. Então por que *eles* deveriam servir ao rei, e ela não?

Deryn Sharp cerrou os dentes, decidida que ninguém perceberia o disfarce.

Não deveria ser um truque *tão* difícil assim bancar um garoto idiota.

Os recrutas enfileirados no campo de ascensão não eram de impressionar. A maioria parecia que mal tinha acabado de completar 16 anos, enviados pelas famílias em busca de fortuna e progresso. Alguns rapazes mais velhos estavam misturados aos demais; provavelmente eram aspirantes vindos da Marinha.

Olhando para os rostos ansiosos, Deryn ficou feliz por ter tido um pai que a levara para andar de balão. Ela tinha visto o chão do alto muitas vezes. Mas isso não impedia que sentisse um frio na barriga. Ela quase segurou a mão de Jaspert antes de perceber como *isso* iria parecer.

— Muito bem, *Dylan* — falou ele baixinho enquanto os dois se aproximavam da mesa. — Apenas se lembre do que eu disse a você.

Deryn bufou. Na noite anterior, Jaspert tinha mostrado como um garoto de verdade verificava as unhas: olhando para a palma da mão com os dedos dobrados, enquanto as meninas olhavam para as costas da mão com os dedos estendidos.

— Sim, sim, Jaspert. Mas, se me pedirem para fazer as unhas, não acha que o plano já dançou?

Ele não riu.

— Só não atraia atenção, tudo bem?

Deryn não falou mais nada, e seguiu o irmão até a mesa comprida montada do lado de fora de uma grande tenda branca. Havia três oficiais sentados, recebendo cartas de apresentação dos recrutas.

— Ah, timoneiro Sharp! — disse um dos oficiais. Ele usava uniforme de capitão, mas também um chapéu-coco de cientista.

Jaspert bateu uma continência para ele rapidamente.

— Capitão Cook, permita-me apresentar meu primo Dylan.

Quando Cook estendeu a mão para Deryn, bateu nela o orgulho britânico que sempre sentia em relação aos cientistas. Ali estava um homem que pegara os próprios elos da vida e os moldara para atingir seus objetivos.

Ela deu o aperto de mão mais firme que conseguiu.

— Prazer em conhecê-lo, senhor.

— O Sharp é astuto e bom companheiro. Ninguém pode negar que é um prazer conhecer alguém da família dele — falou o cientista, rindo da própria piada. — Seu primo falou muito bem de seu conhecimento sobre aeronáutica e aerologia.

Deryn pigarreou e usou a voz baixa e suave que andava praticando havia semanas.

— Meu pai, quero dizer, meu tio ensinou tudo sobre balonismo para nós.

— Ah, sim, um bravo homem. — Ele balançou a cabeça. — É uma tragédia que não esteja aqui para ver os triunfos do voo orgânico.

— Sim, ele teria adorado, senhor. — O pai dela tinha voado apenas em balões de ar quente, não em respiradores de hidrogênio, como a Força Aérea usava.

Jaspert cutucou a irmã, e Deryn se lembrou da carta de recomendação. Ela a tirou da jaqueta e a entregou para o capitão Cook. Ele fingiu examiná-la, o que foi uma bobagem porque o próprio capitão tinha escrito como um favor para Jaspert, mas até mesmo os cientistas tinham que seguir a norma da Marinha Real.

— Isto parece estar em ordem. — O olhar do capitão deixou a carta e passou pela roupa emprestada de Deryn. Por um momento ele pareceu perturbado pelo que viu.

Ela ficou dura diante do olhar do capitão, imaginando o que teria feito de errado. Seria o cabelo? A voz? Será que tinha errado o aperto de mão de alguma forma?

— Um pouco magricelo, não é? — disse o cientista, finalmente.

— Sim, senhor. Acho que sim.

Ele abriu um sorriso.

— Bem, tivemos que engordar o seu primo também. Sr. Sharp, por favor, entre na fila!

◈ QUATRO ◈

O SOL TINHA ACABADO DE DESPONTAR sobre o arvoredo quando os verdadeiros militares chegaram. Eles cruzaram o campo em uma carruagem todo-terreno puxada por tigrescos lupinos e pararam rapidamente diante da fila de recrutas. Os músculos dos monstros eram protuberantes por baixo das correias de couro do arreio da carruagem, e, quando um deles se sacudiu como um monstruoso gato doméstico, voou suor em todas as direções.

Pelo canto do olho, Deryn viu os meninos ao redor ficarem tensos. A seguir, o cocheiro fez os tigres rosnarem com um estalar do chicote, e um murmúrio nervoso percorreu a fila.

Um homem em um uniforme de capitão estava parado na carruagem aberta, com um chicote de equitação debaixo do braço.

— Cavalheiros, sejam bem-vindos a Wormwood Scrubs. Espero que nenhum dos senhores esteja assustado com aquilo que a filosofia natural fabricou?

Ninguém respondeu. Monstros fabricados estavam por toda parte em Londres, é claro, mas nenhum tão magnífico quanto aqueles tigres meio lobos, todos músculos e garras, com uma inteligência engenhosa à espreita no olhar.

"FALANDO COM OS CANDIDATOS."

Deryn manteve o olhar reto, embora estivesse morrendo de vontade de ver de perto os tigrescos. Antes daquele dia tinha visto apenas monstros militares fabricados no zoológico.

— Aranhas berrantes! — sussurrou o jovem menino ao lado dela. Ele era quase tão alto quanto Deryn, e o cabelo louro e curto era espetado. — Eu não gostaria de ver um desses se soltar.

Deryn resistiu à vontade de explicar que lupinos eram os mais dóceis dos monstros fabricados. Lobos eram mesmo apenas um tipo de cachorro e podiam ser quase tão facilmente treinados. Aeromonstros eram um tipo mais complicado, é claro.

— Excelente — disse o capitão quando ninguém deu um passo à frente para admitir o medo. — Então os senhores não vão se importar em olhar mais de perto.

O chicote do cocheiro estalou novamente e a carruagem cruzou o pátio irregular retumbando, o tigre mais próximo passando ao alcance do toque dos voluntários. O ranger dos dentes dos monstros foi demais para três meninos na outra ponta da fila. Eles saíram correndo e gritando de volta para os portões abertos de Scrubs.

Deryn manteve o olhar focado diretamente à frente quando os tigres passaram, mas o cheiro deles — uma mistura de cachorro molhado com carne crua — lhe deu arrepios na espinha.

— Nada mal, nada mal — falou o capitão. — Estou contente de ver tão poucos de nossos jovens sucumbindo à superstição comum.

Deryn bufou. Algumas pessoas — micos luditas, como eram chamados — tinham medo dos monstros darwinistas — a princípio. Achavam que entrecruzar criaturas naturais era mais blasfêmia do que ciência, mesmo apesar de os fabricados serem a espinha dorsal do Império Britânico nos últimos cinquenta anos.

Por um instante, ela se perguntou se aqueles tigres seriam o teste secreto do qual Jaspert havia alertado, e deu um risinho. Se fosse, teria sido pura perda de tempo.

— Mas seus nervos de aço talvez não durem até o fim do dia, cavalheiros — disse o capitão. — Antes de prosseguirmos, gostaríamos de descobrir se os senhores têm medo de altura. Timoneiro?

— Meia-volta, *volver*! — gritou um aeronauta.

Com um remexer um pouco desorganizado, a fila de meninos se virou na direção da grande tenda. Deryn notou que Jaspert ainda estava ali, meio afastado com os cientistas. Todos estavam com sorrisos debochados no rosto.

Então a entrada da tenda foi aberta, e o queixo de Deryn caiu...

Havia um aeromonstro dentro: um ascensor Huxley sendo puxado pelos tentáculos por uma dúzia de homens da equipe de solo. O monstro pulsava e tremia enquanto era conduzido gentilmente para fora, com o balão de gás translúcido reluzindo na luz vermelha do sol nascente.

— Uma medusa — arfou o menino ao lado dela.

Deryn concordou com a cabeça. Aquele foi o primeiro respirador de hidrogênio a ser fabricado, nada a ver com as gigantescas aeronaves vivas dos dias atuais, com gôndolas, motores e conveses de observação.

O Huxley fora feito a partir da cadeia vital de medusas — águas-vivas e outras criaturas marinhas venenosas — e era praticamente tão perigoso quanto elas. Uma lufada de vento na direção errada poderia assustar um Huxley e fazê-lo cair como um passarinho. As entranhas de peixe da criatura eram capazes de sobreviver a quase qualquer queda, mas os passageiros humanos raramente davam a mesma sorte.

Então Deryn viu um assento de pilotagem pendurado no aeromonstro, e seus olhos ficaram ainda mais arregalados.

Será que essa era a prova de "instinto do ar" a que Jaspert tinha se referido? E ele fez com que ela acreditasse que era apenas brincadeira! *Aquele vagabundo.*

— Os cavalheiros, jovens sortudos, farão um passeio nessa manhã — disse o capitão por trás deles. — Não será longo: os senhores vão subir apenas 300 metros mais ou menos e depois vão descer... após dez minutos voando. Acreditem, verão Londres como nunca viram!

Deryn percebeu um sorriso crescendo nos lábios. Finalmente uma chance de ver o mundo do alto outra vez, igualzinho a quando voava em um dos balões do pai.

— Para aqueles dos senhores que preferirem não voar — concluiu o capitão —, nos despedimos.

— Algum entre os senhores, seus fedelhos, quer desistir? — berrou o timoneiro no fim da fila. — Então saiam *agora*! Caso contrário, vão para o céu!

Após uma pequena pausa, outra dúzia de meninos foi embora. Eles não fugiram gritando dessa vez, apenas escaparam em direção aos portões em uma massa compacta, com alguns rostos pálidos e assustados olhando para trás, para o monstro pulsando e flutuando. Deryn ficou orgulhosa ao se dar conta de que quase metade dos voluntários havia partido.

— Muito bem, então. — O capitão foi para a frente da fila. — Agora que os micos luditas foram embora, quem gostaria de ser o primeiro?

Sem hesitação, não pensando no que Jaspert dissera sobre não chamar atenção, e com o passar do último friozinho na barriga, Deryn Sharp deu um passo à frente.

— Por favor, senhor. Eu gostaria de voar.

O assento de pilotagem era aconchegante, o equipamento balançava delicadamente debaixo do corpo da medusa. Correias de couro passavam por debaixo dos braços de Deryn e davam a volta pela cintura, para depois se prenderem ao assento curvo em que ela se sentava de lado como um cavaleiro sobre uma sela feminina. Deryn ficou preocupada que o timoneiro descobrisse seu segredo ao prendê-la nas correias, mas Jaspert tinha razão em uma coisa: não havia muito para denunciá-la.

— Apenas suba, rapaz — disse o homem, baixinho. — Aproveite a vista e espere até que nós o puxemos para baixo. Mais importante, não faça *nada* para perturbar o monstro.

— Sim, senhor. — Ela engoliu em seco.

— Se começar a entrar em pânico ou achar que algo está errado, apenas jogue isto. — Ele colocou um rolo espesso de pano amarelo na mão de Deryn e depois amarrou uma ponta na cintura dela. — E vamos puxá-lo para baixo em equilíbrio e com cuidado.

Deryn segurou o pano com força.

— Não se preocupe. Não vou entrar em pânico.

— Isto é o que todos dizem. — O homem sorriu e pôs na outra mão dela uma corda ligada a um par de bolsas d'água presas aos tentáculos da criatura. — Mas se, por algum motivo, o senhor fizer algo *realmente* idiota, o Huxley pode mergulhar. Se o chão estiver se aproximando muito rapidamente, basta dar um puxão nisto aqui.

— A corda solta a água e deixa o monstro mais leve — disse Deryn concordando com a cabeça. Igualzinho aos sacos de areia nos balões do Pai.

— Muito esperto, rapaz — falou o timoneiro. — Mas esperteza não é substituta para instinto do ar, que é o termo da Força Aérea para *manter a cabeça berrante no lugar*. Entendeu?

— Sim, senhor! — disse Deryn. Ela mal podia esperar para sair do chão; o ano sem voar desde o acidente com o Pai pesou subitamente no peito.

O timoneiro deu um passo para trás e soprou um breve sinal no apito. Assim que soou a última nota aguda, a equipe de solo soltou os tentáculos do Huxley ao mesmo tempo.

As correias fizeram pressão contra ela à medida que o aeromonstro subia; era como ser capturada por uma rede gigante. Um instante depois, a sensação de estar subindo desapareceu, como se a própria Terra estivesse caindo...

"SUBINDO."

Lá embaixo, a fila de meninos olhou para cima sem disfarçar o espanto. Jaspert estava sorrindo feito bobo, e mesmo os rostos dos cientistas mostravam sinais de fascinação. Deryn se sentiu brilhante, subindo pelo ar, sendo o centro das atenções de todos, como um acrobata voando em um trapézio. Ela queria fazer um discurso:

Ei, vocês todos, seus manés, eu posso voar e vocês não! Nasci para ser aeronauta, caso não tenham notado. E, para concluir, eu gostaria de acrescentar que sou uma menina e vocês todos podem se danar!

Os quatro aeronautas no guincho soltavam rapidamente o cabo e logo os rostos voltados para cima ficaram borrados ao longe. Formas geográficas maiores agora podiam ser vistas: as curvas gastas de um velho campo oval de cricket no terreno de ascensão, a rede de estradas e linhas de trem ao redor de Scrubs, os blocos da prisão que apontavam para o sul parecendo um enorme forcado.

Deryn olhou para cima e viu o corpo da medusa iluminado pelo nascer do sol, as veias e artérias pulsando e percorrendo sua pele translúcida como uma hera iridescente. Os tentáculos balançavam na brisa suave ao redor dela, capturando pólen e insetos, que eram sugados para dentro do saco estomacal acima.

Respiradores de hidrogênio não respiravam hidrogênio, é claro. Eles *exalavam* hidrogênio: sopravam dentro dos próprios balões de gás. As bactérias dos estômagos quebravam a comida em elementos puros — oxigênio, carbono e, mais importante, hidrogênio mais leve do que o ar.

Deryn imaginou que poderia ser enjoativo ficar suspensa pelo gás de todos aqueles insetos mortos. Ou assustador, com nada além de algumas correias de couro entre ela e uma queda de 400 metros para uma morte terrível. Mas Deryn se sentiu tão grandiosa quanto uma águia em voo.

O horizonte enfumaçado do centro de Londres surgiu a leste, dividido pela cobra sinuosa e reluzente do rio Tâmisa. Em breve, ela seria capaz de ver a extensão verde do Hyde Park e do Kensington Gardens.

Era como olhar para um mapa vivo: os ônibus em movimento parecendo insetos, veleiros balançando ao serem conduzidos pela brisa.

Então, assim que a torre da catedral de São Paulo apareceu, um arrepio passou pelo assento.

Deryn fez uma careta. Será que os 10 minutos *já* tinham passado?

Ela olhou para baixo, mas a linha que ia até o chão estava folgada. Eles ainda não estavam recolhendo o aeromonstro.

O arrepio voltou, e Deryn viu alguns dos tentáculos ao redor se retraírem, enroscando-se como fitas passadas pelo fio de uma tesoura. Aos poucos, eles estavam se reunindo em uma única massa de tentáculos.

O Huxley estava nervoso.

Ela se balançou de um lado para o outro, ignorando a vista majestosa de Londres para procurar no horizonte aquilo que estivesse assustando o aeromonstro.

Então notou: uma massa escura e disforme ao norte, uma onda de nuvens se espalhando pelo céu. A ponta avançava gradualmente, escurecendo os subúrbios ao norte com chuva.

Deryn sentiu os pelinhos dos braços se ouriçarem.

Ela olhou para Scrubs lá embaixo, imaginando se os pequeninos aeronautas em terra também podiam ver a tempestade chegando e começariam a recolher o aeromonstro. Mas o campo de treinamento ainda brilhava com a luz do sol nascente. Lá debaixo eles só veriam céu límpido acima, tão alegre quanto um piquenique.

Deryn acenou. Será que conseguiriam vê-la claramente? Mas é óbvio que os aeronautas apenas pensariam que ela estava se divertindo.

— Vagabundos! — vociferou ela, e olhou com raiva para o rolo de pano amarelo amarrado na cintura. Um verdadeiro batedor auxiliar de ascensão teria bandeirolas de sinalização ou pelo menos um lagarto-mensageiro que pudesse descer pela linha. Mas tudo o que deram para ela foi um sinal para o caso de entrar em pânico.

E Deryn Sharp *não* estava entrando em pânico!

Ou pelo menos não pensava que estava…

Deryn encarou a massa escura no céu e se perguntou se seria apenas um último resquício de noite que o nascer do sol não havia espantado. E se ela não possuísse nenhum instinto do ar e a altura tivesse subido à cabeça?

Deryn fechou os olhos, respirou fundo e contou até dez.

Quando os abriu de novo, as nuvens continuavam lá — mais próximas.

O Huxley tremeu de novo, e Deryn sentiu a eletricidade no ar. A borrasca que se aproximava era definitivamente real. O manual de aerologia estava certo, afinal de contas: *Céu vermelho na alvorada, marinheiros com a atenção redobrada.*

Olhou outra vez para o pano amarelo. Se os oficiais o vissem estendido, pensariam que Deryn estava entrando em pânico. Então ela teria que explicar que não era um pedido de socorro, apenas uma observação ponderada de que o tempo estava ficando ruim. Talvez eles a elogiassem por tomar a decisão certa.

Mas e se a borrasca mudasse de direção? Ou virasse uma garoa antes de chegar a Scrubs?

Deryn cerrou os dentes e se perguntou há quanto tempo estaria no ar. Será que os dez minutos estavam quase no fim? Ou tinha perdido a noção do tempo no céu vasto e frio?

Os olhos disparavam do pano amarelo enrolado para a tempestade que se aproximava, perguntando-se o que um *menino* faria.

◈ CINCO ◈

QUANDO O PRÍNCIPE ALEKSANDAR ACORDOU, uma camada doce e nojenta cobria sua língua. O gosto horrível dominou os outros sentidos; ele não conseguia ver, ouvir ou sequer pensar. Era como se o cérebro estivesse encharcado em molho doce.

Aos poucos a mente clareou — ele sentiu o cheiro de querosene e ouviu galhos de árvore batendo do lado de fora. O mundo balançava vertiginosamente ao redor, metálico e em ângulos retos.

Então Alek começou a se lembrar: a aula de pilotagem à meia-noite, os professores se virando contra ele e, finalmente, o produto químico de cheiro doce que o nocauteou. Ele ainda estava no Stormwalker, ainda se afastava de casa. Tudo isso tinha de fato acontecido... Ele havia sido raptado.

Pelo menos ainda estava vivo. Talvez eles planejassem cobrar um resgate. Humilhante, pensou Alek, porém melhor do que morrer.

Os sequestradores evidentemente não achavam que Alek fosse uma ameaça. Não o amarraram. Alguém até havia se preocupado em colocar um cobertor entre ele e o chão de metal chacoalhante.

Alek abriu os olhos e viu rastros de luz se mexendo, um quadriculado de sombras em movimento projetadas por uma grade de ventilação.

Havia fileiras bem arrumadas de projéteis explosivos pelas paredes, e o assobio dos compressores estava mais alto que nunca. Ele estava no ventre do Stormwalker; no posto dos artilheiros.

— Sua alteza? — falou uma voz nervosa.

Alek se levantou do cobertor e apertou os olhos na escuridão. Um dos tripulantes estava sentado ereto, encostado em uma fileira de projéteis, em posição de sentido e com os olhos arregalados. Traidor ou não, o sujeito provavelmente nunca estivera sozinho com um príncipe antes. Ele não parecia ter mais do que 20 anos.

— Onde estamos? — perguntou Alek, tentando usar o tom severo de comando que o pai ensinara.

— Eu... creio que não tenho certeza, sua alteza.

Alek franziu a testa, mas o homem tinha razão. Não havia muita coisa para se ver ali embaixo a não ser pela mira do canhão de 57 milímetros.

— Para onde estamos indo, então?

O tripulante engoliu em seco e, a seguir, ergueu a mão para a escotilha de comunicação.

— Eu vou chamar o conde Volger.

— Não — disparou Alek, e o homem travou.

Aleksandar sorriu amargamente. Pelo menos alguém naquela máquina se lembrava da posição social dele.

— Qual é o seu nome?

O homem bateu continência.

— Cabo Bauer, senhor.

— Muito bem, Bauer — falou ele com a voz calma e controlada. — Estou ordenando que me deixe sair. Posso descer pela escotilha ventral enquanto estamos em movimento. Você pode me seguir e me ajudar a retornar para casa. Vou garantir que meu pai o recompense. Será um herói em vez de um traidor.

— Seu pai... — O homem fez uma expressão triste. — Sinto muito.

Como um eco vindo de longe, a mente de Alek relembrou o que o conde Volger tinha dito enquanto o produto químico o dominava — algo sobre seus pais estarem mortos.

— Não — disse ele novamente, mas o tom de comando sumiu. De repente, a cabine de metal do ventre do Stormwalker parecia pequena e opressora. Aos próprios ouvidos, a voz de Alek agora parecia falhar como a de uma criança. — Por favor, me deixe ir embora.

Mas o homem afastou o olhar, envergonhado, e ergueu o braço para bater na escotilha com uma chave inglesa oleosa.

— Seu pai fez preparativos antes de partir para Sarajevo — disse o conde Volger. — Caso o pior acontecesse.

Alek não respondeu. Ele estava olhando pela escotilha do Stormwalker sentado no assento de comando, vendo a copa dos carpinos passarem. Ao lado, Otto Klopp guiava a máquina com movimentos firmes e perfeitos das alavancas.

O dia estava nascendo, o horizonte se tornava vermelho-sangue. Eles ainda estavam no interior da floresta, seguindo para oeste em uma trilha estreita de carruagens.

— Ele era um homem inteligente — disse Klopp. — Sabia que se aproximar tanto da Sérvia seria perigoso.

— Mas ameaças não eram capazes de afastar o arquiduque de seu dever — falou o conde Volger.

— Dever? — Alek segurou a cabeça que latejava; ainda podia sentir o gosto dos produtos químicos na boca. — Mas minha mãe... Ele nunca a levaria para o perigo.

O conde Volger suspirou.

— Sempre que a princesa Sofia podia participar dos assuntos de Estado, seu pai ficava feliz.

Alek fechou os olhos. Era sempre doloroso para o Pai quando Sofia não podia ficar ao seu lado em recepções oficiais. Mais um castigo por amar uma mulher que não era da realeza.

Pensar que os pais estavam mortos era um absurdo.

— Isso é um truque para me manter quieto. Vocês todos estão *mentindo*!

Ninguém respondeu. A cabine ressoava com o ronco dos motores Daimler e o ruído dos galhos arranhando a rede de camuflagem. Volger ficou em silêncio, com uma expressão pensativa no rosto. As alças de couro penduradas no teto balançavam ao ritmo dos passos do andador. Era estranho que parte da mente de Alek conseguisse se concentrar apenas nas mãos de Klopp sobre os controles, maravilhado com o domínio dele sobre a máquina.

— Os sérvios não ousariam matar meus pais — falou Alek, baixinho.

— Eu tenho outros suspeitos em mente — disse Volger, sem rodeios. — Aqueles que querem guerra entre as grandes potências. Mas não temos tempo para teorizar agora, Aleksandar. Nossa primeira tarefa é levá-lo para um local seguro.

Alek olhou para fora da escotilha do andador mais uma vez. Volger se dirigira a ele simplesmente como Aleksandar, sem nenhum título, como se fosse um plebeu. Mas, de alguma forma, o insulto havia perdido a força.

— Assassinos atacaram duas vezes pela manhã — disse Volger. — Estudantes sérvios não muito mais velhos do que você, primeiro com bombas, depois com pistolas. Falharam nas duas ocasiões. Então, ontem à noite, foi oferecido um banquete em homenagem a seu pai, e um brinde foi feito à bravura dele. Mas um veneno matou seus pais à noite.

Alek os imaginou deitados lado a lado, e a sensação de vazio por dentro aumentou. Mas a história não fazia sentido algum. Os assassinos deveriam ter atacado Alek — o filho meio nobre da dama de companhia. Não o pai, cujo sangue era puro.

— Se eles realmente estão mortos, por que alguém ainda se importa comigo? Não sou *nada* agora.

— Algumas pessoas pensam de outra forma. — O conde Volger se agachou perto do assento de comando. Ele olhou para fora da janela ao lado de Alek e sussurrou: — O imperador Francisco José está com 83 anos. Se ele morrer em breve, algumas pessoas podem recorrer a você nestes dias de ansiedade.

— Ele odiava a minha mãe mais do que qualquer um deles. — Alek fechou os olhos novamente. A floresta avermelhada era muito deprimente para continuar olhando. Um trecho de terreno irregular fez a cabine tremer, como se o mundo estivesse instável no eixo. — Só quero ir para casa.

— Não até termos certeza de que é seguro, jovem mestre — falou Otto Klopp. — Nós prometemos ao seu pai.

— O que importam as promessas se ele está...

— Silêncio! — gritou Volger.

Aleksandar ergueu os olhos para o conde, chocado. Ele abriu a boca para reclamar, mas a mão de Volger apertou seu ombro.

— Desligue os motores!

O mestre Klopp fez força para que o Stormwalker parasse, diminuindo a força dos motores Daimler até virarem um ronco baixo. O assobio dos compressores se aquietou no entorno deles.

Os ouvidos de Alek zumbiram diante do silêncio repentino, o corpo tremendo com o eco do movimento do andador. Pela escotilha, via-se que as folhas estavam estáticas; não havia uma brisa sequer. Nenhum pássaro cantava, como se a floresta tivesse se assustado e ficado em silêncio pela parada abrupta do andador.

Os olhos de Volger se fecharam.

Então Alek sentiu. Um leve tremor passou pela estrutura de metal do Stormwalker — o andar de algo maior, mais pesado. Alguma coisa que fazia a terra tremer.

O conde Volger ficou de pé e abriu a escotilha superior. A luz da aurora entrou assim que ele colocou metade do corpo para fora.

O tremor aconteceu de novo. Pela escotilha, Alek viu a agitação passando pela floresta, deixando um rastro de folhas balançando. Isso provocou uma pontada em seu estômago, como acontecia quando ganhava um olhar furioso do pai.

— Sua alteza — chamou Volger —, se puder se juntar a mim.

Alek ficou de pé e se equilibrou no assento de comando, subindo pela escotilha superior.

Do lado de fora, apertou os olhos contra o sol meio escondido; a aurora deixara o céu em um tom escuro de laranja. O Stormwalker era um pouco mais alto do que a jovem vegetação de carpinos ao redor, e o horizonte parecia enorme após horas de observação pela escotilha.

Volger apontou para o caminho por onde tinham passado.

— Lá estão seus inimigos, príncipe Aleksandar.

Alek semicerrou os olhos contra o sol nascente. A outra máquina estava a quilômetros de distância, duas vezes mais alta do que as árvores. As seis pernas gigantescas se mexiam sem pressa, mas os homens a bordo corriam como formigas pelo convés dos canhões, levantando bandeirolas e tripulando as torres. Na lateral da máquina estavam as letras do nome: S.M.S. *Beowulf*.

Alek viu um pé colossal descer sobre o solo da floresta. Longos segundos depois chegou outro tremor, que ondulou pelas árvores que os rodeava e subiu pela estrutura de metal do Stormwalker. Quando o passo seguinte tocou o chão, uma copa de árvore ao longe balançou e depois sumiu, derrubada pelo caminhar do andador gigante.

As listras rubro-negras da bandeira de proa no convés superior da força terrestre do *kaiser* tremulavam na brisa.

— Um encouraçado terrestre alemão — falou Alek, baixinho. — Mas ainda não estamos em território austro-húngaro?

"O S.M.S. *BEOWULF*."

— Sim — disse Volger —, no entanto, todos aqueles que querem caos e guerra estão nos caçando, sua alteza. Ou ainda duvida de mim?

Mas e se isso for uma missão de resgate?, pensou Alek. Talvez os sequestradores estivessem mentindo, no fim das contas, e o Pai e a Mãe estivessem vivos. Uma enorme busca por Alek fora lançada, com a Marinha terrestre alemã ajudando! Por que outro motivo aquela monstruosidade teria permissão para andar em solo austríaco?

Então Alek viu que a máquina estava mudando de direção, virando de lado devagar, paralelamente ao nascer do sol...

Ele ergueu a mão e acenou.

— Aqui! *Aqui!*

— Eles já nos veem, sua alteza — disse o conde Volger, baixinho.

Alex ainda estava acenando quando o primeiro costado entrou em erupção: clarões brilhantes passaram ondulando pela lateral do encouraçado, jatos de fumaça dos canhões formaram um véu enevoado em volta da máquina. O som chegou momentos depois — um trovão intenso e demorado que se transformou em rajadas agudas e estridentes reverberando de todas as direções. A copa das árvores se agitou ao redor deles, e o choque fez o Stormwalker tremer e jogou nuvens de folhas para o ar.

A seguir, Volger puxou Alek para dentro da cabine e os motores roncaram, voltando à vida.

— Carregar o canhão! — gritou o mestre Klopp para os tripulantes embaixo.

Alek se viu colocado no assento de comando quando a máquina começou a andar. Ele se atrapalhou ao encaixar o cinto de segurança, mas a mente foi tomada por um pensamento terrível que paralisou os dedos.

Se estão tentando me matar... é tudo verdade.

O conde Volger se agachou ao lado dele, gritando mais alto do que o estrondo dos motores e dos tiros de canhão.

— Crie coragem diante desta indelicadeza, Alek. Isso prova que você ainda é uma ameaça ao trono.

● SEIS ●

A SEGUNDA RAJADA DOS CANHÕES do costado caiu mais perto, e uma chuva de cascalhos e estilhaços de madeira bateu contra a grade da escotilha, que deixou que entrassem os menores pedaços.

Alek cuspiu terra.

— Meia visibilidade! — gritou o mestre Klopp, que depois praguejou. Os dois tripulantes se encontravam embaixo, e Volger estava novamente com metade do corpo para fora da escotilha superior, as pernas balançando.

Klopp olhou Alek com uma expressão de desculpas.

— Por obséquio, sua alteza.

— Certamente, mestre Klopp — disse Alek.

Ele soltou o cinto de segurança e se levantou do assento de comando. A cabine balançou e chacoalhou, e Alek se segurou nas alças do teto para manter o equilíbrio.

Ele tentou girar a manivela da escotilha, mas ela não cedeu. Alex a segurou com as duas mãos e fez mais força até que o enorme visor blindado se fechasse de má vontade alguns centímetros.

Outra rajada de tiros do costado fez tremer o solo debaixo deles, e o andador cambaleou para frente. As botas de equitação do conde Volger se debateram e chutaram a parte detrás da cabeça de Alek.

— Eles ainda conseguem nos ver! — gritou Volger lá de cima. — Somos altos demais!

O mestre Klopp mexeu nas alavancas e fez o Stormwalker se agachar. Os carpinos passaram a ficar acima da escotilha, e os passos desajeitados do andador fizeram as botas de Volger balançarem novamente. Alek ficou por um momento impressionado ao ver as mãos de Klopp nos controles — nunca tinha visto um andador avançar arrastando os pés, agachado daquele jeito.

Claro, ele nunca imaginou que um Ciclope Stormwalker teria que se esconder de alguma coisa. Porém, contra um encouraçado o andador era praticamente um brinquedo.

Gemendo e fazendo esforço, Alek conseguiu fechar metade da escotilha direita. Então estendeu a mão para a outra manivela.

— Jovem mestre, a antena! — gritou Klopp.

— Sim, é claro!

A antena do rádio do Stormwalker despontava acima das árvores com a bandeira do arquiducado tremulando na brisa. Mas Alek não fazia ideia de como abaixá-la. Vasculhou a cabine, desejando que tivesse prestado mais atenção aos tripulantes quando aprendeu a pilotar.

Por fim ele notou um molinete ao lado do equipamento de rádio. Ao disparar para alcançá-lo, as botas de Volger se debateram e deram outro golpe em seu ombro. O molinete girou descontrolado no momento em que Alek o destravou, e a antena telescópica se fechou a poucos centímetros do seu ouvido.

Ele começou a voltar para o assento de comando e viu que a escotilha esquerda ainda estava aberta. Esticou o braço na cabine oscilante e começou a fechá-la.

Volger caiu dentro da cabine e fechou a escotilha superior diante de uma repentina chuva de terra e cascalho.

— Saímos do campo de visão agora.

Outra rajada do costado retumbou ao longe, seguida por mais explosões cintilando entre as árvores à frente. Fragmentos acertaram o

Stormwalker, mas as grades da escotilha estavam tão unidas quanto os dentes de um pente-fino; apenas a poeira fininha do solo pulverizado da floresta passava pelo filtro.

Alek sentiu satisfação por um instante — tinha feito algo útil. Aquela era a sua primeira batalha de verdade, quando há apenas algumas horas estivera brincando com soldadinhos de chumbo. O estrondo das explosões e o guincho dos motores de alguma forma preenchiam o vazio dentro dele.

O Stormwalker agora estava avançando aos trancos pelo meio da floresta densa. O que era óbvio: qualquer trilha seria muito visível das torres de observação do *Beowulf*.

O coração de Alek estava batendo depressa ao retornar para o assento de comando e ver as mãos de Klopp nas alavancas. Suas longas horas de treinamento de repente pareceram insignificantes. Todo aquele tempo nos botes tinha sido faz de conta, mas o que estava acontecendo ali era de verdade.

Volger se agachou entre os assentos para olhar do lado de fora, com o rosto escurecido por sujeira e suor. Sangue escorria de um arranhão em cima de um olho, o vermelho reluzindo na escuridão da cabine fechada.

— Creio que sugeri uma nave terrestre menor, mestre Klopp.

Klopp soltou uma gargalhada, ainda lutando para manter o Stormwalker abaixado.

— Não está gostando da blindagem extra, Volger? Um bote teria explodido naquela última rajada.

A floresta retumbou novamente, mas as explosões vinham de longe, de trás e do lado direito. O encouraçado havia perdido o Stormwalker de vista por enquanto.

— O sol estava nascendo atrás do *Beowulf*. Então estamos indo para oeste — disse Alek. — Devemos virar à esquerda. Os pinheiros e abetos ao sul são muito mais altos do que esses carpinos.

— Bem lembrado, sua alteza — disse o mestre Klopp, ajustando o curso.

Alek deu um tapinha no ombro dele.

— Você acertou ao escolher um Stormwalker, Klopp. Caso contrário, estaríamos mortos agora.

— Estaríamos a meio caminho da Suíça, você quer dizer — falou Volger conseguindo soar como se esta fosse uma lição de esgrima que Alek não estava conseguindo entender. — Em um bote com metade deste tamanho ou a cavalo, eles não teriam nos visto, para início de conversa.

Alek olhou feio para o conde, mas antes que pudesse abrir a boca, o intercomunicador estalou.

— Canhão carregado e pronto, senhor.

Alek abaixou o olhar para o piso da cabine.

— Aqueles dois teriam sido mais úteis aqui em cima. Não há muito o que eles possam fazer com aquela zarabatana contra um encouraçado.

— É verdade, sua alteza — falou Klopp. — Mas o encouraçado tem batedores: naves menores e mais rápidas se movendo sob a copa das árvores. Talvez nós os encontremos antes do que o senhor imagina.

— Ah, entendi. — Alek fechou a boca e engoliu em seco. O calor da batalha estava começando a passar e as mãos estavam tremendo.

Tudo o que ele tinha feito fora girar algumas manivelas; os demais cuidaram de todas as coisas importantes. Os hematomas provocados pelo balanço das botas de Volger ainda latejavam; lembranças de como Alek havia conseguido ficar no meio do caminho durante a maior parte do tempo.

Ele se recostou no assento de comando. Conforme o medo simples e avassalador de levar um tiro passava, o vazio retornava correndo…

Alek desejou que estivesse sangrando em vez de Volger — qualquer coisa para se distrair da verdade que tomava conta da mente.

— Eles nos perderam de alcance — disse Klopp. — Nada de canhões nos últimos 30 segundos.

— Viraram para nos perseguir — falou Volger. — Mas espere até os batedores nos acharem. O *Beowulf* vai virar o costado para dar outra rajada em breve.

Alek procurou alguma coisa para falar, mas se viu tomado por um pânico silencioso, e a visão ficou embaçada com lágrimas. O ataque tinha varrido as últimas dúvidas.

O Pai estava morto; a Mãe, também. Ambos perdidos para sempre.

Sua serena alteza, o príncipe Aleksandar de Hohenberg, estava sozinho agora. Talvez nunca mais visse seu lar outra vez. Estava sendo caçado pelas forças armadas de dois impérios, voltadas contra um andador e quatro homens.

Volger e Klopp ficaram em silêncio e, quando se virou, Alek viu o próprio desespero refletido no rosto dos dois.

Seu pai saberia o que dizer naquela situação: um discurso breve e contundente, que elogiasse os homens pelos esforços e os encorajasse a seguir em frente. Mas Alek apenas conseguia encarar a floresta, piscando para segurar as lágrimas.

Se não falasse alguma coisa, o vazio o engoliria.

Uma rajada de tiros estourou nas árvores à frente, interrompendo o ronco dos motores. O andador se virou para um novo curso e o conde Volger ficou de pé de supetão novamente.

— Batedores a cavalo, suponho! — disse o mestre Klopp. — Eles têm estábulos no *Beowulf*.

Uma chuva de balas estalou contra o visor do Stormwalker, mais ruidosamente do que qualquer chuva de terra e cascalho. Alek imaginou projéteis de metal atravessando a blindagem e varando seu corpo, e o coração disparou de novo.

O vazio horrível cedeu um pouco…

Um enorme *bum* fez o andador balançar, e uma nuvem de fumaça surgiu diante da escotilha. O fedor sufocante vazou para o interior da cabine. Por um momento, Alek pensou que tinham sido atingidos, mas logo uma explosão surgiu ao longe como resposta, seguida pelo estalar de árvores e o grito terrível dos cavalos.

— Isso fomos *nós!* — murmurou ele. Os homens lá embaixo tinham disparado o canhão do Stormwalker.

Quando os ecos morreram, Volger chamou o garoto.

— Você sabe como carregar uma metralhadora Spandau, Alek?

O príncipe Aleksandar não sabia coisa alguma sobre aquilo, mas as mãos já se mexiam para soltar o cinto de segurança.

◆ SETE ◆

ELES ESTAVAM APENAS COMEÇANDO A PUXAR Deryn para baixo quando a tempestade caiu.

A equipe de solo notou o céu ficando escuro. Estavam correndo pelo campo, prendendo a tenda com mais estacas, levando os recrutas para um local fechado. Quatro homens trabalhavam no guincho do ascensor, puxando Deryn para terra com rapidez e determinação. Uma dúzia de aeronautas esperava para agarrar os tentáculos do monstro quando estivesse baixo o suficiente.

Mas ela ainda estava a 150 metros no ar quando as primeiras ondas de chuva chegaram. As gotas frias caíram na diagonal e acertaram seus pés suspensos, mesmo sob a cobertura do aeromonstro. Os tentáculos se recolheram ainda mais, e ela imaginou por quanto tempo a medusa levaria aquela surra antes de soltar o hidrogênio e mergulhar em direção ao solo.

— Fique calmo, monstrinho — disse Deryn baixinho. — Eles estão nos levando de volta.

Um vento brusco atingiu o balão de gás da medusa, que inflou como se fosse uma vela. Deryn foi tomada pela força da tempestade, deixando os trapos de menino imediatamente encharcados pela chuva gelada.

Então o cabo se retesou, puxando o monstro para o chão como uma pipa com pouca linha. Desceu na direção de casas e quintais, pouco acima da altura das muralhas da prisão. Logo abaixo de Deryn, as pessoas corriam pelas ruas molhadas, com os ombros recolhidos, sem saber do monstro acima.

Veio outra lufada de vento, e o Huxley foi forçado a descer mais, a ponto de Deryn conseguir ver as varetas dos guarda-chuvas embaixo.

— Ai, monstrinho. Isto não é bom.

A medusa se inflou de novo, tentando recuperar a sustentação, e se estabilizou a poucos metros acima dos telhados. O cabo lutou contra o vento por um instante e depois se afrouxou. A equipe de solo estava dando corda, Deryn supôs, deixando que os dois subissem um pouco mais, como um pescador tentando manter um peixe na linha do anzol.

Mas aquele cabo extra era mais peso para carregar, e ela e o Huxley estavam pesados com a chuva. Deryn poderia soltar o lastro de água, mas assim que fizesse isso, não haveria nada para atenuar a queda caso o monstro entrasse em pânico.

O cabo estava se arrastando pelos telhados da prisão naquele momento, batendo em telhas e calhas. Deryn viu o cabo se prender em uma das chaminés que soltava fumaça e arregalou os olhos...

Não era de *espantar* que a equipe de solo estivesse dando mais corda: estavam tentando mantê-la afastada da prisão. Se uma fagulha da chaminé subisse e entrasse no balão de gás do Huxley, o hidrogênio entraria em combustão e o ascensor explodiria em uma enorme bola de fogo, com ou sem chuva.

O cabo se prendeu novamente e deu um tranco no Huxley. A criatura se assustou, os tentáculos se encolheram e ela caiu novamente.

Deryn segurou firme a corda do lastro e cerrou os dentes. Ela poderia sobreviver a uma aterrissagem em meio à ventania, mas os telhados e as cercas dos quintais iriam cortar a criatura em pedacinhos. E tudo seria culpa de Deryn Sharp por não ter alertado os soldados quando teve a chance.

Faltava um pouco de instinto do ar.

— Ok, monstrinho — falou alto. — Posso ter colocado você nesta enrascada, mas também sou eu que vou te tirar dessa. E estou dizendo: agora não é a hora de entrar em pânico!

A criatura não fez promessas, mas Deryn mesmo assim puxou as cordas do lastro. Os sacos se abriram e derramaram a água na tempestade.

Aos poucos o aeromonstro começou a subir.

A equipe de solo vibrou e foi para o guincho, puxando vigorosamente o aeromonstro contra o vento. O capitão estava supervisionando, gritando ordens dos fundos da carruagem todo-terreno. Os tigrescos pareciam tristes na chuva, como um par de gatos domésticos debaixo de uma torneira.

Com mais alguns giros do guincho, a medusa ficou acima do campo de treinamento, a uma distância segura das chaminés fumacentas da prisão.

Mas logo o vento mudou de direção. O aeromonstro se inflou novamente, fez um semicírculo e foi para a outra ponta de Scrubs.

O Huxley soltou um grito acima do vento, igual ao som horrível de quando um dos balões do pai de Deryn vazava.

— Não, monstrinho! Estamos quase a salvo! — berrou Deryn.

Mas a medusa tinha sido jogada de um lado para o outro por vezes demais. O balão de gás estava se contraindo, e os tentáculos se enroscaram como cascavéis.

Deryn Sharp sentiu o cheiro de hidrogênio vazando no ar, um odor como de amêndoas amargas. Ela estava caindo...

Mas o vento ainda carregava os dois, mudando de direção sem motivo algum. Arremessava o aeromonstro como uma bola de papel, puxando Deryn atrás dele.

Eles deviam estar mais pesados do que o ar no momento, mas, em um vendaval como aquele, Deryn considerou que era possível fazer um chapéu-coco voar com um pouco de barbante.

Na outra ponta do cabo, a equipe de solo assistia a tudo sem poder fazer nada; o capitão se abaixou enquanto o cabo girava e passava rasgando por cima deles. Se tentassem puxar Deryn mais para perto, levariam o aeromonstro direto para o chão.

Jaspert estava correndo pelo campo em direção a ela, com as mãos em concha na boca para gritar alguma coisa...

Deryn captou o som da voz dele, mas o vento levou as palavras para longe.

Os pés dela agora se debatiam a poucos metros do chão, que passava velozmente por baixo dela como se Deryn estivesse a cavalo. Ela arrancou a jaqueta pesada e encharcada e a jogou para longe do Huxley.

A prisão avultava novamente, ficando mais perto à medida que o Huxley voava. Bater na muralha àquela velocidade faria com que ela e o aeromonstro virassem manchas de sangue.

Os dedos se agitaram no assento de pilotagem, procurando um jeito de sair das correias. Deryn calculou que teria mais chances se caísse na grama enlameada do que sem batesse em uma muralha. E, sem o peso dela, o Huxley voltaria a ascender.

É claro que aquele inútil do timoneiro não tinha se importado em mostrar para Deryn como se soltar do assento. As correias de couro estavam ensopadas com a chuva, tão apertadas que não passava nem pensamento. Evidentemente, a Força Aérea não confiava que os recrutas não fossem se soltar em caso de pânico, caindo para a morte.

Então Deryn viu o nó acima da cabeça — o cabo que prendia o aeromonstro ao chão!

Deryn olhou para o cabo esticado entre ela e o guincho... cerca de 90 metros de cabo naquele momento. O pedaço de cânhamo encharcado pela chuva *deveria* pesar mais do que uma menina magricelinha de roupas molhadas.

Se Deryn conseguisse soltar o Huxley, ele talvez ainda possuísse hidrogênio suficiente para se erguer com ela a um local seguro.

Mas o chão estava ficando próximo de novo. As poças e a grama molhada e reluzente passavam como um borrão bem debaixo dos seus pés; as muralhas da prisão estavam à frente. Deryn ergueu uma das mãos e sentiu o entrecruzamento meio familiar do nó...

Era apenas um nó de amarração malfeito! Ela se lembrou de que Jaspert dissera que os amarradores da Força Aérea usavam nós de marinheiros, os mesmos que ela havia feito milhares de vezes nos balões do pai!

Enquanto Deryn lutava para soltar o nó molhado, as botas bateram no chão com um baque de tremer os ossos e deslizaram pela grama encharcada.

Mas o perigo de verdade não estava abaixo — era a muralha da prisão que se aproximava. Deryn e o Huxley estavam a segundos de se chocar contra aquela extensão reluzente de pedra molhada.

Finalmente os dedos dela soltaram a ponta do cabo. O nó foi desatado, e a corda se contorceu como uma coisa viva, ralando os dedos de Deryn ao sair do anel de aço.

À medida que o peso de 90 metros de corda de cânhamo molhada caía, o aeromonstro decolava e se afastava das muralhas da prisão com metros de sobra.

Deryn prendeu a respiração ao passar por uma chaminé que soltava fumaça abaixo de seus pés. Imaginou as gotas de chuva caindo dentro da chaminé até o carvão em chamas lá embaixo, o vapor se soltando e as fagulhas subindo e acendendo a massa agitada de hidrogênio sobre sua cabeça.

Mas o vento afastou as fagulhas — momentos depois, o Huxley deixou para trás os prédios da prisão mais ao sul.

Ao subir, Deryn ouviu uma vibração rouca lá de baixo.

A equipe de solo ergueu os braços em triunfo. Jaspert estava radiante, com as mãos em concha no rosto, gritando alguma coisa que parecia querer parabenizá-la, como se estivesse dizendo que ela fizera exatamente o que ele tinha dito!

— Foi *minha* ideia berrante, Jaspert Sharp — murmurou, chupando os dedos ralados pela corda.

É claro que ela ainda estava no meio de uma tempestade, amarrada a um Huxley nervoso, ambos voando sobre um trecho de Londres com pouquíssimos pontos para pousar.

E como Deryn *iria* pousar aquele monstro? Ela não tinha como expelir o hidrogênio, não havia mais lastro caso a criatura se assustasse, e Deryn não sabia se alguém havia feito balonismo livre com um Huxley antes e vivido para contar a história.

Ainda assim… pelo menos estava voando. Se descesse com vida, os cientistas teriam de admitir que ela passara no teste.

Menino ou não, Deryn Sharp tinha mostrado um pouco de instinto do ar, afinal de contas.

◈ OITO ◈

A TEMPESTADE PARECEU ESTRANHAMENTE IMÓVEL.

Ela se lembrou da sensação dos balões de ar quente do pai. Solta do cabo, a medusa atingiu a mesma velocidade do vento. O ar parecia estático, e a terra girava lá embaixo como um gigantesco torno mecânico.

Nuvens escuras ainda se agitavam ao redor de Deryn, fazendo o Huxley girar ocasionalmente. Mas muito pior eram os lampejos ao longe. Uma maneira garantida de colocar fogo em um respirador de hidrogênio era acertá-lo com um *raio*. Deryn se distraiu observando Londres passar embaixo, todas as casinhas de brinquedo e as ruas sinuosas, as fábricas com as chaminés tampadas.

Também se lembrou de como o pai dizia que Londres era antes de o velho Darwin fazer sua mágica. A cidade inteira era coberta por uma mortalha de fumaça de carvão, com uma névoa tão densa que os postes de luz eram acesos ao longo do dia. Durante o pior momento da era do vapor, tantas cinzas e tanta fuligem decoravam a zona rural próxima que as borboletas tinham desenvolvido manchas negras nas asas para se camuflarem.

Mas, antes de Deryn ter nascido, os grandes motores a carvão foram dominados pelos monstros fabricados; músculos e força física haviam substituído as caldeiras e engrenagens. Nos dias de hoje, a única fumaça existente saía das chaminés de fornos, não de fábricas imensas, e a tempestade havia limpado até mesmo a sujeira do ar.

Deryn podia ver fabricados onde quer que olhasse. Sobre o palácio de Buckingham uma revoada de gaviões patrulhava, voando em espiral, levando redes que cortariam as asas de qualquer aeroplano que se aproximasse demais. Andorinhas mensageiras cruzavam o centro da cidade, sem serem abaladas pelo tempo. As ruas estavam cheias de animais de tração: hipopotescos e raças de equinos, um elefantino puxando um trenó cheio de tijolos na chuva. A tempestade que quase arrancou Deryn do Huxley sequer chegou a diminuir o ritmo da cidade.

Ela desejou que estivesse com o caderno de esboços para registrar o emaranhado de ruas, monstros e prédios lá embaixo. Tinha começado a desenhar em um dos balões do pai, tentando capturar as maravilhas de voar.

À medida que as nuvens se dissipavam, o Huxley passou por um facho de luz. Deryn se espreguiçou sob o calor e começou a torcer a água da roupa encharcada e fria.

As casas lá embaixo ficavam menores, o apinhado de guarda-chuvas virara um borrão nas ruas molhadas. Enquanto secava, o Huxley ia subindo.

Deryn franziu a testa. Para descer um balão, a pessoa tinha que expelir ar quente da parte de cima. Mas os Huxleys eram ascensores primitivos, feitos para serem conduzidos por cabos o tempo todo.

O que ela deveria fazer? *Falar* com o monstro para convencê-lo a descer?

— Oi! — gritou. — Você aí!

O tentáculo mais próximo se enroscou um pouco, mas foi apenas isso.

— Monstrinho! Estou *falando com você*!
Nenhuma reação.

Deryn fez uma careta. Uma hora antes o Huxley havia sido tão facilmente assustado! Talvez os gritos de uma jovem irritada não parecessem nada demais depois da terrível tempestade.

— Você é uma coisa inútil e inchada! — berrou ela, balançando os pés para sacudir o assento de pilotagem. — E eu estou ficando cansada da sua companhia! Me! Deixe! Descer!

Os tentáculos se desenroscaram como um gato se espreguiçando ao sol.

— Que sensacional — resmungou Deryn. — Vou acrescentar falta de educação aos seus defeitos.

Ao passar por outra nesga de sol, a medusa fez um som baixinho de suspiro e expandiu o balão de gás para se secar.

Deryn sentiu que estava subindo mais.

Ela gemeu ao olhar para o céu azul à frente. Dava para enxergar até as fazendas de Surrey agora. E depois disso viria o Canal da Mancha.

Por dois longos anos, Deryn não quis nada além de voar de novo, igual à época em que o pai era vivo… e ali estava ela, à deriva no céu. Talvez fosse castigo por bancar um menino, exatamente como sua mãe sempre havia alertado.

O vento se tornou estável e empurrou o monstro em direção à França.

Aquele seria um dia longo.

O Huxley foi o primeiro a notar.

O assento de pilotagem deu um tranco debaixo de Deryn, feito uma carruagem passando sobre um buraco na rua. Ao acordar bruscamente de uma soneca, ela olhou feio para o Huxley.

— Ficando entediado?

O aeromonstro parecia reluzir; o sol brilhava diretamente sobre o Huxley e passava por sua pele iridescente. Era meio-dia, portanto ela estava voando a mais de seis horas. O Canal da Mancha cintilava não muito longe à frente, diante de um céu perfeito. Eles tinham deixado as nuvens cinzentas de Londres bem para trás.

Deryn fez uma cara feia e se espreguiçou.

— Que adorável tempo berrante — falou com a voz rouca. Os lábios estavam secos e a bunda muito, muito dolorida.

Então notou os tentáculos se enroscarem.

— O que foi agora? — resmungou Deryn, embora ela fosse ficar agradecida caso fossem atacados por uma revoada de pássaros, se isso fizesse o monstro descer. Um pouso difícil era melhor do que ficar pendurada ali até morrer de sede.

Deryn observou o horizonte e não viu nada. Mas sentiu um tremor nas correias de couro do assento de pilotagem e ouviu o zumbido de motores no ar.

Seus olhos se arregalaram.

Um enorme aeromonstro estava surgindo das nuvens cinzentas atrás dela, a superfície prateada e reflexiva do topo reluzindo à luz do sol.

A coisa era gigantesca — maior do que a catedral de São Paulo, mais comprida do que o transatlântico encouraçado *Órion* que ela havia visto no Tâmisa na semana anterior. O cilindro reluzente tinha o formato de um zepelim, mas os flancos pulsavam com o movimento dos cílios, e o ar no seu entorno estava repleto de morcegos e pássaros simbióticos.

A medusa soltou um assobio descontente.

— Não, monstrinho. Não fique irritado! — disse Deryn baixinho. — Eles estão aqui para ajudar!

Pelo menos era o que Deryn achava. Mas não estava esperando que algo assim tão *grande* saísse procurando por ela.

A aeronave se aproximou. Então, Deryn conseguiu enxergar a gôndola suspensa na barriga do monstro. As letras grandes debaixo das janelas da ponte de comando entraram em foco lentamente... *Leviatã*.

Ela engoliu em seco.

— E com uma fama berrante, esses amigos.

O *Leviatã* foi o primeiro dos grandes respiradores a hidrogênio fabricados para rivalizar com os zepelins do *kaiser*. Alguns poucos monstros cresceram mais desde então; no entanto, nenhum outro havia feito a viagem de ida e volta à Índia ainda e quebrado os recordes das aeronaves alemãs durante todo o percurso.

O corpo do *Leviatã* fora feito a partir da cadeia vital de uma baleia, mas uma centena de outras espécies formou o emaranhado do projeto, inúmeras criaturas encaixadas como as engrenagens de um cronômetro. Revoadas de pássaros fabricados voavam ao redor dele — batedores, guerreiros e predadores para conseguir comida. Deryn viu lagartos mensageiros e outros monstros correndo sobre a pele do aeromonstro.

De acordo com o manual de aerologia de Deryn, os grandes respiradores de hidrogênio eram projetados nas pequeninas ilhas sul-americanas onde Darwin fizera suas famosas descobertas. O *Leviatã* não era apenas um monstro, mas uma enorme teia de vida em eterno equilíbrio.

Os motores de propulsão alteraram o curso e empinaram o nariz da criatura. O aeromonstro obedeceu, os cílios ao longo dos flancos ondulando como um mar de grama ao vento — um monte de pequenos remos impulsionando-o para trás, diminuindo a velocidade do *Leviatã* até quase pará-lo.

A enorme silhueta se movia devagar à frente, obstruindo a visibilidade do céu. A barriga era toda manchada de cinza, uma camuflagem para incursões noturnas.

No frio súbito da sombra enorme, Deryn ergueu os olhos, fascinada. Aquela criatura gigante e fantástica realmente viera ao *seu* resgate.

O Huxley estremeceu de novo, perguntando-se para onde o céu tinha ido.

— Calma, monstrinho. É só o seu primo mais velho.

Deryn ouviu chamados de cima e viu um movimento.

Um cabo surgiu, passando por ela ao se desenrolar. Outro veio a seguir, depois mais uma dúzia, até que Deryn ficou cercada por uma floresta de cabos de ponta-cabeça balançando.

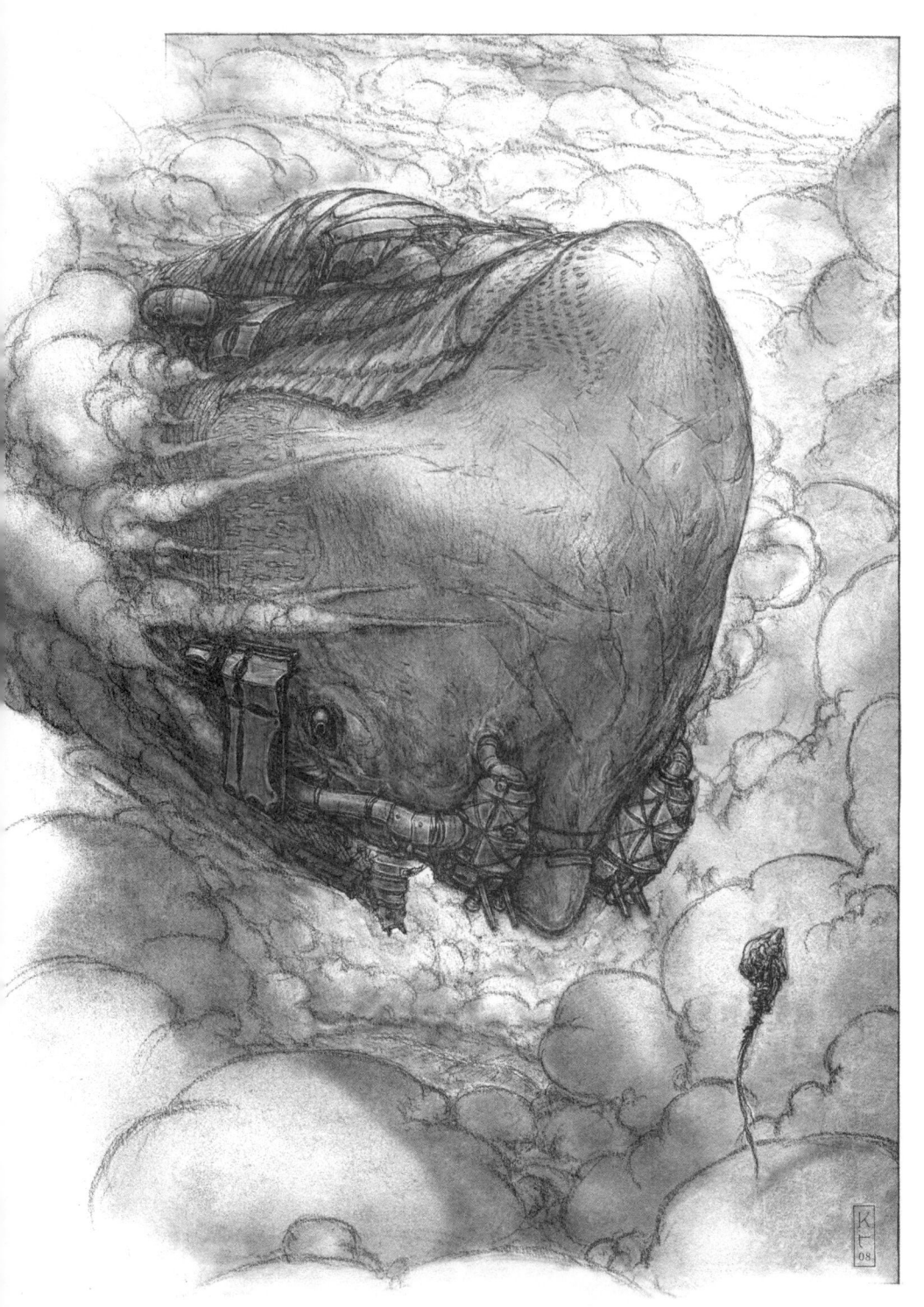

"O LEVIATÃ SE APROXIMA."

Ela esticou a mão para pegar um deles, mas a largura do balão de gás do aeromonstro mantinha o cabo fora de alcance. Deryn balançou o assento de pilotagem, tentando se aproximar.

O movimento fez os tentáculos do Huxley se enroscarem, provocando um tranco revoltante para baixo.

— Ah, então *agora* você quer descer? — reclamou ela. — Você é tão inútil.

Os motores da aeronave mudaram de tom novamente, e os cabos suspensos apareceram outra vez, ainda fora de alcance. Mas em seguida os motores acima começaram a trabalhar de acordo com um padrão intermitente ... e os cabos começaram a balançar no ritmo do som.

Lá em cima havia um piloto esperto.

Os cabos balançavam mais perto a cada novo pulsar dos motores. Deryn esticou um braço o máximo que conseguiu...

Finalmente seus dedos alcançaram o apoio. Ela puxou o cabo e amarrou no anel acima do assento de pilotagem — e, a seguir, franziu a testa.

Será que eles iriam içá-la para a gôndola? Isso não viraria o Huxley de ponta-cabeça?

Mas o cabo continuou frouxo e, alguns momentos depois, um lagarto-mensageiro desceu por ele. As patinhas membranosas agarravam o cabo como se fosse um galho fino. A pele verde e brilhante do lagarto parecia reluzir nas sombras debaixo da aeronave.

Ele falou com um sotaque afetado. A voz grossa surpreendia vinda de um corpo tão diminuto.

— Sr. Sharp, eu presumo? — O lagarto soltou uma gargalhada rouca.

Deryn estava tão chocada que quase respondeu. Mas claro, o lagarto-mensageiro estava apenas repetindo o que um dos oficiais acima dissera a ele.

— Saudações do *Leviatã* — continuou o lagarto. — Nossas desculpas pela demora. O tempo ruim e tal. — Ele fez um barulho, como um homem pigarreando, e Deryn meio que esperou o lagarto levar a patinha à boca. — Mas aqui estamos, afinal. Iremos levá-lo até o dorso, é claro. Procedimento padrão.

O lagarto fez uma pausa e Deryn se perguntou o que significaria o "dorso".

— Ah, sim. Me disseram que o senhor é apenas um fedelho. Parabéns, conseguiu se perder no primeiro voo.

Deryn deu um olhar de desdém. Primeiro um balão cheio de gás e insetos a arrasta por metade da Inglaterra e agora tinha que ouvir provocações de um *lagarto* berrante!

— Suponho que não conheça o procedimento padrão. Bem, é muito simples, na verdade. Vamos passar debaixo do senhor, depois iremos subir e o recolheremos com o guincho dorsal. Alguma pergunta?

O lagarto-mensageiro a encarou com uma expressão de expectativa, piscando os olhinhos pretos.

— Sem perguntas, senhor. Estou pronto — disse Deryn, lembrando-se de fazer sua voz de garoto. Ela não iria admitir que não sabia o que o "dorso" queria dizer.

O lagarto-mensageiro não se mexeu, apenas piscou novamente.

— Então... vai ser o procedimento padrão? — acrescentou ela.

O lagarto esperou outro instante, mas, como Deryn não falou mais nada, voltou correndo pelo cabo a fim de repetir as palavras dela para quem quer que estivesse na outra ponta.

Um minuto depois, todos os outros cabos foram puxados, mas aquele preso ao assento de pilotagem recebeu mais alguns metros. Ele caiu até quase sumir de vista; pareciam uns 400 metros de cabo. Então os motores em ponto morto da aeronave ganharam vida outra vez.

A sombra gigante se afastou contra o vento, de maneira que o sol surgiu por trás do nariz do *Leviatã*, quase cegando Deryn. Em seguida, a aeronave começou a descer aos poucos, exalando hidrogênio com um som similar a água corrente, até que os oficiais nas janelas da ponte de comando ficaram nivelados a ela, a apenas 20 metros de distância.

Um deles sorriu e bateu uma rápida continência, e Deryn devolveu o gesto.

O *Leviatã* desceu ainda mais, e o Huxley choramingou um pouco quando um olho enorme ficou no mesmo nível que eles.

— Não me cause mais problemas — murmurou Deryn.

Ela estava observando atentamente, notando como o imenso arnês da aeronave dava a volta pelo corpo, segurando as gôndolas no lugar. As correias eram presas a uma rede de cabos, como o cordame de um veleiro. Monstros estranhos de seis patas subiam pelos cabos ao lado dos tripulantes, fungando a pele do aeromonstro.

Esses tinham que ser os farejadores de hidrogênio sobre os quais ela havia lido, procurando por vazamentos na membrana.

Quando a imensa extensão prateada do *Leviatã* passou por baixo dela, Deryn viu que a outra ponta do cabo agora estava presa a um gancho na espinha da criatura.

Então "dorso" era apenas um termo da Força Aérea para "costas".

O guincho era pequeno e feito de alumínio para ser o mais leve possível, como tudo em uma aeronave. Dois homens acionaram o guincho, puxando o cabo rapidamente. Em pouco tempo Deryn e seu nervoso Huxley estavam descendo em direção às costas prateadas do *Leviatã*.

Alguns minutos depois, meia dúzia de tripulantes agarraram os tentáculos da medusa e a puxaram para baixo. Deryn se viu solta do assento de pilotagem, tropeçando com as pernas dormentes sobre a superfície esponjosa da pele inchada do *Leviatã*.

— Bem-vindo a bordo, Sr. Sharp — disse o jovem oficial responsável.

Deryn tentou ficar em pé ereta, mas sentiu uma dor na espinha. Mexeu os dedos dentro das botas de Jaspert para tentar fazer o formigamento nos pés passar.

— Obrigado, senhor. — Ela conseguiu dizer.

— Está tudo bem com o senhor? — perguntou o oficial.

— Sim, senhor. Apenas com um pouco de dormência na área do meu, hã, dorso.

O oficial riu.

— Voo longo, hein?

— Sim, senhor. Um pouco. — Ela devolveu a continência, envergonhada.

Ele estava sorrindo, pelo menos. Todos os tripulantes pareciam muito alegres enquanto verificavam a medusa. Deryn supôs que não era comum eles serem chamados para resgatar recrutas no céu.

Um sujeito em um uniforme de timoneiro deu um tapinha nas costas dela.

— Seu Huxley está em boa forma após uma tempestade como aquela. O senhor deve ter jeito com os monstros, Sr. Sharp.

— Obrigado, senhor — disse ela. Os homens no guincho levaram o Huxley para trás, a fim de ser puxado pelo *Leviatã*.

— Não são muitos os aspirantes que passam a metade do primeiro dia voando — falou o oficial.

— Eu não sou exatamente um aspirante, senhor. Ainda não fiz as provas.

Deryn olhou ansiosa pelo topo do *Leviatã*, torcendo para que eles a deixassem explorar a nave enquanto era levada de volta a Scrubs. Ela estaria pronta para andar novamente em apenas mais alguns minutos...

O timoneiro riu.

— Resolver alguns problemas de aeronáutica não deve ser difícil depois de fazer balonismo livre em um Huxley. E com este problema no horizonte, imagino que a Força Aérea vá procurar por mais alguns homens.

Deryn franziu a testa.

— Problema, senhor?

O oficial concordou com a cabeça.

— Ah, sim. Imagino que não tenha ouvido. Um duque e uma duquesa da Áustria foram mortos ontem à noite. Talvez haja uma certa confusão no continente.

Ela pestanejou.

— Sinto muito, senhor, eu não entendi.

O oficial deu de ombros.

— Eu também não sei o que isso tem a ver com a Grã-Bretanha, mas estamos em alerta. Agora que o achamos, estamos rumando diretamente para a França, caso os mekanistas tentem começar alguma coisa. — Ele sorriu. — Imagino que o senhor fique alguns dias conosco. Espero que não seja um problema.

Deryn arregalou os olhos. À medida que a sensibilidade retornava às pernas, podia sentir o ronco dos motores pela pele do aeromonstro. De cima da espinha do *Leviatã*, com os flancos prateados descendo para o nada, o céu era imenso em todas as direções.

Alguns dias, disse o sujeito — uma centena de horas a mais naquele céu perfeito. Deryn bateu continência novamente, tentando esconder o sorriso.

— Não, senhor. Não é problema algum.

◈ NOVE ◈

ALEK ACORDOU COM ESTALOS DE CÓDIGO MORSE.

A madeira deu uma rangida quando ele se mexeu, e um cheiro úmido preencheu seu nariz. A poeira girava nos fachos de luz do sol que entravam pelas paredes meio apodrecidas. Alek se sentou e piscou, olhando para o feno que cobria suas roupas.

O príncipe Aleksandar nunca havia dormido em um celeiro. Obviamente, ele tinha feito um monte de coisas novas nas últimas duas semanas.

Klopp, Bauer e o engenheiro mestre Hoffman roncavam por perto. O Stormwalker estava agachado dentro do celeiro mal iluminado, a cabeça quase na altura do palheiro. Alek havia estacionado a máquina na noite anterior, arrastando os pés à meia altura na escuridão para se espremer lá dentro. Uma pilotagem complicada.

Outro código Morse soou novamente pela escotilha aberta do andador.

Era o conde Volger, claro. O sujeito era alérgico a dormir.

O espaço entre o topo do palheiro e a cabeça do andador mal tinha o comprimento de uma espada, um pulo seria fácil.

Alek desceu sem fazer barulho, os pés descalços e silenciosos tocando a blindagem de metal. Ele foi até a borda para espiar pela escotilha.

Volger estava sentado virado para o outro lado no assento de comando, com um fone sem fio apertado contra a cabeça.

Devagar e em silêncio, Alek apoiou um dos pés na borda da escotilha…

— Cuidado para não cair, sua alteza.

Alek suspirou, imaginando se algum dia conseguiria se aproximar de mansinho do professor de esgrima.

— Você nunca dorme, conde?

— Não com essa barulheira. — Volger olhou feio para o palheiro.

— Você quer dizer os roncos? — Alek franziu a testa. Ele crescera acostumado a dormir com barulhos de homens e máquinas, mas de alguma forma o pequeno estalar de pontos e traços do rádio o acordou. Duas semanas sendo caçado tinham mudado seus sentidos. — Algo sobre nós?

Volger deu de ombros.

— Os códigos mudaram novamente. Mas nunca ouvi tantas conversas antes quanto estas. O exército está se preparando para a guerra.

— Talvez tenham se esquecido de mim — disse Alek. Naqueles primeiros dias, os encouraçados terrestres vasculharam os morros em todas as direções, lotados de vigias nos conveses superiores. Porém, ultimamente os fugitivos viram apenas um aeroplano ocasional passando zumbindo no céu.

— Você não foi esquecido, sua alteza — disse Volger, com um tom seco. — A Sérvia simplesmente representa um alvo mais fácil.

— Azar deles — falou Alek baixinho.

— Azar não tem nada a ver com isso — murmurou Volger. — O império queria uma guerra com a Sérvia há anos. O resto é uma desculpa.

— Uma *desculpa*? — disse Alek, ficando com raiva ao imaginar o rosto dos pais assassinados. Mas ele não podia negar a lógica de Volger. Os encouraçados que o caçavam eram alemães e austríacos, afinal de contas. Sua família fora destruída por velhos amigos, não por uma pobre gangue de estudantes sérvios. — Mas meu pai sempre defendeu a paz.

— E ele não pode mais defender. Bom plano, não foi?

Alek balançou a cabeça.

— Você me deixa horrorizado, Volger. Às vezes acho que você *admira* as pessoas por trás disto.

— Os planos têm uma certa elegância: assassinar um pacifista para começar uma guerra. Mas eles cometeram um erro muito grande. — O homem se virou para encará-lo. — Deixaram você vivo.

— Eu não sou mais importante.

Volger desligou o rádio, e a cabine ficou em silêncio. O esvoaçar dos pássaros veio baixinho das vigas do celeiro.

— Você é mais importante do que qualquer pessoa possa imaginar, Aleksandar.

— *Como?* Não tenho mais meus pais, nenhum título de verdade. — Alek olhou para si, vestido em roupas de fazendeiro roubadas e coberto por palha. — Eu sequer tomei um *banho* decente em duas semanas.

— Realmente, não. — Volger fungou. — Mas seu pai fez um planejamento cuidadoso para a guerra que vem aí.

— O que você quer dizer?

— Quando chegarmos à Suíça, explico. — Volger ligou o rádio de novo. — Mas isto não vai acontecer a não ser que compremos combustível e peças amanhã. Vá acordar os homens.

Alek ergueu uma sobrancelha.

— Por acaso você me deu uma ordem, conde?

— Vá acordar os homens, *por obséquio*, sua serena alteza.

— Sei que essa insolência é só para me distrair do seu segredinho, conde. Mas isso não faz com que a situação seja menos *perturbadora*.

Volger deixou escapar uma risada.

— Creio que não. Mas ainda não posso revelar meu segredo. Prometi ao seu pai que esperaria o momento certo.

Alek cerrou os punhos. Estava ficando cansado de ser tratado daquela forma; nunca era informado sobre os planos de Volger até o último momento. Talvez fosse uma criança no dia em que os pais morreram, porém não era mais.

Nas últimas duas semanas, Alek aprendera a fazer uma fogueira, a trocar as velas dos motores, a mapear o avanço durante a noite em direção à Suíça usando um sextante e as estrelas. Era capaz de fazer o Stormwalker passar por debaixo de pontes e entrar em celeiros, e sabia desmontar e limpar as metralhadoras Spandau tão facilmente quanto lavar as próprias roupas — outra coisa que aprendera. Hoffman até mesmo o ensinara um pouco a fazer comida, como cozinhar carne-seca para amaciá-la, adicionando legumes e verduras recolhidos enquanto pisoteavam o campo de algum pobre fazendeiro.

Porém, mais importante, Alek aprendera a conter o desespero. Não chorara desde o primeiro dia, nem uma vez sequer. A tristeza estava trancada em um cantinho escondido de seu interior. A única vez em que fora atacado pelo horrível vazio foi quando esteve sozinho de sentinela, enquanto os demais dormiam.

E, mesmo naquela ocasião, Alek praticou a arte de conter as lágrimas.

— Não sou mais uma criança.

— Eu sei. — Volger abrandou o tom de voz. — Mas seu pai me pediu para esperar, Alek, e eu pretendo honrar os desejos dele. Vá acordar os homens e, depois do café da manhã, nós teremos uma aula de esgrima. Você vai precisar apurar os reflexos para a pilotagem da manhã de hoje.

Alek encarou Volger por mais um instante e depois finalmente concordou com a cabeça.

Ele sentia a necessidade de ter uma espada na mão.

— Em guarda, por obséquio.

Alek ergueu o sabre e ficou em guarda. Volger deu uma lenta volta ao redor dele, inspecionando a postura de Alek pelo que pareceu um minuto inteiro.

— Mais peso no pé atrás — disse o homem finalmente. — Porém, fora isso, aceitável.

Alek mudou a postura, os músculos já começavam a ficar com cãibras. Longos dias na cabine de pilotagem tinham arruinado sua forma física. Aquela aula iria doer.

A dor era sempre o objetivo do conde Volger, é claro. Quando Alek começou a treinar, aos 10 anos, esperava que a esgrima fosse algo divertido. Mas as primeiras aulas consistiram em ficar imóvel na mesma posição por horas, sendo ofendido por Volger sempre que seu braço esticado começava a tremer.

Pelo menos agora, aos 15, ele tinha permissão para cruzar espadas.

Volger ficou em guarda.

— Devagar de início. Vou cantar suas paradas — disse Volger. Ele começou a atacar, gritando os nomes dos movimentos defensivos ao golpear. — Parada de terceira... de terceira outra vez. Agora parada de primeira. Está horrível, Alek. A espada está muito baixa! Mais duas paradas de terceira. Agora se proteja de novo. Parada de quarta. Simplesmente horroroso. De novo...

Os ataques do conde continuaram, mas ele calou a boca, deixando que Alek escolhesse as próprias paradas. As espadas reluziam e os pés levantavam poeira nos fachos de luz do sol que cruzavam o celeiro enquanto se arrastavam.

A sensação de duelar em roupas de fazendeiro era estranha, sem criados de prontidão para lhe trazer água e toalhas. Camundongos corriam pelo chão e o gigantesco Stormwalker os protegia como um deus da guerra feito de ferro. A cada poucos minutos, o conde Volger pedia que parasse e erguia os olhos para a máquina, como se esperasse encontrar no sisudo silêncio a paciência para aguentar a técnica desajeitada de Alek.

Em seguida, ele suspirava e dizia: "De novo...".

Alek sentiu a concentração aumentar à medida que duelavam. Ao contrário do salão de esgrima em casa, ali não havia espelhos nas paredes,

"TREINO."

e Klopp e os outros homens estavam ocupados verificando os motores do andador em vez de assistindo. Sem distrações, apenas o som agudo do aço e do arrastar de pés. Conforme o duelo ficava mais intenso, Alek se deu conta de que ainda não tinham colocado máscaras. Ele sempre implorara para lutar sem proteção, mas os pais jamais deixaram.

— Por que a Sérvia? — perguntou Volger de supetão.

Alek baixou a guarda.

— Perdão?

Volger afastou a parada meio pronta de Alek e golpeou o pulso dele.

— Que diabos? — gritou Alek, esfregando a mão. O sabre de treino não tinha gume, mas ainda assim podia deixar um hematoma quando acertava a carne.

— Não baixe a guarda até que o outro homem faça o mesmo, sua alteza. Não em tempos de guerra.

— Mas você acabou de me perguntar... — Alek começou, a seguir suspirou e ergueu a espada novamente. — Está certo. Continue.

O conde começou outra sequência de golpes, empurrando Alek para trás. Pelas regras do sabre, qualquer contato com a espada do oponente encerrava um ataque legal. Mas Volger estava ignorando todas as paradas, usando força bruta para ganhar terreno.

— Por que a Sérvia? — repetiu o conde ao empurrar Alek para a parede dos fundos do celeiro.

— Porque os sérvios são aliados da Rússia! — gritou Alek.

— Realmente. — Volger terminou o ataque de supetão, virou as costas e foi embora. — A velha aliança dos povos eslavos.

Alek pestanejou. O suor escorria para dentro dos olhos e o coração estava disparado.

Volger voltou a se posicionar no centro do celeiro.

— Em guarda, senhor.

Alek se aproximou cautelosamente com a espada erguida.

Volger atacou de novo, continuando a ignorar as regras de prioridade. Aquilo não era esgrima, Alek percebeu, estava mais para... *uma luta de espadas*. Ele se concentrou mais, e a atenção se estendeu pelo comprimento do sabre. Como o Stormwalker, o pedaço de aço se tornou uma extensão de seu corpo.

— E quem é o maior aliado da Rússia? — perguntou Volger, sem sequer perder um pouquinho do fôlego.

— A Grã-Bretanha.

— Não exatamente. — A espada de Volger penetrou na defesa de Alek e bateu com força no braço direito.

— Ai! — Alek baixou a guarda e esfregou o machucado. — Pelo amor de Deus, Volger! Você está me ensinando esgrima ou diplomacia?

Volger sorriu.

— Você precisa aprender as duas coisas, obviamente.

— Mas o comando naval britânico encontrou com os russos no ano passado! Meu pai disse que isso deixou os alemães loucos de preocupação.

— Isso não é uma aliança, Alek. Não ainda. — Volger ergueu a espada. — Então quem é aliado da Rússia?

— França, creio eu. — Alek engoliu em seco. — Eles têm um tratado, certo?

— Correto. — Volger parou por um momento, a ponta da espada fazendo um desenho no ar, e ele franziu a testa. — Levante a espada, Alek. Não avisarei de novo; nem seus inimigos.

Alek suspirou e ficou em guarda. Sentiu que estava pegando o sabre com muita força e se esforçou para relaxar a mão. Será que Volger pensava que aquelas distrações eram úteis?

— Concentre-se nos meus olhos — disse Volger. — Não na ponta da minha espada.

— Falando em olhos, não estamos usando máscaras.

— Não existem máscaras na guerra.

— Também não existem muitas *lutas de espada* na guerra! Não ultimamente.

Volger ergueu uma sobrancelha ao ouvir aquilo, e Alek sentiu um momento de triunfo. O jogo de perturbar podia ser disputado por duas pessoas.

O homem avançou e Alek interrompeu o ataque, contra-atacando imediatamente. O gume do sabre errou o braço de Volger por um fio.

Ele recuou e se protegeu.

— Vamos então rever o caso — disse Volger com a espada ainda em movimento. — A Áustria se vinga da Sérvia. O que acontece a seguir?

— Para proteger a Sérvia, a Rússia declara guerra à Áustria.

Enquanto falava, algo na mente de Alek continuou prestando atenção ao movimento dos sabres. Era estranhamente esclarecedor não usar máscara. Ele havia conhecido oficiais alemães de escolas militares que consideravam covardia usar proteção. Cicatrizes cortavam seus rostos como sorrisos cruéis.

— Os alemães protegem a honra dos mekanistas ao declarar guerra à Rússia.

Volger estocou o joelho de Alek, um alvo ilegal.

— E então?

— A França honra o tratado com a Rússia e declara guerra à Alemanha.

— E então?

— Quem sabe? — gritou Alek ao bater no sabre de Volger. Ele percebeu que tinha perdido o equilíbrio; grande parte do corpo estava exposta. Ele se virou para corrigir. — A Grã-Bretanha se mete de alguma forma. Darwinistas contra mekanistas.

Volger avançou, girando o sabre, que se enroscou na espada de Alek como uma cobra e a arrancou da mão. O metal reluziu conforme a espada voou pelo celeiro e se enterrou na parede meio apodrecida com um baque seco.

O conde deu um passo à frente e segurou o sabre na garganta de Alek.

— E o que podemos concluir desta aula, sua alteza?

Alek olhou o homem com raiva.

— Podemos concluir, conde Volger, que discutir política durante um duelo é idiota.

Volger sorriu.

— Para a maioria das pessoas, talvez. Mas alguns de nós nasceram sem esta escolha. O jogo entre nações é a sua herança, Alek. Política é parte de tudo o que você faz.

Alek empurrou o sabre de Volger. Sem uma espada na mão, ele se sentiu subitamente dormente e exausto, e não tinha forças para contestar o óbvio. Seu nascimento havia abalado o trono austro-húngaro, e agora a morte dos pais tinha perturbado o delicado equilíbrio da Europa.

— Então esta guerra é minha responsabilidade — disse ele amargamente.

— Não, Alek. As potências darwinistas e mekanistas teriam encontrado um jeito de brigar, mais cedo ou mais tarde. Mas talvez você ainda consiga deixar sua marca.

— Como?

Em seguida, o conde fez uma coisa estranha. Pegou o próprio sabre pela lâmina e o entregou para Alek com o cabo à frente, como se oferecesse a arma ao vencedor.

— Veremos, Alek. Veremos.

◈ DEZ ◈

ELE VIROU LEVEMENTE AS ALAVANCAS DE LADO e sentiu o pé direito do Stormwalker se mexer.

— Isso aí — falou Otto Klopp. — Devagar agora.

Alek tocou os controles novamente e o andador avançou um pouquinho mais. Era frustrante manobrar em um espaço apertado como aquele. Um esbarrão do ombro do andador poderia derrubar todo o celeiro podre ao redor deles. Pelo menos os medidores agitados e as alavancas começaram a fazer sentido. Um pouco mais de pressão nos joelhos poderia ajudar...

Com outro toque ele conseguiu — a escotilha ficou alinhada com um buraco irregular na parede do celeiro. O sol do fim da tarde entrou na cabine, os campos se estendiam diante deles. Uma colheitadeira de 12 pernas retumbava ao longe, seguida por uma dúzia de fazendeiros e um caminhão de quatro pernas para coletar os grãos recolhidos.

O conde Volger colocou a mão no ombro de Alek.

— Espere até que saiam de vista.

— Bem, é óbvio — falou Alek. Com os hematomas ainda latejando, ele achava que já ouvira conselhos suficientes de Volger para um único dia.

A colheitadeira avançou devagar pelo campo e logo desapareceu atrás de um morro baixo. Alguns poucos trabalhadores ficaram para trás, feito pontinhos pretos no horizonte. Em pouco tempo, Alek os perdeu de vista ao longe, mas esperou.

Finalmente a voz de Bauer estalou no intercomunicador.

— Aquele era o último, senhor.

O cabo Bauer tinha a visão fantástica de um artilheiro profissional. Duas semanas antes estava a caminho de comandar a própria máquina. O mestre Hoffman era o melhor engenheiro da Guarda dos Habsburgos. Mas agora os dois eram nada mais do que fugitivos.

Aos poucos, Alek passou a ter noção de tudo o que os homens tinham aberto mão por ele: das patentes, das famílias e de seus futuros. Se fossem capturados, os quatro seriam enforcados como desertores. O príncipe Aleksandar desapareceria mais discretamente, é claro, pelo bem do império. A última coisa de que uma nação em guerra precisava era a incerteza de quem era o herdeiro do trono.

Ele levou o Stormwalker com calma até as portas abertas do celeiro, usando os passos arrastados que Klopp havia ensinado. Isso apagava as

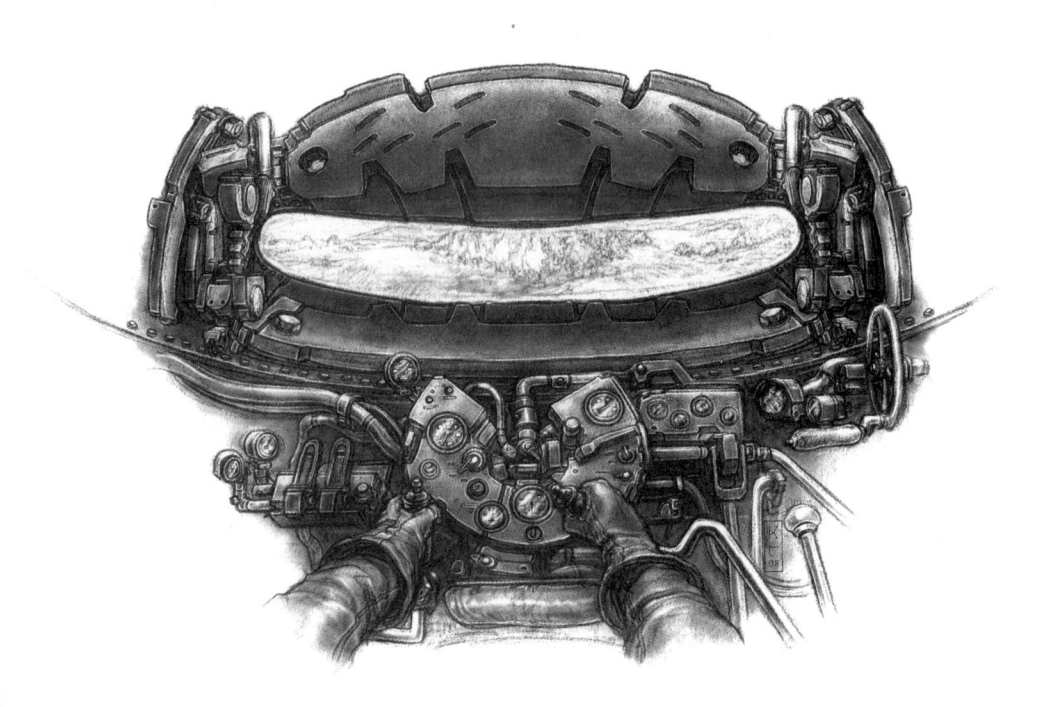

enormes pegadas da máquina, e também quaisquer outros sinais de que alguém se escondera ali.

— Pronto para o seu primeiro comando, jovem mestre? — perguntou Klopp.

Alek assentiu e flexionou os dedos. Estava nervoso, mas contente por pilotar na luz do dia para variar, em vez de no meio da noite.

E, na verdade, as quedas do andador não eram tão ruins. Todos ficavam machucados e contundidos, mas o mestre Klopp conseguia colocar a máquina de pé novamente.

À medida que os motores pulsavam com mais velocidade, o cheiro do escapamento se misturava ao da poeira e da palha. Alek avançou devagar com a máquina, a madeira rangendo enquanto o andador passava pelas portas em direção ao ar livre.

— Foi tranquilo. Pilotou com leveza, jovem mestre! — disse Klopp.

Não havia tempo para responder. Estavam em campo aberto agora. Alek colocou o Stormwalker de pé até a altura máxima, com os motores girando a toda. Ele avançou com a máquina, esticando as pernas de metal cada vez mais a cada passo. Então veio o momento em que andar virou correr: ambos os pés no ar ao mesmo tempo, a cabine tremendo a cada impacto com o solo.

Alek ouvia o centeio ser esmagado debaixo dos pés. A trilha do Stormwalker seria fácil de ser vista de um aeroplano, mas à noite a colheitadeira voltaria e apagaria as enormes pegadas.

Ele mantinha os olhos no objetivo, chegar a um riacho coberto pela proteção de um arvoredo.

Aquilo era o mais rápido que Alek jamais tinha viajado, mais veloz do que qualquer cavalo, até mesmo do que o trem expresso para Berlim. Cada passo de 10 metros parecia se estender por infindáveis segundos, graciosos diante da enorme escala da máquina. O ritmo trovejante dava uma sensação gloriosa após longas noites passadas andando de mansinho pela floresta.

Porém, conforme o riacho se aproximava, Alek imaginou se o andador não estaria se movendo rápido *demais*. Como conseguiria parar a máquina?

Puxou as alavancas para trás um pouco — e de repente deu tudo errado. O pé direito pisou cedo demais… e a máquina começou a embicar.

Alek desceu a perna esquerda, mas o movimento do andador levou a máquina para a frente. Ele foi forçado a dar mais um passo, como um bêbado prestes a cair, incapaz de parar.

— Jovem mestre… — começou Otto.

— Pegue! — gritou Alek.

Klopp agarrou as alavancas, virou o andador e esticou uma das pernas, inclinando a máquina inteira para trás. O assento do piloto girou e Volger balançou de forma descontrolada nas alças de couro do teto, mas, de alguma forma, Klopp permaneceu grudado aos controles.

O Stormwalker derrapou para a frente, com uma perna estendida e o pé dianteiro rasgando a terra e os talos de centeio. Poeira entrou na cabine, e Alek viu o riacho chegando mais perto rapidamente.

Aos poucos a máquina diminuiu a velocidade, mantida ereta pelo último resquício de impulso… e então ficou parada sobre as duas pernas, escondida entre as árvores, com os pés enormes mergulhados no riacho.

Alek viu poeira e talos arrancados de centeio voando pela escotilha. Um instante depois, as mãos começaram a tremer.

— Muito bem, jovem mestre! — disse Klopp, dando um tapinha nas costas de Alek.

— Mas eu quase caí!

— Claro que sim! — Klopp riu. — Todo mundo cai na primeira vez que tenta correr.

— Todo mundo *o quê*?

— Todo mundo cai. Mas o senhor fez a coisa certa e me deixou assumir os controles a tempo.

Volger espanou raminhos de centeio da jaqueta.

— Ao que parece, humildade foi o objetivo um tanto quanto enfadonho da aula de hoje. Além de passar por feitos plebeus.

— *Humildade?* — Alek cerrou os punhos. — Você quer dizer que sabia que eu cairia?

— É claro — disse Klopp. — Como eu disse, todo mundo cai na primeira vez. Mas o senhor entregou as alavancas a tempo. Isto é uma lição também!

Alek fez uma careta de desprezo. Klopp estava olhando para ele de forma completamente radiante, como se o garoto tivesse executado um salto mortal com um escaler de seis pernas. Ele não sabia se ria ou dava uma boa surra no homem.

Alek decidiu apenas tossir um pouco da poeira que tinha entrado nos pulmões e, em seguida, retomar os controles. O Stormwalker respondeu normalmente. Parecia que nada importante, além do próprio orgulho, tinha sido danificado.

— O senhor se saiu melhor do que o esperado — disse Klopp. — Especialmente considerando como a cabine superior está pesada.

— Pesada? — perguntou Alek.

— Ah, bem. — Klopp deu um olhar tímido para Volger. — Creio que não seja verdade.

O conde Volger suspirou.

— Vá em frente, Klopp. Se vamos ensinar balé aquático para sua alteza, creio que seja útil mostrar a carga extra.

Klopp concordou com a cabeça, um sorriso malicioso no rosto. Ele se levantou do assento do piloto e se ajoelhou ao lado de um pequeno painel de engenharia no chão.

— Pode me dar uma ajuda, jovem mestre?

Um pouco curioso, ele se ajoelhou ao lado de Klopp, e os dois soltaram juntos os parafusos de mão. O painel saiu e Alek piscou; em vez de fios e engrenagens, a abertura revelou retângulos perfeitos de metal reluzente, cada um gravado com o selo dos Habsburgos.

— Isto são...?

— Barras de ouro — disse Klopp alegremente. — Uma dúzia delas. Quase um quarto de tonelada ao todo!

— Pelas chagas de Deus — sussurrou Alek.

— O conteúdo do cofre particular de seu pai — disse o conde Volger. — Confiado a nós como parte de sua herança. Dinheiro não nos faltará.

— Creio que não. — Alek se recostou. — Então este é o seu segredinho, conde? Tenho que admitir que estou impressionado.

— Isso não é nada demais. — Volger fez um gesto e Klopp começou a fechar o painel. — O verdadeiro segredo está na Suíça.

— Uma tonelada de ouro, *nada demais*? — Alek ergueu os olhos para o homem. — Está falando sério?

O conde Volger levantou uma sobrancelha.

— Eu sempre falo sério. Podemos ir?

Ele ficou de pé e então se sentou no assento do piloto, perguntando-se que outras surpresas o conde guardava.

Alek os conduziu pelo riacho em direção a Lienz, a cidade mais próxima com algum tipo de indústria mekânica. O andador precisava desesperadamente de querosene e peças. Com uma dúzia de barras de ouro, podiam comprar a cidade inteira caso fosse necessário. O truque era não se entregar. Um Ciclope Stormwalker era um modo bem chamativo de viajar.

Alek manteve a máquina no arvoredo à margem do riacho. Com a luz da tarde já começando a enfraquecer, podiam chegar perto o suficiente de mansinho e alcançar a cidade a pé no dia seguinte.

Era estranho pensar que, de manhã, pela primeira vez em duas semanas, Alek iria ver outras pessoas. Não apenas aqueles quatro homens, mas uma cidade inteira de plebeus, nenhum dos quais se daria conta de que um príncipe estava andando entre eles.

Alek tossiu de novo e olhou para o disfarce empoeirado das roupas de fazendeiro. Volger estava certo — estava tão imundo quanto um camponês agora. Ninguém pensaria que era alguém especial. Certamente não um menino com uma enorme fortuna em ouro.

Ao seu lado, Klopp estava igualmente sujo, mas ainda mantinha um sorriso de satisfação no rosto.

⬡ ONZE ⬡

EMBORA O SR. RIGBY TIVESSE DITO PARA NÃO FAZÊ-LO, Deryn Sharp olhou para baixo.

A 300 metros lá embaixo, o mar estava agitado. Ondas enormes quebravam na superfície, e o vento arrancava das cristas a água branca iluminada pelo luar. Lá em cima, no entanto, agarrada ao flanco do *Leviatã*, no escuro, o vento estava parado. Assim como nos diagramas de fluxo de ar, uma camada de calmaria envolvia o enorme monstro.

Com ou sem calmaria, os dedos de Deryn agarraram o cordame com mais força enquanto ela olhava o mar. Ele parecia frio e úmido lá embaixo. E, como o Sr. Rigby frisou muitas vezes durante as duas últimas semanas, a superfície da água era tão dura quanto pedra se a pessoa caísse com velocidade suficiente.

Cílios minúsculos pulsavam e ondulavam na extensão dos cabos, fazendo cosquinha nos dedos de Deryn. Ela soltou uma das mãos e pressionou a palma contra o calor da criatura. A membrana parecia firme e saudável, sem um vestígio de hidrogênio vazando.

— Descansando, Sr. Sharp? — chamou Rigby. — Estamos apenas no meio da subida.

— Apenas escutando, senhor — respondeu ela. Os oficiais mais velhos disseram que o zumbido da membrana era capaz de dizer tudo sobre uma aeronave. A pele do *Leviatã* vibrava com o som dos motores, a movimentação dos lagartos de lastro no interior e até mesmo com as vozes da tripulação ao redor.

— *Fazendo corpo mole*, o senhor quer dizer — gritou o contramestre. — Isto é um treino de combate! Vamos subindo, Sr. Sharp!

— Sim, senhor! — respondeu ela, embora não houvesse muito sentido em correr. Os outros cinco aspirantes ainda estavam atrás de Deryn. Eram *eles* que estavam fazendo corpo mole, parando para prender os cintos de segurança às enxárcias a cada poucos metros. Deryn subia livre, como os velhos amarradores, exceto quando estava se pendurando na barriga do aeromonstro...

No *ventre*, ela se corrigiu — o oposto do dorso. A Força Aérea odiava o uso comum da língua inglesa. As paredes eram "anteparos", a sala de jantar era um "refeitório" e as escadas de corda eram "enxárcias". A Força Aérea tinha até palavras diferentes para "esquerda" e "direita", o que parecia um pouco de exagero.

Deryn firmou o salto da bota no cordame e voltou a subir, com o saco de comida fazendo peso nos ombros e o suor escorrendo pelas costas. Não tinha os braços tão fortes quanto os demais aspirantes, mas havia aprendido a subir usando as pernas. E talvez *estivesse* descansando, bem rapidinho.

Um lagarto-mensageiro passou correndo por ela, as ventosas nas patas grudadas à membrana como dedos presos em caramelo. Ele não parou para guinchar ordens para os humildes aspirantes, mas subiu rapidamente pela espinha. A nave inteira estava em alerta de combate, as enxárcias balançavam coforme os tripulantes subiam correndo, e o céu noturno estava cheio de pássaros fabricados.

Ao longe, Deryn conseguiu notar luzes contra o mar escuro. O H.M.S. *Górgone* era um navio da Marinha Real, um kraken tênder que rebocava o alvo do treino daquela noite.

O Sr. Rigby devia tê-lo visto também.

— Continuem subindo, seus manés! Os morcegos estão esperando pelo café da manhã! — gritou ele.

Deryn cerrou os dentes, esticou a mão para o degrau seguinte da escada de corda — *isto é uma enxárcia, seu mané!* — e puxou com o máximo de força que foi capaz.

A prova de aspirante, é claro, foi fácil.

O regulamento dizia que a prova deveria ser feita no solo, mas Deryn implorou descaradamente para se tornar uma aspirante temporária na nave. No terceiro dia a bordo do *Leviatã*, os oficiais cederam. Com as torres de Paris passando pelas janelas, encarou facilmente algumas leituras de sextantes, uma dúzia de sequências de bandeirolas para decifrar e exercícios de leitura de mapas que o pai havia ensinado a ela havia séculos. Até mesmo o contramestre de cara fechada, o Sr. Rigby, mostrou um lampejo de admiração.

Desde a prova, contudo, a soberba de Deryn diminuíra um pouco. Ficou claro que ela *não* sabia de tudo sobre aeronaves. Não ainda, de qualquer forma.

Todo dia o contramestre chamava os jovens aspirantes do *Leviatã* à praça de armas para uma aula. A maioria era sobre aeronáutica: navegação, consumo de combustível, previsão do tempo, nós e apitos de comando sem fim para aprender. Tinham desenhado a anatomia da aeronave tantas vezes que Deryn conhecia suas entranhas tão bem quanto as ruas de Glasgow. Com sorte, tinha dias em que a aula era sobre história militar: as batalhas de Nelson, as teorias de Fisher, as táticas de um aeromonstro contra naves de superfície e forças terrestres. Alguns dias eles encenavam batalhas com miniaturas contra os zepelins e aeroplanos sem vida do *kaiser*.

Mas as aulas favoritas de Deryn eram aquelas em que os contramestres explicavam filosofia natural. Falavam sobre como o velho Darwin descobrira a forma de criar novas espécies a partir das antigas, retirando as pequeninas cadeias vitais para misturá-las debaixo de um microscópio. Como a evolução tinha espremido uma cópia da própria cadeia vital de Deryn em cada célula do corpo dela. Como vários monstros diferentes compunham o *Leviatã* — de microscópicas bactérias que peidavam hidrogênio em sua barriga à grande baleia presa ao arnês. Como as criaturas da aeronave, da mesma forma que acontecia o restante da natureza, estavam sempre lutando entre si, em um equilíbrio complicado e tenso.

As aulas dos contramestres eram apenas uma fração do que Deryn tinha que enfiar na cachola. Toda vez que outra aeronave passava voando, os aspirantes corriam para o convés de sinalização para ler as mensagens passadas pelas bandeirolas tremulando ao longe. Seis palavras por minuto sem erro ou o aspirante acabaria passando um turno de longas horas nas regiões gástricas. A cada hora eles treinavam verificar a altitude do *Leviatã*, disparar um canhão de ar comprimido e medir o eco do mar, ou deixar cair uma garrafa brilhante de algas fosforescentes para medir quanto tempo ela levava até quebrar. Deryn aprendera a calcular de cabeça quantos segundos um objeto levava para cair de qualquer distância, de 300 metros a 3 quilômetros.

Mas a coisa mais estranha era fazer tudo isso *como um garoto*.

Jaspert estava certo: seus peitinhos não eram a parte complicada. Água tinha peso; portanto, tomar banho em uma aeronave era algo feito às pressas com trapos e um balde. E os banheiros a bordo do *Leviatã* ("latrinas" na gíria da Força Aérea) ficavam no escuro canal gástrico, que levava os dejetos embora para transformá-los em lastro e hidrogênio. Então esconder o corpo era fácil... Foi *o cérebro* que ela teve que modificar.

Deryn sempre se considerou uma moleca, criada entre as provocações de Jaspert e o treinamento de baloeiro do pai. Mas andar com os aspirantes ia além de trocar socos e amarrar nós — era como se juntar à matilha. Eles brigavam e se acotovelavam pelos melhores lugares na mesa dos aspirantes no refeitório. Também se provocavam por causa da leitura de sinais, das notas de navegação e por quem tinha sido elogiado pelos oficiais naquele dia. Competiam sem parar para saber quem cuspia mais longe, bebia rum mais rápido ou arrotava mais alto.

Era muito desgastante ser um garoto.

Não que tudo fosse ruim. O uniforme de aeronauta era muitíssimo melhor do que qualquer roupa de menina. As botas ecoavam majestosamente quando ela corria para o treinamento de sinais ou de combate de incêndio, e a jaqueta tinha uma dúzia de bolsos, incluindo compartimentos especiais para o apito de comando e a faca para cordame. E Deryn não se importava com os treinos constantes de habilidades úteis, como lançar facas, ofender e não demonstrar dor quando era socada.

Mas como os meninos eram assim a *vida inteira*?

Deryn tirou o saco de comida dos ombros doloridos. Para variar, havia chegado à espinha da aeronave antes dos demais e pôde tirar um instante para descansar.

— Fazendo corpo mole de novo, Sr. Sharp? — berrou uma voz.

Deryn se virou e viu o aspirante Newkirk surgindo pela curva do *Leviatã*, com as botas de solado de borracha rangendo. Não havia cílios ondulantes lá em cima, apenas rígidas escamas dorsais para a montagem de guinchos e armas.

— Apenas esperando que me alcance, Sr. Newkirk — gritou ela de volta.

Sempre parecia estranho chamar os outros meninos de "senhor". Newkirk ainda tinha espinhas no rosto e mal sabia dar nó numa gravata. Mas os aspirantes deviam se comportar como oficiais propriamente ditos.

Quando chegou à espinha, Newkirk largou o saco de comida e sorriu.

— O Sr. Rigby ainda está *quilômetros* atrás.

— Sim — disse Deryn. — Ele não pode nos acusar de corpo mole agora.

Ficaram parados ali por um momento, ofegando e vendo a vista.

O topo do aeromonstro estava agitado. As enxárcias reluziam com lagartas e vermes bioluminescentes, e Deryn sentiu a membrana tremer com passos ao longe. Ela fechou os olhos, tentando *sentir* toda a aeronave, as centenas de espécies emaranhadas para compor o enorme organismo.

— É berrante aqui em cima — murmurou Newkirk.

Deryn concordou com a cabeça. Nas duas últimas semanas, oferecera-se como voluntária para trabalhar ao ar livre sempre que possível. Ficar no dorso era voar *de verdade* — o vento no rosto e o céu por todos os lados —, algo tão bom quanto as horas no balão do pai.

Um esquadrão de amarradores passou correndo com dois farejadores de hidrogênio forçando as guias enquanto procuravam por vazamentos na membrana. Um cheirou a mão de Newkirk ao passar, e ele soltou um gritinho.

Os amarradores riram, e Deryn se juntou a eles na provocação.

— Devo chamar um médico, Sr. Newkirk?

— Estou bem — disparou ele, olhando desconfiado para a mão. A mãe de Newkirk era um mico ludita e ele tinha herdado um estômago fraco para fabricados. Por que Newkirk havia se oferecido como voluntário para servir em um bestiário louco como o *Leviatã* era puro mistério. — Eu apenas não gosto destes monstros de seis patas.

— Eles não têm nada de assustador, Sr. Newkirk.

— Vá se catar, Sr. Sharp — murmurou ele, levantando o saco de comida. — Vamos. O Rigby está bem atrás da gente agora.

Deryn gemeu. Mais um minuto de descanso cairia bem para os músculos doloridos. Mas ela havia rido de Newkirk; portanto, a competição sem fim começara de novo. Ela levantou o saco de comida e o seguiu em direção à proa.

Era uma dureza berrante ser menino.

⬢ DOZE ⬢

À MEDIDA QUE DERYN E NEWKIRK SE APROXIMAVAM da proa, o barulho dos morcegos aumentava e os guinchos de ecolocação estalavam como granizo em um telhado de zinco.

Os outros aspirantes estavam logo atrás, com o Sr. Rigby entre eles, insistindo para que se apressassem. A alimentação dos morcegos tinha que ser precisamente sincronizada com o ataque de dardos.

Subitamente, uma massa confusa surgiu guinchando da escuridão: uma revoada de gaviões dando um rasante com redes de aeroplanos brilhando no escuro. Newkirk soltou um gritinho de susto, e seus pés se enrolaram. Ele desceu tropeçando pelo flanco do aeromonstro, rangendo o solado de borracha contra a membrana até finalmente Newkirk parar.

Deryn soltou o saco e correu atrás dele.

— Aranhas berrantes! — gritou Newkirk com a gravata mais torta do que o normal. — Aqueles pássaros malditos nos atacaram!

— Eles não fizeram nada disso — falou Deryn ao oferecer a mão para puxá-lo.

— Está difícil manter o equilíbrio, cavalheiros? — gritou o Sr. Rigby da espinha. — Que tal um pouco de luz no problema?

Ele puxou o apito de comando e soprou algumas notas, altas e curtas. Conforme o som atravessou a membrana, as lagartas luminosas acordaram no chão. Elas percorriam a camada abaixo da pele do aeromonstro emitindo uma luz verde pálida, o suficiente para a tripulação ver onde pisava, mas não a ponto de as aeronaves inimigas conseguirem ver o *Leviatã* no céu.

Ainda assim, treinos de combate deveriam ocorrer no escuro. Era um pouco embaraçoso precisar das lagartas brilhantes apenas para *andar*.

Newkirk olhou para baixo e estremeceu um pouco.

— Também não gosto desses monstros.

— Você não gosta de monstro *algum* — falou Deryn.

— Sim, mas os rastejantes são os piores.

Deryn e Newkirk subiram de volta, ficando agora atrás dos outros aspirantes. Mas a proa estava visível, coberta pelos morcegos como limalha sobre um ímã. Os guinchos vinham de todos os lados.

— Eles parecem famintos, cavalheiros — avisou o Sr. Rigby. — Cuidado para que não mordam os senhores!

Newkirk fez uma expressão nervosa e recebeu uma cotovelada de Deryn.

— Não seja idiota. Morcegos-dardos comem apenas insetos e frutas.

— Sim, e pregos *de metal* — murmurou ele. — Isto não é natural.

— É apenas o que eles foram projetados para fazer, Newkirk — chamou o Sr. Rigby. Embora cadeias vitais humanas fossem proibidas para fabricações, muitas vezes os aspirantes conjecturavam que os ouvidos do contramestre eram fabricados. Ele era capaz de ouvir um murmúrio descontente em meio a um temporal desfeito.

Os morcegos ficaram mais barulhentos ao verem os sacos de comida, e se empurraram, lutando por espaço no declive da meia esfera da proa. Os aspirantes prenderam os cabos de segurança e se dispersaram pelo bojo da nave com os sacos de comida de prontidão.

— Vamos começar, cavalheiros — berrou o Sr. Rigby. — Joguem com força e se espalhem!

Deryn abriu o saco e enfiou a mão dentro. Os dedos pegaram figos secos, cada um com um pequeno dardo de metal enfiado no centro.

Ao lançar, uma onda de morcegos subiu com as asas batendo enquanto irrompiam brigas pela comida.

— Eu não gosto destes pássaros — sussurrou Newkirk.

— Eles não são pássaros, seu bobalhão — disse Deryn.

— Que outra coisa eles poderiam ser?

Deryn gemeu.

— Morcegos são mamíferos. Como cavalos ou você e eu.

— Mamíferos voadores! — Newkirk balançou a cabeça. — O que mais esses cientistas vão inventar?

Deryn revirou os olhos e atirou outro punhado de comida. Newkirk tinha o costume de dormir nas aulas de filosofia natural.

Ainda assim, ela tinha que admitir que era muito estranho ver os morcegos comerem aqueles dardos terríveis de metal. Mas isso nunca parecia machucá-los.

— Certifiquem-se de que todos comam um pouco! — gritou o Sr. Rigby.

— Sim, é igualzinho a alimentar os patos quando eu era pequeno — murmurou Deryn. — Jamais conseguia dar pão aos menores.

Ela atirou com mais força, mas não importava onde os figos caíssem, os morcegos mais valentões sempre conseguiam comer. A sobrevivência do mais cruel era um traço que os cientistas não conseguiam erradicar das criações.

— Já chega — berrou o Sr. Rigby finalmente. — Morcegos entupidos de comida não prestam para nós! — Ele se virou para encarar os aspirantes. — E agora eu tenho uma pequena surpresa para vocês, seus manés. Alguém tem algo contra ficar no dorso?

Os aspirantes vibraram. Geralmente eles desciam para as gôndolas durante os treinos de combate. Mas nada era melhor do que ver um ataque de dardos do topo.

O H.M.S. *Górgone* estava ao alcance agora, rebocando um navio que servia de alvo. Era uma velha escuna que não tinha luzes, mas cujas velas brancas tremulavam contra o mar negro. O *Górgone* soltou o alvo e se afastou um quilômetro e meio para ficar a salvo. A seguir disparou um sinalizador a fim de avisar que estava pronto para começar.

— Saiam da frente, rapazes — disse uma voz atrás deles. Era o Dr. Busk, o médico e cientista chefe do *Leviatã*. Ele tinha uma pistola de ar comprimido na mão, a única arma permitida em um respirador de hidrogênio. O Dr. Busk passou com dificuldade entre os morcegos, as botas fazendo as silhuetas negras correrem.

— Vamos! — Deryn agarrou o braço de Newkirk e eles desceram correndo o declive do flanco do aeromonstro para ver melhor.

— Tentem não cair, cavalheiros — avisou o Sr. Rigby.

Deryn o ignorou e desceu até as enxárcias. Era tarefa do contramestre cuidar dos aspirantes, mas Rigby parecia pensar que era a mãe deles.

Um lagarto-mensageiro passou correndo por Deryn e se apresentou ao cientista chefe.

— O senhor pode começar o ataque, Dr. Busk — falou o lagarto na voz do capitão.

Busk concordou com a cabeça — como as pessoas sempre faziam com lagartos mensageiros, embora não fizesse sentido — e ergueu a arma.

Deryn enganchou o braço pelas enxárcias.

— Cubra os ouvidos, Sr. Newkirk.

— Sim, senhor!

A pistola explodiu com um estalo — fazendo a membrana tremer ao lado de Deryn —, e os morcegos assustados voaram como um enorme lençol negro tremulando ao vento. Eles giraram loucamente, uma tempestade de asas e olhos brilhantes. Newkirk se encolheu ao lado de Deryn, espremendo-se contra o flanco.

— Não banque o bobalhão — disse ela. — Eles não estão prontos para lançar os dardos ainda.

— Bem, espero que não!

Um momento depois, um farol debaixo da gôndola principal foi ligado e um raio de luz cortou a escuridão. Os morcegos foram diretamente para o foco, guiados pela mistura de cadeias vitais de mariposa e mosquito de forma tão certeira quanto uma bússola.

O farol se encheu com as pequenas silhuetas agitadas como poeira em um facho de luz do sol. Os morcegos se espalharam ao longo da luz, cada vez mais próximos do alvo que se mexia nas ondas.

O balanço do farol foi perfeitamente sincronizado, levando a grande revoada de morcegos diretamente sobre a escuna…

… e de repente a luz virou vermelho-escuro.

Deryn ouviu os guinchos dos morcegos, mais alto do que os motores e os gritos de guerra da tripulação do *Leviatã*. Morcegos-dardos morriam de medo da cor vermelha — ela causava um tremendo pavor nos bichos.

À medida que os pregos caíam, a horda começou a se dispersar, explodindo em uma dúzia de nuvens menores e voltando para os ninhos a bordo do *Leviatã*. Simultaneamente, o farol se abaixou na direção do alvo.

Os dardos continuavam a cair. Aos milhares, eles reluziam como uma chuva de metal na luz vermelha do farol, retalhando as velas da escuna. Mesmo àquela distância, Deryn conseguiu ver a madeira do convés rachando, os mastros pendendo conforme os cabos e ovéns eram rasgados.

— Rá! — gritou Newkirk. — Com alguns ataques assim, os alemães vão aprender o que é bom para tosse!

Deryn franziu a testa, imaginando por um momento que havia tripulantes naquele navio. Não era uma imagem bonita. Mesmo um encouraçado perderia os canhões e as bandeirolas, e um exército no campo seria massacrado pelos pregos em queda.

— Foi por *isso* que o senhor se alistou? — perguntou ela. — Por odiar os alemães mais do que os monstros fabricados?

— Não. A Força Aérea foi ideia da minha mãe.

— Mas ela não é um mico ludita?

— Sim, minha mãe acha que os fabricados são uma heresia. Mas ela ouviu em algum lugar que o céu era o lugar mais seguro em uma guerra. — Newkirk apontou para o navio retalhado. — Não tão perigoso quanto lá embaixo.

— Isso é verdade — falou Deryn dando um tapinha na pele da aeronave, que zumbia. — Ei, olhe... *Agora* com certeza veremos um show!

O kraken tênder ia começar a trabalhar.

Dois faróis dispararam do *Górgone*, piscando em tons de sinalização enquanto varriam a água para chamar o monstro. Quando as luzes alcançaram a escuna, elas mudaram para um branco ofuscante, iluminando a destruição que os morcegos do *Leviatã* haviam causado. Não restava quase nada das velas, e o cordame parecia um emaranhado de cadarços mastigados. O convés estava coberto por lascas de madeira e pregos reluzentes.

— Bolhas! — gritou Newkirk. — Olhe o que nós...

Sua voz sumiu assim que o primeiro braço do monstro surgiu da água.

O enorme tentáculo varreu o ar, fazendo com uma cortina de água do mar espirrar como chuva ao longo de sua extensão. Deryn tinha lido que o kraken da Marinha Real era outro monstro fabricado por Huxley, feito a partir das cadeias vitais de um polvo e de uma lula gigante. O tentáculo se desenroscou lentamente feito um enorme chicote à luz dos faróis.

Sem pressa, o tentáculo se enroscou na escuna, as ventosas se prendendo firmemente ao casco. A seguir, ganhou a companhia de outro braço, e cada um pegou uma ponta do navio. A embarcação se partiu entre os tentáculos, e o som horrível de madeira sendo quebrada ecoou pela água escura até os ouvidos de Deryn.

Mais tentáculos saíram se desenroscando da água e envolveram o navio. Finalmente a cabeça do kraken surgiu e um único olho enorme

"UM KRAKEN TERMINA O SERVIÇO."

encarou o *Leviatã* lá em cima por um momento antes de o monstro puxar a escuna para o fundo do mar.

Logo, nada além de destroços boiava nas ondas. Os canhões do *Górgone* dispararam em saudação.

— Hunf — disse Newkirk. — Imagino que isto seja a Marinha dando a palavra final. Vagabundos.

— Não dá para dizer que qualquer pessoa na escuna teria se importado com o kraken — falou Deryn. — Morrer pela segunda vez não dói tanto.

— Sim, fomos *nós* que fizemos o estrago. Somos brilhantes!

Os primeiros morcegos já estavam voando de volta, o que significava que era hora de os aspirantes descerem para pegar mais comida. Deryn flexionou os músculos cansados. Ela não queria cair e acabar lá embaixo com o kraken. O monstro provavelmente estava chateado que o café da manhã não tinha incluído nenhum tripulante saboroso e Deryn não queria melhorar esse humor.

Na verdade, ela ficou abalada ao assistir ao ataque de dardos. Podia ser que Newkirk estivesse se coçando para entrar em combate, mas Deryn tinha se alistado na Força Aérea para voar, não para retalhar uns pobres manés a 300 metros abaixo.

Com certeza os alemães e seus parceiros austríacos não eram tão estúpidos a ponto de começar uma guerra apenas porque um aristocrata qualquer tinha sido assassinado. Os mekanistas eram como a mãe de Newkirk. Eles tinham medo de espécies fabricadas e idolatravam suas máquinas mekânicas. Será que pensavam que a multidão de andadores e aeroplanos seria páreo para o poderio darwinista da Rússia, França e Grã-Bretanha?

Deryn Sharp fez que não com a cabeça e decidiu que aquele papo de guerra era um tremendo lero-lero. Não era possível que as potências mekanistas quisessem lutar.

Ela deu as costas para os destroços espalhados da escuna e desceu correndo atrás de Newkirk pelo flanco do *Leviatã*, que tremia.

◈ TREZE ◈

AO ANDAR PELAS RUAS DE LIENZ, Alek ficou com a pele arrepiada.

Ele já tinha visto mercados como aquele, cheio de agitação e de cheiros de animais abatidos e comida sendo feita. Podia ter sido charmoso visto de um andador aberto ou uma carruagem, mas Alek nunca havia visitado um lugar daqueles a pé.

Carroças a vapor passavam pelas ruas fazendo barulho e cuspindo nuvens quentes. Elas carregavam pilhas de carvão, galinhas enjauladas cacarejando em coro e pilhas enormes de produtos agrícolas. Alek não parava de escorregar em batatas e cebolas que caíam sobre os paralelepípedos. Havia nacos de carne crua pendurados em longas varas que homens carregavam nos ombros, e burros de carga cutucavam Alek com feixes de gravetos e lenha.

Mas o pior de tudo eram as pessoas. Na pequena cabine do andador, Alek se acostumara ao cheiro de corpos sem banho. Mas ali em Lienz centenas de plebeus lotavam a feira de sábado, esbarravam nele por todos os lados e pisavam em seu pé sem um murmúrio de desculpas.

Em cada barraca, pessoas discutiam os preços, como se fossem obrigadas a contestar cada transação. Aqueles que não estavam batendo boca ficavam por ali falando trivialidades: o calor do verão, a safra de morangos ou a saúde do porco de alguém.

"AS RUAS DE LIENZ."

O constante falatório sobre nada fazia certo sentido, imaginou Alek, pois nada de importante jamais acontecia às pessoas comuns. Mas a total insignificância de tudo aquilo era avassaladora.

— Eles são sempre assim? — perguntou a Volger.

— Assim como, Alek?

— Tão triviais em suas conversas. — Uma velha esbarrou nele e em seguida xingou baixinho. — E rudes.

Volger riu.

— A consciência da maioria dos homens não vai além dos pratos do jantar.

Alek viu uma folha de jornal tremulando no chão, meio atolada na lama por uma roda de carruagem.

— Mas com certeza eles sabem o que aconteceu com meus pais. E que a guerra está chegando. Acredita que eles estejam realmente muito ansiosos ou apenas fingem não se preocupar?

— O que eu acredito, sua alteza, é que a maioria deles não sabe ler.

Alek franziu a testa. Seu pai sempre dera dinheiro para as escolas católicas e apoiara a ideia de que cada homem deveria ter direito a voto, independentemente da condição social. Porém, ao ouvir o falatório da multidão, Alek duvidou que fosse possível que os plebeus compreendessem os assuntos de Estado.

— Aqui estamos, cavalheiros — disse Klopp.

A loja de mekânica era um prédio com aparência maciça no fim da praça do mercado. A porta dava para um ambiente fresco, escuro e, felizmente, silencioso.

— Sim? — chamou uma voz das sombras. Assim que os olhos se adaptaram, Alek viu um homem os encarando de uma mesa de trabalho com uma bagunça de engrenagens e molas em cima. Havia peças pelas paredes: eixos, pistões, um motor inteiro fazendo volume no escuro.

— Precisamos de algumas peças apenas — disse Klopp.

O homem olhou para eles de cima a baixo, notando as roupas roubadas do varal de um fazendeiro havia alguns dias. Todos os três continuavam cobertos pela terra e pelos talos de centeio arrancados do dia anterior.

O lojista abaixou os olhos novamente para o trabalho.

— Aqui não tem muita coisa de peças agrícolas. Tentem a loja do Kluge.

— Aqui serve — falou Klopp. Ele deu um passo à frente e deixou cair uma bolsinha de dinheiro na mesa de trabalho. Ela soltou um baque abafado ao bater na madeira, as moedas deixavam as laterais salientes.

O homem ergueu uma sobrancelha e, em seguida, concordou com a cabeça.

Klopp começou a listar engrenagens, velas e peças elétricas, as partes do Stormwalker que começaram a gastar depois de 15 dias de viagem. O lojista interrompeu com perguntas de vez em quando, mas jamais afastou os olhos da bolsinha de dinheiro.

Enquanto ouvia, Alek notou que o sotaque do mestre Klopp tinha mudado. Normalmente, ele falava em um ritmo devagar e claro, mas agora as palavras se atropelavam em uma fala arrastada comum. Por um instante, Alek pensou que Klopp estivesse fingindo. Mas então se perguntou se aquele não seria o jeito normal de o homem falar. Talvez ele simulasse um sotaque em frente aos nobres.

Era estranho pensar que, em três anos de treinamento, Alek jamais tinha ouvido o verdadeiro sotaque do tutor.

Quando a lista acabou, o lojista concordou devagar com a cabeça. Então o olhar se dirigiu para Alek.

— E talvez alguma coisa para o menino?

Ele tirou um brinquedo da bagunça. Era um andador de seis pernas, um modelo de uma fragata terrestre de 800 toneladas, classe *Mefisto*. Após dar corda, o lojista puxou a chave das costas. O brinquedo começou a andar, avançando aos solavancos pelas engrenagens e porcas.

O homem ergueu o olhar com uma sobrancelha levantada.

Duas semanas antes, Alek teria achado o mecanismo fascinante, mas agora o brinquedo agitado parecia infantil. E era insuportável que aquele plebeu o chamasse de *menino*.

Ele deu um muxoxo de desdém para o pequenino andador.

— A cabine de pilotagem está errada. Se era para ser um *Mefisto*, está muito atrás.

O lojista concordou devagar, recostando-se com um sorriso.

— Ah, você é um jovem mestre e tanto, não é? O próximo passo vai ser me ensinar mekânica, imagino.

A mão de Alek foi para o lado do corpo por instinto, onde a espada normalmente estaria pendurada. Os olhos do homem acompanharam o gesto.

A sala ficou em um silêncio sepulcral por um momento.

Então Volger deu um passo à frente e pegou a bolsinha. Ele tirou uma moeda de ouro e deu um tapa com ela na mesa.

— Você não nos viu — disse, com um tom de ameaça na voz.

O lojista não reagiu, apenas encarou Alek, como se memorizasse seu rosto. Alek devolveu o olhar, com a mão ainda na espada imaginária, pronto para desafiá-lo para um duelo. Mas, de repente, Klopp começou a puxá-lo em direção à porta e de volta para a rua.

Enquanto a poeira e a luz do sol incomodavam os olhos, Alek se deu conta do que tinha feito. Seu sotaque, a postura… o homem tinha *visto* quem ele era.

— Talvez a aula de humildade de ontem tenha sido insuficiente — sibilou Volger enquanto avançavam pela multidão, indo em direção ao riacho que os levaria de volta ao andador escondido.

— Isso é culpa minha, jovem mestre — falou Klopp. — Eu deveria ter avisado para que não falasse.

— Ele soube no momento em que saiu a primeira palavra da minha boca, não foi? — perguntou Alek. — Eu sou um tolo.

— Nós três somos. — Volger jogou uma moeda de prata para um açougueiro e pegou duas tripas de salsichas sem parar. — É *claro* que eles avisaram a Guilda de Mekânicos para ficar de olho em nós! — praguejou ele. — E nós o levamos para a primeira loja que encontramos, achando que um pouco de sujeira o esconderia.

Alek mordeu o lábio. Seu pai jamais tinha permitido que o filho fosse fotografado ou mesmo que fizessem seu desenho, e agora ele sabia o motivo: caso um dia precisasse se esconder. E ainda assim ele se entregou. Alek tinha ouvido a diferença na fala de Klopp. Por que não conseguiu manter a própria boca fechada?

Ao chegarem ao fim do mercado, Klopp fez com que parassem e empinou o nariz no ar.

— Sinto cheiro de querosene. Precisamos disso pelo menos, e óleo de motor, ou não andaremos mais um quilômetro.

— Sejamos rápidos, então — disse Volger. — Meu suborno provavelmente foi pior do que inútil. — Ele enfiou uma moeda na mão de Alek e apontou. — Veja se consegue comprar um jornal sem provocar um duelo, sua alteza. Precisamos saber se eles já escolheram um novo herdeiro e quão próxima da guerra a Europa está.

— Mas fique visível, jovem mestre — acrescentou Klopp.

Os dois homens foram em direção a uma pilha de latas de combustível, deixando Alek sozinho no agito do mercado. Ele avançou pela multidão, cerrando os dentes contra o empurra-empurra.

Os jornais estavam dispostos em um banco comprido, com pedras fazendo peso sobre as páginas e as pontas tremulando na brisa. Ele olhou de um em um perguntando-se qual escolher. Seu pai sempre dissera que os jornais sem fotos eram os únicos que valiam a pena ser lidos.

Seus olhos esbarraram em uma manchete: EUROPA SOLIDÁRIA CONTRA PROPAGANDA SÉRVIA.

Todos os jornais estavam assim, confiantes de que o mundo todo apoiava a Áustria-Hungria após o que acontecera em Sarajevo. Mas Alek imaginou se seria verdade. Mesmo as pessoas daquela pequena cidade austríaca não pareciam se importar muito com o assassinato de seus pais.

— Qual você vai levar? — exigiu uma voz do outro lado do banco.

Alek olhou para a moeda na mão. Ele nunca tinha pegado em dinheiro antes, a não ser pelas moedas de prata romanas da coleção do pai. Aquela era de ouro, com o brasão dos Habsburgos de um lado e um retrato do tio-avô de Alek do outro — o imperador Francisco José. O homem que decretara que Alek jamais tomaria o trono.

— Quanto isto aqui compra? — perguntou, tentando soar como um plebeu.

O jornaleiro pegou a moeda e a examinou com cuidado. A seguir, enfiou no bolso e sorriu como se estivesse falando com um idiota.

— Quantos você quiser.

Alek começou a exigir uma resposta decente, mas as palavras morreram na ponta da língua. Melhor agir como um tolo do que soar como um nobre.

Ele engoliu a raiva e encheu os braços com um exemplar de cada jornal, até mesmo aqueles cheios de fotos de cavalos correndo e de salões de beleza. Talvez Hoffman e Bauer fossem gostar deles.

Enquanto Alek olhava feio para o jornaleiro pela última vez, ele foi tomado por uma compreensão perturbadora. Alek falava francês, inglês e húngaro fluentemente, e sempre impressionara os professores de latim e grego. Mas o príncipe Aleksandar de Hohenberg mal conseguia dominar o linguajar cotidiano de seu próprio povo bem o suficiente para comprar um jornal.

◈ QUATORZE ◈

ELES ANDARAM COM DIFICULDADE PELO RIACHO, o querosene espirrando a cada passo, o cheiro queimando os pulmões de Alek. Com cada um dos três carregando duas latas pesadas, a viagem de volta ao Stormwalker já parecia mais longa do que a caminhada à cidade naquela manhã.

E, ainda assim, graças a Alek, eles tinham deixado para trás a maioria das coisas de que precisavam.

— Quanto tempo podemos durar sem peças, Klopp? — perguntou ele.

— Até alguém acertar um projétil em nós, jovem mestre.

— Até algo quebrar, você quer dizer — falou Volger.

Klopp deu de ombros.

— Um Ciclope Stormwalker é feito para ser parte de um exército. Não temos um comboio de suprimentos, nem carro-tanque, nem equipe de reparos.

— Cavalos teriam sido melhores — murmurou Volger.

Alek trocou o peso de mão, e o cheiro de querosene se misturou ao das salsichas defumadas penduradas no pescoço. Os bolsos estavam cheios de jornais e frutas frescas. Ele se sentiu como um vagabundo qualquer carregando tudo o que possuía.

— Mestre Klopp? — disse ele. — Enquanto o andador ainda está apto a lutar, por que não *pegamos* o que precisamos?

— E atrair o exército para cima de nós? — perguntou Volger.

— Eles já sabem onde estamos — falou Alek. — Graças ao meu…

— Ouçam! — sibilou Volger.

Alek parou… Ele não ouviu nada a não ser o som das latas espirrando combustível. Fechou os olhos. Um estrondo baixo retumbava no limite da percepção. Cascos de cavalos.

— Escondam-se! — disse Volger.

Eles desceram as margens do riacho correndo e entraram nos arbustos densos. Alek se abaixou com o coração disparado.

Conforme o som dos cascos ficou mais alto, surgiram latidos de cães de caça.

Alek engoliu em seco; esconder-se era inútil. Mesmo que os cães não sentissem seus cheiros, as salsichas e o querosene deixariam qualquer cachorro curioso.

Volger sacou a pistola.

— Alek, você é o mais rápido. Corra diretamente para o andador. Klopp e eu resistiremos aqui.

— Mas parece ser uma dúzia de cavalos!

— Não é muito para um andador. *Ande*, sua alteza!

Alek concordou com a cabeça e jogou as salsichas no chão. Disparou pela água rasa com os pés escorregando nas pedras molhadas. Os cachorros não conseguiriam seguir o rastro pelo riacho, e a margem do outro lado era mais plana e não tinha arbustos.

Enquanto corria, o som dos cavalos e cachorros se aproximava. Um tiro de pistola soou e houve gritos e o relincho de um cavalo.

Mais sons de tiros — o retumbante barulho de rifles. Klopp e Volger tinham menos armas e estavam em menor número, mas pelo menos os cavaleiros pararam para lutar em vez de persegui-lo. Soldados comuns não saberiam quem era ele, afinal de contas. Talvez não se importassem com um menino em roupas de fazendeiro.

Alek continuou correndo, sem olhar para trás, tentando não imaginar balas furando pele.

O riacho corria entre fazendas com grama alta de ambos os lados. Só dava para ver o arvoredo onde o andador estava escondido — a meio quilômetro de distância. Ele abaixou a cabeça e correu mais, concentrando-se nas botas e nas pedras ao longo da margem do riacho.

A meio caminho das árvores um som horrível chegou aos ouvidos: os cascos de um único cavalo se aproximando. Arriscando uma olhadela para trás, Alek viu um cavaleiro do outro lado do riacho, cavalgando a toda. A alça da carabina estava amarrada em um dos braços.

Ele estava pronto para disparar...

Alek se afastou e subiu correndo a margem. O centeio nos campos batia no peito, alto o suficiente para se esconder.

Um tiro ecoou, e um jato de terra de um metro de altura subiu à direita de Alek.

Ele mergulhou no centeio e engatinhou para se afastar do riacho.

A carabina espocou de novo e a bala passou perto da orelha de Alek. Seus instintos gritaram para que corresse mais para o interior do campo, porém o cavaleiro veria a grama alta se mexendo. Alek ficou imóvel onde estava, ofegando.

— Eu errei você de propósito — gritou uma voz.

Alek parou ali, tentando recuperar o fôlego.

— Ouça, você é apenas um garoto — continuou a voz. — Seja lá o que aqueles outros dois fizeram, tenho certeza de que o capitão vai pegar leve com você.

Alek ouviu o chapinhar do cavalo entrando no riacho, sem pressa.

Ele começou a rastejar para o interior do campo de centeio, com cuidado para não abalar os talos. O coração estava disparado, o suor escorria para os olhos. Ele nunca tinha estado em uma batalha como aquela antes; fora da carapaça de metal do Stormwalker. Volger não tinha permitido que ele levasse uma arma para a cidade, nem mesmo uma faca.

Sua primeira vez em um duelo e ele estava desarmado.

— Vamos, garoto. Não gaste meu tempo ou eu mesmo lhe darei uma surra!

Alek parou ao se dar conta de sua única vantagem; aquele jovem soldado não sabia quem ele estava caçando. O homem esperava que fosse um rufião qualquer, não um nobre treinado em combate desde os 10 anos.

O soldado não apostaria em um contra-ataque.

O cavalo estava entrando no campo de centeio naquele momento; Alek ouviu os flancos abrindo caminho por entre os talos altos. A pluma alta e espalhafatosa do capacete do cavaleiro apareceu, e Alek se abaixou ainda mais. O homem provavelmente estava de pé nos estribos para olhar a grama.

Alek estava à esquerda do cavalo, onde o sabre do cavaleiro estaria pendurado. Não era tão bom quanto um rifle, mas era melhor do que nada.

— Não me faça perder tempo, rapaz. Apareça!

Alek observou a pluma do capacete do cavaleiro e percebeu que a curva das penas altas entregava a direção para a qual ele estava virado. Em pé daquela forma, o homem não podia estar muito estável.

Alek se arrastou mais para perto, mantendo-se abaixado, esperando o momento certo...

— Estou avisando, menino. Seja lá o que você roubou, não vale a pena levar um tiro por isso!

Ele se aproximou cada vez mais do cavalo e, finalmente, a cabeça do cavaleiro virou para o outro lado. Alek se levantou do chão, deu alguns passos correndo, pulou no homem, agarrou o braço esquerdo dele e puxou-o com força. O cavaleiro praguejou... E em seguida a carabina disparou para o céu. A explosão do barulho assustou o cavalo, que avançou se debatendo pelo centeio e tirou os pés de Alek do chão. Ele se segurou no braço do homem com uma das mãos e com a outra pegou o sabre que balançava descontrolado na bainha.

O cavaleiro se virou, tentando manter os pés nos estribos. O cotovelo bateu no rosto de Alek como um martelo. Alek sentiu o gosto de sangue, mas ignorou a dor e continuou buscando com os dedos.

— Vou matar você, menino! — gritou o homem. Ele puxou as rédeas com uma das mãos e usou a outra para tentar bater com a coronha do rifle na cabeça de Alek.

Finalmente a mão de Alek pegou o cabo do sabre. Ele soltou o braço do cavaleiro e voltou a cair no chão; o aço retiniu ao ser sacado. Alek caiu ao lado do cavalo que ainda se debatia, girou em um pé só e bateu com a lâmina de lado no traseiro do animal.

O cavalo empinou e o cavaleiro gritou ao finalmente sair da sela. A carabina voou da mão para a grama alta e o homem caiu com um baque forte.

Alek abriu caminho pelo centeio cortando com a espada até ficar ao lado do cavaleiro caído. Ele abaixou a ponta do sabre para a garganta do sujeito.

— Renda-se, senhor.

O homem não falou nada.

Seus olhos estavam semiabertos, o rosto, pálido. Não era muito mais velho do que Alek, tinha uma barba rala, os braços estendidos eram finos. A expressão no rosto estava tão imóvel…

Alek deu um passo para trás.

— Está ferido, senhor?

Algo grande e quente cutucou Alek por trás — o cavalo, subitamente calmo. O focinho fez pressão na nuca de Alek e provocou um arrepio na espinha.

O homem não respondeu.

Ao longe, tiros espocaram. Volger e Klopp precisavam de ajuda *agora*. Alek deu as costas para o cavaleiro caído e subiu na sela. As rédeas estavam emaranhadas, e o cavalo ficou inquieto debaixo dele.

Alek se inclinou para a frente e sussurrou no ouvido do animal.

— Está tudo bem. Tudo vai ficar bem.

Ele bateu com os calcanhares nos flancos do cavalo, que entrou em movimento e deixou o antigo cavaleiro para trás na grama.

Os motores do Stormwalker já estavam roncando.

O cavalo não hesitou quando Alek passou entre as enormes pernas de metal. Ele deve ter sido treinado com andadores — era um cavalo austríaco, afinal de contas.

Alek tinha acabado de matar um soldado austríaco.

Ele parou de pensar naquilo e agarrou a escada de mão feita de correntes. Despachou o cavalo com um grito e um chute.

Bauer encontrou com ele na escotilha.

— Nós ouvimos tiros e ligamos os motores, senhor.

— Bom homem — disse Alek. — Precisamos carregar o canhão também. Volger e Klopp estão a um quilômetro daqui, atrasando uma tropa de cavalos.

— Imediatamente, senhor. — Bauer ofereceu uma das mãos e puxou Alek para dentro.

Enquanto Alek subia correndo pelo ventre até a cabine de pilotagem, mais tiros ecoaram ao longe. Pelo menos a luta ainda não tinha acabado.

— O senhor precisa de ajuda? — perguntou Hoffman. Ele estava com meio corpo para fora da escotilha e uma expressão de preocupação no rosto barbado.

Alek olhou para os controles e se deu conta de que jamais pilotara sem o mestre Klopp estar sentado ao lado. E lá estava ele, prestes a entrar em batalha.

— Você jamais pilotou, não é? — perguntou Alek.

Hoffman fez que não com a cabeça.

— Sou apenas um engenheiro, senhor.

— Bem, então é melhor que ajude Bauer com o canhão. E apertem os cintos, vocês dois.

Hoffman sorriu e bateu continência.

— O senhor se sairá bem.

Alek concordou com a cabeça e se virou para os controles assim que a escotilha foi fechada. Ele abriu e fechou as mãos.

Um passo de cada vez, sempre dizia Klopp.

Alek empurrou as alavancas para a frente... O andador empinou, as válvulas assobiaram. Um pé enorme pisou no riacho e levantou um espirro de água. Alek deu outro passo para a máquina ir mais rápido.

Mas os ponteiros estavam na parte verde dos medidores — os motores ainda estavam frios.

Com alguns passos, o Stormwalker subira a margem do rio e pisara em terra firme. Alek pressionou os injetores de combustível e os motores roncaram.

Os medidores começaram a subir.

Ele avançou com a máquina, aumentando os passos cada vez mais. A terra arada começou a passar voando debaixo do andador, e o som do centeio sendo arrancado ficou mais alto do que o dos motores. Alek percebeu o momento em que o andador passou a correr, pulando a cada passo.

Do alto de cada passada, ele conseguia enxergar a tropa de cavalos à frente. Estavam espalhados pelo campo de centeio, em formação de busca.

Alek sorriu. Klopp e Volger também tinham se enfiado na grama alta — foi assim que duraram tanto tempo.

Cabeças se viraram, e os cavaleiros deram a volta em direção à nova ameaça.

O intercomunicador estalou.

— Pronto para disparar.

— Mire acima da cabeça deles, Bauer. São austríacos, e Klopp e Volger estão em algum lugar naquela grama.

— Um tiro de alerta então, senhor.

Algumas carabinas dispararam e Alek ouviu uma bala acertar o metal em um lugar próximo. Ele se deu conta de que a escotilha estava escancarada, sem ninguém para fechá-la.

O jovem cavaleiro que ele tinha matado errara o tiro de propósito, mas aqueles homens estavam mirando para matar.

Alek alterou o passo do andador, esticando os pés para que a máquina gingasse da esquerda para a direita. *Corrida sinuosa* era como Klopp chamava a manobra de abrir caminho como uma cobra na grama.

Mas o caminho tortuoso da máquina não parecia tão gracioso assim.

O canhão trovejou debaixo de Alek — e a seguir uma coluna de terra e fumaça disparou no ar logo atrás dos cavaleiros. Círculos cada vez maiores ondularam pela grama como a água de um lago atingido por uma pedra, e dois cavalos caíram de lado derrubando os cavaleiros.

Um segundo depois, uma onda de terra e pura força atingiu Alek pela escotilha aberta e fizeram suas mãos escaparem das alavancas. O andador pendeu para um lado, girando na direção do riacho. Alek agarrou os controles, girando com força, e o Stormwalker se recuperou, cambaleando, mas ainda de pé.

Os cavaleiros se reuniram em uma formação compacta prestes a bater em retirada, mas Alek viu que eles hesitaram, imaginando se o andador estava fora de controle. Cambaleando daquele jeito, provavelmente parecia tão intimidante quanto uma galinha bêbada. Alek duvidou que Bauer fosse capaz de recarregar o canhão a não ser que conseguisse estabilizar a máquina.

Tiros espocaram novamente e alguma coisa ecoou pelos ouvidos de Alek: era uma bala que ricocheteou na cabine de metal. Não havia sentido em parar — aquilo só o tornava um alvo mais fácil —, portanto Alek se abaixou sobre os controles e foi direto para a tropa de cavalos.

Os cavaleiros hesitaram por outro instante, em seguida viraram e galoparam de volta para o riacho, decidindo não confrontar carne com metal.

"A CARGA!"

— Senhor! É o mestre Klopp! — A voz de Bauer surgiu no intercomunicador. — Está na nossa frente!

Alek puxou as alavancas com força, da mesma forma que fizera no dia anterior, e novamente o pé direito do andador pisou com força e a máquina começou a inclinar.

Porém, dessa vez ele sabia o que fazer. Alek virou o andador de lado, esticando uma perna de aço. A poeira explodiu pela escotilha e o som do esforço das engrenagens e da grama sendo arrancada encheu seus ouvidos.

Alek sentiu que a máquina recuperou o equilíbrio, que o ímpeto da carga foi consumido pela derrapagem.

Enquanto o andador se ajeitava, Alek ouviu a escotilha ventral ser aberta lá embaixo. Houve gritos e o retinir da escada de correntes sendo desenrolada. Aquela era a voz de Klopp? De Volger?

Ele queria dar uma olhadela pela escotilha da cabine, mas permaneceu nos controles. A poeira estava se assentando diante de Alek, que viu uma movimentação ao longe — o brilho de capacetes e esporas. Talvez ele devesse dar tiros para o alto com uma das metralhadoras, apenas para mantê-los em retirada.

— Jovem mestre!

Alek girou no assento do piloto.

— Klopp! Você está bem!

— O suficiente. — O homem subiu para a cabine. Suas roupas estavam rasgadas e ensanguentadas.

— Você foi atingido?

— Eu, não. Volger. — Klopp desabou na cadeira de comando, ofegando. — O ombro... Hoffman está cuidando disso lá embaixo. Mas temos que ir, jovem mestre. Mais homens virão.

Alek concordou com a cabeça.

— Para onde?

— Primeiro, de volta ao riacho. O querosene ainda está lá.

— Certo. É claro.

A poeira estava abaixando, e Alek colocou as mãos trêmulas nas alavancas de novo. Ele se deu conta de que tinha torcido para que Klopp assumisse os controles, mas o homem continuava ofegando, com o rosto muito vermelho.

— Não se preocupe, Alek. O senhor fez bem.

Alek engoliu em seco e obrigou que as mãos forçassem o Stormwalker a dar um primeiro passo.

— Eu quase caí com o novamente.

— Exato: *quase*. — Klopp riu. — Lembra de quando eu disse que todo mundo cai na primeira vez que tenta correr?

Alek fez uma careta ao plantar um pé gigante no leito do rio.

— Eu mal consigo esquecer.

— Bem, todo mundo também cai na *segunda* vez que corre, jovem mestre! — A risada de Klopp virou tosse, e ele cuspiu e pigarreou. — A não ser pelo senhor, ao que parece. Sorte nossa que é como um Mozart com as alavancas.

Alek manteve o olhar à frente, sem responder. Ele não se sentia orgulhoso por ter deixado aquele cavaleiro lá atrás, caído abatido na grama. O homem era um soldado a serviço do império. Ele era tão incapaz de entender as políticas ao seu redor quanto aqueles plebeus em Lienz.

Mas perdera a vida mesmo assim.

Alek se sentiu dividido em duas pessoas, assim como quando ficava sozinho de sentinela; uma parte amassando o desespero dentro de um local pequeno e escondido. Ele pestanejou para afastar o suor dos olhos e vasculhou o leito do rio atrás das preciosas latas de querosene, torcendo para que Bauer estivesse de olho nos cavalos e que o canhão estivesse carregado de novo.

◈ QUINZE ◈

LOGO APÓS O TREINAMENTO DE ALTITUDE MATINAL, todos os aspirantes estavam no café da manhã, batendo papo sobre as notas dadas pela identificação de sinais, a escala de serviço e quando a guerra finalmente chegaria.

Deryn já tinha terminado os ovos e as batatas. Estava ocupada desenhando a forma como os tubos dos lagartos mensageiros se enroscavam pelas paredes e janelas do *Leviatã*. Os monstrinhos sempre colocavam as cabeças para fora enquanto esperavam por mensagens, como raposas em uma toca.

Então, de repente, o aspirante Tyndall, que estava devaneando ao olhar pelas janelas, gritou:

— Olhem só para aquilo!

Os outros aspirantes ficaram de pé subitamente e correram para o lado de bombordo do refeitório. Ao longe, depois da colcha de retalhos de fazendas e vilarejos, surgia a grande cidade de Londres. Eles gritaram uns para os outros a respeito dos encouraçados atracados no rio Tâmisa, do emaranhado de linhas de trem convergentes e dos animais de carga elefantinos engarrafando as estradas que levavam à capital.

Deryn permaneceu sentada, aproveitando a oportunidade para garfar uma das batatas do aspirante Fitzroy.

"*BLASÉ* DIANTE DE UMA VELHA VISTA."

— Seus espinhentos, nunca viram Londres antes? — perguntou ela, mastigando.

— Não daqui de cima — disse Newkirk. — A Força Aérea nunca permite que naves grandes sobrevoem as cidades.

— Não queremos assustar os micos luditas, não é? — falou Tyndall, e deu um soco no ombro de Newkirk.

Newkirk o ignorou.

— Olhe! Aquela é a catedral de São Paulo?

— Já vi — disse Deryn enquanto roubava um pedaço do bacon de Tyndall. — Uma vez, voei por esta região em um Huxley. É uma história interessante.

— Deixe de lero-lero, Sr. Sharp — disse Fitzroy. — Já ouvimos *essa* história o suficiente.

Deryn atirou um pedaço de batata nas costas de Fitzroy. O garoto sempre tinha um ar superior apenas porque o pai era capitão da Marinha oceânica.

Sentindo o projétil, Fitzroy virou-se e fez uma careta.

— Fomos nós que resgatamos você, lembra?

— Vocês, seus manés? — disse ela. — Eu não me lembro de ter visto o *senhor* no guincho, Sr. Fitzroy.

— Talvez não. — Ele sorriu e se voltou para a vista. — Mas nós vimos o senhor passar flutuando por estas mesmas janelas, balançando do seu Huxley como um par de brincos.

Os outros aspirantes riram e Deryn se levantou rapidamente da cadeira.

— Acho que o senhor vai querer reformular o que disse, Sr. Fitzroy.

Ele virou o rosto calmamente da janela.

— E eu acho que o senhor deve aprender a respeitar seus superiores, Sr. Sharp.

— *Superiores*? — Deryn cerrou os punhos. — Quem respeitaria um vagabundo como o senhor?

— Cavalheiros! — A voz do Sr. Rigby veio do corredor. — Sentido, *por favor*.

Deryn ficou imediatamente em posição de sentido com os demais, mas o olhar de raiva continuou fixo em Fitzroy. Ele era mais forte do que ela, mas nos dois minúsculos alojamentos que os aspirantes dividiam havia uma centena de maneiras de se vingar.

Em seguida, o capitão Hobbes e o Dr. Busk entraram no refeitório atrás do Sr. Rigby, e a raiva de Deryn passou. Não era comum que o mestre do *Leviatã*, muito menos o cientista-chefe da nave, se dirigisse aos pobres aspirantes. Ela trocou um olhar ansioso com Newkirk.

— Descansar, cavalheiros — falou o capitão, que a seguir sorriu. — Não trago notícias de guerra. Hoje não, pelo menos.

Alguns pareceram desapontados.

Uma semana antes, a Áustria-Hungria tinha finalmente declarado guerra à Sérvia, jurando vingar o arquiduque assassinado com uma invasão. Alguns dias depois, a Alemanha se posicionou contra a Rússia, o que significava que a França seria a próxima a entrar na dança. A guerra entre as potências darwinistas e mekanistas estava se espalhando como um rumor maldoso, e não parecia que a Grã-Bretanha poderia ficar de fora por muito tempo.

— Vocês devem ter notado que Londres está abaixo de nós — continuou o capitão. — Uma visita fora do comum, e isso não é nem metade da história. Nós vamos descer em Regent's Park, perto do zoológico de Londres de sua majestade.

Deryn arregalou os olhos. Voar sobre Londres era ruim o bastante, mas descer em um parque público iria jogar lenha na fogueira com certeza. E não apenas para os micos luditas. Até mesmo o velho Darwin em pessoa poderia ter ficado nervoso com um aeromonstro de 300 metros pousando em seu piquenique.

O capitão foi até as janelas e olhou para baixo.

— O Regent's Park tem no máximo 800 metros de largura, um pouco mais do que o dobro do nosso comprimento. Uma manobra complicada, mas o risco é necessário. Nós receberemos a bordo um passageiro importante, um integrante da equipe do zoológico, que será levado a Constantinopla.

Deryn se perguntou por um momento se tinha escutado direito. Constantinopla ficava no Império Otomano, bem do outro lado da Europa, e os otomanos eram mekanistas. Por que diabos o *Leviatã* iria para lá agora?

A aeronave tinha passado o último mês preparando-se para a guerra — treinamentos de combate toda noite e revistas diárias dos morcegos-dardos e gaviões-bombardeiros. Eles até tinham voado perto de um encouraçado alemão no Mar do Norte apenas para mostrar que uma aeronave viva não tinha medo de nenhuma pilha de engrenagens e motores.

E agora estavam a caminho de um passeio para Constantinopla?

O Dr. Busk se manifestou.

— Nosso passageiro é um cientista muito renomado que vai assumir uma importante missão diplomática. Também pegaremos uma carga de natureza delicada, que precisa ser tratada com o máximo de cuidado.

O capitão pigarreou.

— O Sr. Rigby e eu possivelmente teremos que tomar uma decisão difícil sobre peso.

Deryn tomou fôlego devagar. *Peso...* então essa era a questão.

O *Leviatã* era "aerostático", termo da Força Aérea que significava ter a mesma densidade do ar ao redor. Manter tal equilíbrio era complicado. Quando a água da chuva se acumulava no topo, tinha que ser despejada dos tanques de lastro. Se a nave se dilatava sob o sol quente, hidrogênio tinha que ser expelido. E quando passageiros ou carga extra eram trazidos a bordo, outra coisa qualquer tinha que ser retirada — geralmente algo inútil.

E não havia nada mais inútil do que um novo aspirante.

— Vou examinar suas notas de sinalização e navegação — falou o capitão. — O Sr. Rigby vai me dizer quais dos senhores estão prestando mais atenção às aulas. E, claro, qualquer mancada durante o pouso será malvista. Tenha um bom dia, cavalheiros.

Ele se virou e saiu do refeitório, seguido pelo cientista-chefe. Houve um momento de silêncio enquanto os aspirantes absorviam as novidades. Em poucas horas, alguns deles poderiam ir embora do *Leviatã* para valer.

— Muito bem, rapazes — disparou o Sr. Rigby. — Vocês ouviram o capitão. Estamos prestes a aterrissar em um campo de pouso improvisado, então fiquem espertos! Nós temos uma equipe de solo trazida de Scrubs, mas não há um mestre de pouso com eles. E nosso passageiro vai precisar de ajuda lá embaixo. Sr. Fitzroy e Sr. Sharp, os senhores são os melhores com os Huxleys, portanto vão descer primeiro...

Enquanto o cientista dava ordens, Deryn olhou para os rostos dos outros aspirantes. Fitzroy devolveu o olhar com frieza e não foi preciso adivinhar o que aquele vagabundo estava pensando. Ela estava a bordo do *Leviatã* mal tinha um mês e apenas por um acaso bizarro. Deryn não era muito diferente de uma passageira clandestina, na opinião de Fitzroy.

Deryn o encarou de volta. O capitão não tinha falado nada sobre quem estava a bordo havia mais tempo. Ele estava analisando a qualidade como aeronauta; portanto, queria manter os melhores homens.

E era exatamente isso o que ela era, homem ou não.

Talvez toda a competição no *Leviatã* viesse a calhar agora. Graças ao treinamento do pai, Deryn sempre vencera os outros aspirantes com nós e sextantes. E até mesmo o Sr. Rigby teria que admitir que seu comportamento não andava tão mau ultimamente, e ele acabara de elogiar o trabalho dela com os Huxleys.

Desde que o pouso ocorresse de forma brilhante, não havia nada com que se preocupar.

O Regent's Park se estendia debaixo de Deryn, a grama espessa graças às chuvas de agosto.

Várias equipes de solo corriam pelo parque conduzindo os últimos poucos civis para fora da área de pouso. Uma fileira de policiais ficou pela borda, contendo centenas de curiosos. A sombra do *Leviatã* passou pelas árvores, e o ar vibrou com o zumbido dos motores.

Deryn estava descendo rápido em direção ao cruzamento de duas trilhas, onde uma autoridade policial local esperava por ordens. Havia um lagarto-mensageiro no ombro de Deryn, e as ventosas das patas repuxavam o uniforme como as garras de um gato nervoso.

— Estamos quase lá, monstrinho — disse ela para acalmá-lo.

Deryn não queria aterrissar com um lagarto em pânico que fosse transmitir as ordens de pouso do capitão de forma ininteligível.

Ela própria estava um pouco nervosa. Deryn tinha voado em ascensores uma meia dúzia de vezes desde que se juntara à tripulação do *Leviatã* — era a aspirante que pesava menos entre todos os demais e sempre conseguia voar mais alto com os monstros. Mas aquilo tinha sido em missões de detecção de submarinos, com o Huxley preso à aeronave. Aquela era a primeira vez que fazia balonismo livre desde a viagem maluca como recruta.

Até agora, pelo menos, tinha sido uma descida como manda o manual. O lastro adicional do aeromonstro estava fazendo com que ele descesse rápido, guiado por um par de asas planadoras presas ao assento de pilotagem.

Deryn se perguntou quem era tão importante para justificar tanto transtorno. Eles estavam arruinando uma centena de piqueniques e arriscando um desastre ao pousar ali no parque, e provavelmente estavam matando de medo todos os micos luditas de Londres. E tudo isso para levar um cientista qualquer para Constantinopla um pouco mais rápido?

O sujeito devia ser uma espécie de gênio, mesmo para um cientista.

O chão estava se aproximando mais rápido e Deryn soltou um pouco da água de lastro. A descida diminuiu um tiquinho de velocidade, e a água despejada reluziu ao sol quando caiu como uma cascata. O lagarto-mensageiro a apertou um pouco mais.

— Não se preocupe, monstrinho — murmurou Deryn. — Está tudo sob controle.

O Sr. Rigby mandou que ela descesse rápido, sem firulas. Ela o imaginou observando lá de cima, cronometrando a descida, considerando quem deveria ser cortado da tripulação.

Não parecia justo perder aquela sensação, não depois de dois anos sentindo falta dos balões do pai. Com certeza, Rigby era capaz de ver que ela *nascera* para voar.

Um vento transversal abalou o Huxley e, enquanto Deryn o recolocava no curso, uma ideia horrível veio à mente. Se ela fosse a aspirante azarada, será que aquela seria sua última vez no ar? Com a guerra chegando, com certeza eles a colocariam em outra aeronave. Talvez até mesmo no *Minotauro*, onde Jaspert servia.

Mas o *Leviatã* parecia fazer parte dela agora, era seu primeiro lar de verdade desde o acidente do pai. O primeiro lugar onde ninguém jamais tinha visto Deryn de saia ou esperava que ela andasse de modo afetado e fizesse reverências. Não poderia perder o posto só porque um cientista qualquer precisava de transporte!

A equipe de solo corria acompanhando a sombra do Huxley, os agentes prontos para esticar o braço e puxar os tentáculos. Ela inclinou as asas planadoras para trás a fim de diminuir a velocidade e desceu o aeromonstro com calma até as mãos dos homens. Houve um tranco quando pararam Deryn, e o lagarto-mensageiro soltou um guincho.

— Chefe Winthrop? — balbuciou o lagarto.

— Espere um minuto! — implorou ela. O lagarto fez o mesmo som de reprovação do Sr. Rigby quando os aspirantes discutiam. Deryn torceu para que ele não começasse a tagarelar. Lagartos-mensageiros eram capazes de balbuciar trechos de conversas antigas quando ficavam nervosos. Nunca se sabia que tipo de situação embaraçosa repetiriam.

A equipe de solo estabilizou o Huxley e rapidamente o puxou para baixo.

Ela soltou as correias do assento de pilotagem e bateu continência para o chefe de polícia.

— Aspirante Sharp se apresentando com o lagarto do capitão, *senhor.*

— Este foi um belo pouso, jovem.

— Obrigado, senhor — disse Deryn, perguntando-se como pedir para o chefe de polícia transmitir a opinião para o Sr. Rigby. Mas o homem já estava puxando o lagarto de seu ombro. O monstrinho disparou a falar sobre cabos de pouso e velocidades do vento, recitando instruções mais rápido que uma dúzia de sinaleiros.

O chefe de polícia não parecia entender metade do que o lagarto estava falando, mas Fitzroy em breve estaria ali para ajudar. Deryn viu o ascensor dele pousando não muito longe, e ficou contente por ter chegado na frente.

A sombra da aeronave passou então por eles e os homens começaram a correr em todas as direções. Não era hora de perder tempo. Fitzroy estava no comando ali; a função de Deryn era preparar a carga do cientista para ser embarcada.

Ela bateu continência novamente para o chefe de polícia, ergueu o olhar para a aeronave se avultando acima e disparou correndo em direção ao zoológico.

● DEZESSEIS ●

O ZOOLÓGICO DE LONDRES DE SUA MAJESTADE estava barulhento como um bando de papagaios agitados. Deryn parou no portão de entrada, atordoada pelo tumulto de pios, rugidos e chilreios.

À direita, um grupo de macacos se dependurava nas barras da jaula, uivando para o céu. Atrás deles, um cercado coberto por rede estava cheio de pássaros agitados, uma confusão de plumagem e barulho. Do outro lado de um largo fosso, um gigantesco elefantino nervoso batia as patas no chão, fazendo as botas de Deryn tremerem.

— Aranhas berrantes — praguejou ela, baixinho.

Deryn tinha obrigado Jaspert a levá-la ao zoológico de Londres havia cinco semanas, logo ao sair do trem de Glasgow. Porém, naquela visita ela não ouvira nada como aquela confusão.

Obviamente o *Leviatã* deixara os bichos naquele estado.

Deryn imaginou como seria o cheiro da aeronave para os animais naturais. Tipo um predador gigante vindo para engoli-los? Ou um primo evolutivo há muito tempo perdido? Ou o emaranhado de espécies fabricadas do *Leviatã* fazia os animais pensarem que uma ilha inteira estava flutuando no céu?

— O senhor é o meu aeronauta? — chamou uma voz.

Deryn se virou para ver uma mulher usando um longo sobretudo de viagem com uma valise na mão.

— Perdão, madame?

— Me prometeram um aeronauta — disse a mulher. — E aparentemente o senhor está de uniforme. Ou veio aqui simplesmente para jogar amendoins para os macacos?

Deryn pestanejou e então percebeu que a mulher estava com um chapéu-coco preto.

— Ah... a *senhora* é o cientista?

A mulher ergueu uma sobrancelha.

— Eu mesma. Mas os conhecidos me chamam de Dra. Barlow.

Deryn ficou vermelha e se curvou um pouco.

— Aspirante Dylan Sharp, a seu dispor.

— Então o senhor *é* o meu aeronauta. Excelente. — A mulher esticou a valise. — Se puder fazer a gentileza, só vou buscar meu companheiro de viagem.

Deryn pegou a valise e se curvou novamente.

— Claro, madame. Perdão por ter sido tão estúpido. Acontece que... ninguém me disse que a senhora era mulher.

A Dra. Barlow riu.

— Não se preocupe, meu jovem. Isto tem sido posto em discussão, de vez em quando.

Dito isso, ela deu as costas e desapareceu pelo portão, deixando Deryn segurando a valise pesada e imaginando se estava vendo coisas. Nunca tinha ouvido falar em uma cientista mulher antes — ou uma diplomata, a propósito. As únicas mulheres que se envolviam em assuntos estrangeiros eram espiãs, ao que Deryn sempre soube.

Mas a Dra. Barlow não tinha exatamente um jeito de espiã. Ela parecia um pouco escandalosa para um trabalho como aquele.

— Cuidado agora, cavalheiros. — A voz dela trovejou pelo portão.

Surgiram dois jovens cientistas de jalecos brancos pela porta, carregando uma caixa comprida entre eles. Os homens não se apresentaram para Deryn. Estavam concentrados demais em dar pequenos e cuidadosos passos como se a caixa estivesse cheia de pólvora e porcelana fina. A forragem de palha saía por entre as tábuas.

Não era de se estranhar que o *Leviatã* estivesse pousando bem no meio de Londres — aquela carga misteriosa parecia frágil demais para ser enfiada em uma carroça a cavalos.

Deryn deu um passo à frente para oferecer uma das mãos, mas hesitou quando sentiu um resquício de calor saindo da caixa.

— Tem algo *vivo* aí? — perguntou ela.

— Isto é segredo militar — disse o mais jovem dos cientistas.

Antes que Deryn pudesse responder, a Dra. Barlow irrompeu do portão sendo puxada pelo monstrinho fabricado mais estranho que Deryn já tinha visto.

A criatura parecia com um cachorro marrom esguio, tinha um focinho comprido e listras de tigre no lombo. Lutando contra a guia, ele se esticou para cheirar a mão que Deryn ofereceu. Quando ela afagou sua cabeça, o monstrinho se empinou nas fortes patas traseiras e deu um pulinho sem sair do lugar.

Será que o animal tinha um pouco de *canguru* em sua cadeia vital?

— Tazza parece gostar do senhor — disse a Dra. Barlow. — Estranho. Ele geralmente é tímido.

— Ele é muito… empolgado — falou Deryn. — Mas para que diabos ele *serve*?

— Servir? — A Dra. Barlow franziu a testa. — O que o senhor quer dizer, Sr. Sharp?

— Bem, ele não parece com um farejador de hidrogênio. É alguma espécie de cão de guarda tigresco?

— Ó, céus! — A mulher riu. — O Tazza não é fabricado, nem *serve* para nada. A não ser para o fato de que odeio viajar sem ele.

Deryn recolheu a mão e deu um passo para trás.

— A senhora quer dizer que este monstrinho é *natural*?

— Ele é um tilacino perfeitamente saudável. — A Dra. Barlow esticou a mão para coçar entre as orelhas balançantes da criatura. — Popularmente conhecido como tigre-da-tasmânia. Embora a gente ache a comparação com gatos um pouco irritante, não é, Tazza?

O tilacino bocejou, abrindo as mandíbulas compridas tanto quanto as de um jacaré.

A Dra. Barlow tinha que estar de brincadeira. A criatura não parecia nem um pouco natural. E ela estava levando aquilo como um *animal de estimação*? Tazza dava a impressão de ser pesado o bastante para desalojar pelo menos um aspirante azarado.

Mas, como não parecia diplomático ressaltar a questão, Deryn apenas pigarreou e falou:

— Talvez nós devêssemos ir para o campo, madame. A nave pousará em breve.

A Dra. Barlow apontou para um baú ao lado do portão. Havia uma gaiola coberta em cima.

— Se puder fazer a gentileza, Sr. Sharp.

— Sim, madame. — Deryn suspirou.

Ela enfiou a valise debaixo de um braço e levantou a gaiola com a mesma mão. O baú pesava quase tanto quanto ela (outro aspirante indo embora), mas Deryn conseguiu levantar uma ponta e arrastá-lo. Os quatro — e Tazza, o tilacino — se encaminharam de volta ao parque, com os cientistas carregando a caixa a passos de lesma.

Enquanto iam em direção à aeronave, Deryn resmungou baixinho. Uma coisa era ceder sua vaga para um cientista renomado em uma missão secreta, mas se algum monstrinho

estúpido chamado Tazza fosse tomar seu lugar, o mundo tinha virado *completamente* uma aranha berrante.

A Dra. Barlow estalou a língua.

— Sua aeronave parece triste.

O *Leviatã* ainda estava a 15 metros de altura, sendo descido pelo capitão com uma cautela infinita. Os cílios nos flancos estavam ondulando, e revoadas de pássaros fabricados se agitavam pelo parque, deslocados dos ninhos pelo nervosismo da aeronave.

Com o que o monstrão estaria tão nervoso? Deryn olhou para cima, lembrando-se da tempestade que quase acabara com sua carreira na Força Aérea no primeiro dia. Mas o céu estava sem nuvens. Talvez fossem os curiosos cercando o campo e seus guarda-sóis.

— Minha carga exige uma viagem tranquila, Sr. Sharp.

— Ele ficará calmo assim que decolarmos — falou Deryn. Uma vez em uma aula de aeronáutica, o Sr. Rigby encheu uma taça de vinho até a borda, e até mesmo em curvas fechadas, nem uma gota foi derramada. — É que o fluxo de ar fica complicado aqui embaixo.

A Dra. Barlow concordou com a cabeça.

— Especialmente no meio de Londres, creio eu.

— Sim, madame. As ruas embaralham o vento, e as grandes naves ficam nervosas ao descer em campos desconhecidos. — Deryn falou isso secamente, sem mencionar quem tinha culpa na situação. — A senhora vê aquelas coisinhas parecidas com grama nos flancos da nave? São chamadas de cílios e parecem nervosos, ao meu ver.

— Eu sei o que são cílios, Sr. Sharp — falou a cientista. — Eu fabriquei esta espécie em particular, na verdade.

Deryn pestanejou, sentindo-se uma bobalhona. Dando aula para um dos criadores do *Leviatã* sobre fluxo de ar!

O tilacino estava alegremente dando pulinhos sobre as patas traseiras de novo, observando toda a atividade com seus enormes olhos

"ATRACANDO EM REGENT'S PARK."

castanhos. Dois elefantinos esperavam debaixo da aeronave, presos por arreios a um carroção e um carro blindado. Os guardas mal conseguiam afastar a multidão do espetáculo.

Sem um mastro de amarração no parque, cabos se esticavam de todas as direções do *Leviatã*. Deryn franziu a testa, notando que alguns dos homens segurando os cabos não estavam em uniformes da Força Aérea. Ela notou alguns policiais e até mesmo um time de jogadores de críquete que fora convocado das partidas no parque.

— O Fitzroy deve estar maluco — murmurou ela.

— Qual é o problema, Sr. Sharp? — perguntou a Dra. Barlow.

— Aqueles homens nos cabos, madame. Se surgir uma tempestade de repente, eles não vão saber largá-los *rapidamente* e serão levados pelo ar...

— Onde vão acabar se soltando dos cabos — disse a Dra. Barlow.

— Sim. Uma lufada forte é capaz de erguer o *Leviatã* a 300 metros em segundos. — Era a primeira coisa que eles ensinavam às equipes de solo: não se segurem aos cabos. As árvores ondulavam no alto, o que provocou um arrepio em Deryn.

— O que o senhor recomendaria que fizéssemos, Sr. Sharp?

Deryn franziu a testa e se perguntou se os oficiais da nave sabiam o que estava acontecendo. A maioria dos homens inexperientes estava na parte da popa, fora do alcance de visão da ponte.

— Bem, se pudermos avisar o capitão, ele vai ter como descer rápido ou cortar os cabos se surgir uma tempestade.

Ela vasculhou o campo, procurando por Fitzroy ou qualquer responsável. Mas o parque inteiro estava um caos e o chefe de polícia não podia ser visto em parte alguma.

— Talvez Clementina possa nos ajudar — falou a Dra. Barlow.

— Quem?

A Dra. Barlow passou a guia de Tazza para Deryn e depois pegou a gaiola. Abriu a cobertura de linho, enfiou a mão e tirou um pássaro com penas cinzentas e um tufo vermelho brilhante como rabo.

— Bom dia, Dra. Barlow — berrou o pássaro.

— Bom dia, querida — respondeu ela e depois falou com uma voz baixa e clara. — Capitão Hobbes, saudações da Dra. Barlow. Eu tenho uma mensagem do Sr. Sharp: parece que existem homens inexperientes nos cabos. — Ela olhou para Deryn e deu de ombros. — E... estou ansiosa para conhecê-lo, senhor. Fim da mensagem.

Ela aproximou o pássaro do peito e depois o empurrou em direção à aeronave.

— O que era aquilo? — murmurou Deryn enquanto ele foi embora subindo.

— Um papagaio-mensageiro — disse a Dra. Barlow. — Baseado em um papagaio cinzento africano. Vem sendo especialmente treinado por nós para esta viagem. Ele pode ler os uniformes dos aeronautas e as inscrições nas gôndolas da mesma maneira que um perfeito lagarto da Força Aérea.

— Sendo treinado, madame? — Deryn franziu a testa. — Mas eu pensei que esse lance de Constantinopla tivesse surgido de repente.

— Realmente, as coisas estão caminhando mais depressa do que o esperado. — A Dra. Barlow pousou a mão na caixa misteriosa. — Mas alguns de nós vêm planejando esta missão há anos.

Deryn deu outra olhadela desconfiada para a caixa e depois se virou para observar o papagaio. Ele bateu asas entre os cabos e as guias, entrando direto pelas janelas abertas da ponte.

— Isto é *brilhante*, madame. É como um lagarto-mensageiro voador!

— Eles têm muitas das mesmas cadeias vitais — falou a Dra. Barlow.

— Na verdade, alguns de nós acreditam que os pássaros têm os mesmos ancestrais dos antigos lagartos... — A voz foi sumindo conforme os tanques do *Leviatã* soltavam um jato de lastro.

A nave subiu um pouco e os homens nos cabos derraparam pelo chão, perdendo o cabo de guerra com o aeromonstro.

— Bolhas! — praguejou Deryn. — Por que ele está *subindo*?

— Ó, céus — disse a Dra. Barlow ao abaixar o olhar. — Eu espero *mesmo* que aquela fosse a Clementina.

Deryn acompanhou o olhar dela até a gaiola. Outro bico cinzento estava saindo e mordiscando as barras.

— Existem dois deles?

A cientista concordou com a cabeça.

— O Winston tende a confundir as coisas, e eu nunca consigo distingui-los. É um tremendo transtorno.

Deryn engoliu em seco ao ver a chuva de água de lastro cair na cabeça da equipe de solo. Ela reluzia lindamente sob a luz do sol, mas Deryn sabia de onde vinha o lastro: diretamente do canal gástrico, com excrementos e tudo mais.

Os civis entre eles pensaram que algo dera errado. Um esquadrão de homens em uniforme branco de críquete largou os cabos e cobriu a cabeça enquanto recuava da chuva inesperada de água fedorenta. A nave subiu mais sem o peso dos homens nos cabos, mas Deryn viu os farejadores de hidrogênio no topo ficarem enlouquecidos. O capitão também estava soltando gás.

A nave se estabilizou no ar.

Veio outro jato de lastro, mais pesado do que o primeiro. A verdadeira equipe de solo, que já levara excremento na cabeça centenas de vezes, permaneceu firme. Porém, em poucos momentos, todos os homens inexperientes abandonaram os cabos.

— Muito esperto o seu capitão — disse a Dra. Barlow.

— Nada como um pouco de sujeira para limpar a barra! — falou Deryn alegremente, e a seguir acrescentou — Por assim dizer, madame.

A Dra. Barlow soltou uma gargalhada.

— De fato. Eu vou gostar de viajar com o senhor, Sr. Sharp.

— Obrigado, madame. — Deryn deu uma olhadela para a enorme pilha de bagagem da cientista. — Talvez a senhora pudesse comentar isso com o cientista-chefe. A nave está um pouquinho acima do peso, entende?

— Farei isso — disse a mulher ao pegar de volta a guia do monstrinho.

— Nós gostaríamos de um camareiro só nosso, não é, Tazza?

— Hum, não foi exatamente isto que eu... — balbuciou Deryn, tentando explicar que aspirantes eram praticamente oficiais. Com certeza não eram *camareiros*.

Mas a Dra. Barlow já estava conduzindo o tilacino para a aeronave, sendo seguida pelos outros cientistas e a caixa misteriosa.

Deryn suspirou. Pelo menos, tinha garantido seu lugar a bordo do *Leviatã*. E depois da trapalhada com os cabos, aquele vagabundo do Fitzroy talvez finalmente tivesse o que merecia. Nada mal para um dia de trabalho.

Claro, agora havia um problema novo com que se preocupar.

Como mulher, a Dra. Barlow poderia notar algumas coisas estranhas que os demais tripulantes não tinham percebido. E ela era inteligente com toda aquela ciência debaixo do chapéu-coco. Se alguém poderia adivinhar o segredinho de Deryn, seria aquela cientista.

— Brilhante — murmurou Deryn ao pegar o pesado baú e correr para a nave.

● DEZESSETE ●

A FRAGATA TERRESTRE ESTAVA EM CIMA DE UM MORRO distante com as bandeirolas tremulando na brisa.

— Aquilo é um problema — disse Klopp ao abaixar o binóculo. — É uma fragata de mil toneladas, classe *Wotan*. Um novo modelo experimental. Pequeno o bastante para atingir uma boa velocidade, grande o suficiente para nos transformar em poeira.

Alek pegou o binóculo de Klopp e levou aos olhos.

O *Hércules* não era a maior nave terrestre que ele tinha visto, mas com oito pernas compridas — dispostas como as patas de uma aranha — realmente parecia ligeiro. A série de chaminés indicava que havia um poderoso conjunto de motores por dentro.

— O que ele está fazendo aqui na fronteira suíça? — perguntou Alek. — Não há uma guerra acontecendo?

— Dá até para pensar que ele estava esperando por nós — falou o conde Volger.

— Está vendo aquele ninho de pega? — Klopp apontou para um mastro alto no convés de artilharia da fragata. Duas pequeninas silhuetas estavam na plataforma montada no topo. — Aquela torre de vigia não é equipamento padrão.

— E os vigias estão virados para cá, direcionados à Áustria — falou Bauer. A cabine de pilotagem estava lotada, os outros três dispostos à volta de Alek como um retrato de família. — Duvido que estejam estacionados aqui para nos proteger de uma invasão.

— Não, eles estão aqui para nos impedir de sair — disse Alek ao abaixar o binóculo. — Eles sabem que estávamos indo para a Suíça, graças a mim.

O conde Volger deu de ombros.

— Para onde mais nós iríamos?

Alek considerou e viu que ele estava certo. Com a guerra se espalhando a cada dia, a Suíça era o único país a permanecer neutro — o último lugar para fugitivos e desertores se esconderem.

Mas ainda assim não parecia justo esbarrar com aquela fragata terrestre. Eles andaram costurando pela Áustria por mais de um mês — avançando de mansinho por florestas durante algumas horas todas as noites. Foram caçados, levaram tiros, foram até bombardeados por um aeroplano. Passaram dias inteiros catando peças e combustível de máquinas agrícolas e ferros-velhos, apenas o suficiente para manter o Stormwalker funcionando. E finalmente alcançaram uma passagem para um lugar seguro, apenas para descobrir que estava sendo guardada por uma aranha gigante de metal.

Era certo que o *Hércules* não iria a lugar algum tão cedo. Uma tenda de comando fora armada debaixo dos motores, onde um andador de carga com seis pernas esperava para pegar provisões e uma tripulação nova.

— A que distância estamos da fronteira? — perguntou Alek.

— É o que o senhor está vendo — disse Bauer apontando para além da fragata. — Aquelas montanhas estão na Suíça.

Klopp balançou a cabeça.

— Podia ser Marte que daria no mesmo. Retroceder até outro desfiladeiro na montanha vai levar uma semana, no mínimo.

— Jamais conseguiríamos — falou Alek enquanto ligava o medidor de querosene. O ponteiro tremeu na metade da marcação, o suficiente para alguns dias, no máximo.

Combustível estava sendo difícil de arrumar depois da tolice de Alek em Lienz. Batedores a cavalo vasculhavam as trilhas de carruagens, e zepelins patrulhavam os céus — tudo porque ele se comportara como um fedelho mimado.

Mas pelo menos Volger estava certo sobre uma coisa. O príncipe Aleksandar de Hohenberg não fora esquecido.

— Não podemos contorná-los — decidiu Alek. — Então vamos passar direto por eles.

Klopp fez que não com a cabeça.

— Ele foi projetado para perseguições implacáveis, jovem mestre. Os maiores canhões estão nas torres de proa; ele é capaz de nos atingir sem virar de lado.

— Eu não disse que *lutaríamos* com ele — falou Alek. Klopp e Volger o encararam, e o príncipe se perguntou por que estavam sendo tão lerdos. Alek suspirou. — Antes de tudo isto começar, algum de vocês tinha alguma vez viajado de andador à noite?

Klopp deu de ombros.

— Arriscado demais. Na Guerra dos Bálcãs, todas as batalhas entre andadores aconteceram em plena luz do dia.

— Exatamente — disse Alek. — Mas nós atravessamos a Áustria no escuro. Dominamos uma habilidade que mais ninguém sequer se arrisca a treinar.

— O *senhor* dominou pilotar o andador à noite — falou Klopp. — Meus velhos olhos não conseguem.

— Besteira, Klopp. Você ainda é o melhor piloto, de longe.

O homem balançou a cabeça.

— De dia, talvez. Mas, se formos correr no escuro, deve ser o senhor nas alavancas.

Alek franziu a testa. Durante aquele mês inteiro, ele considerou que o velho Klopp estava deixando que pilotasse em prol do treinamento. A ideia de que havia superado o velho professor de mekânica era perturbadora.

— Tem certeza?

— Absoluta — disse Klopp ao dar um tapinha nas costas de Alek. — O que o senhor diz, conde? Nós já demos aulas suficientes de pilotagem noturna para o nosso jovem Mozart. É melhor colocá-lo à prova!

Eles ligaram os motores logo depois do pôr do sol.

Os últimos raios ainda brilhavam como pérolas nos picos nevados ao longe, mas as montanhas projetavam sombras compridas e mergulhavam o desfiladeiro na escuridão.

A mão de Alek se moveu para as alavancas de controle...

E de repente, um par de faróis se projetou da fragata. Eles vasculharam a extensão escura — eram como facas reluzentes cortando a noite em pedaços.

Suas mãos soltaram os controles.

— Eles sabem que estamos aqui.

— Besteira, jovem mestre — disse Klopp. — A esta altura, eles perceberam que nós andamos à noite. Mas dois faróis não conseguem cobrir toda a fronteira.

Alek hesitou. Sempre houve rumores de armas alemãs secretas: equipamentos de escuta ou máquinas que enxergavam através da névoa e da escuridão usando ondas de rádio.

— E se eles tiverem mais do que apenas luzes?

— Então improvisaremos. — Klopp sorriu.

Alek observou os faróis com cuidado. Os traçados da luz pelo vale pareciam não seguir um padrão. Permanecer escondido dependeria de pura sorte, o que não parecia suficiente. O plano tinha sido uma ideia inteiramente de Alek; qualquer desastre recairia apenas sobre seus ombros.

Ele tirou o pensamento da cabeça ao se lembrar de uma frase do poeta Goethe, a favorita do pai: *os perigos da vida são infinitos e, entre eles, está a segurança.*

O grande perigo era se esconder ali na Áustria. Se tentassem evitar quaisquer riscos, seriam encontrados mais cedo ou mais tarde. Ele recolocou as mãos nas alavancas.

— Prontos? — perguntou.

— Quando você quiser, Alek. — O conde Volger subiu para a escotilha superior e apoiou os pés nas costas do assento do piloto. As pontas das botas tocaram nos ombros de Alek, as duas ao mesmo tempo; o sinal para avançar.

Alek agarrou as alavancas de controle e deu um primeiro passo.

A bota de Volger calcou de leve o ombro esquerdo de Alek; que levou o andador delicadamente para a esquerda. Era irritante ser controlado como um boneco, mas do topo o conde tinha uma visão melhor.

— Calma, agora — falou Klopp conforme o andador se inclinava para a frente. O caminho era uma descida íngreme que dava no longo vale estreito que o *Hércules* guardava. — Passos curtos.

Alek concordou com a cabeça e pegou mais firme nas alavancas à medida que o andador descia pela ladeira, derrapando um pouco.

— Solte a âncora traseira, Hoffman — falou Klopp no intercomunicador.

O som de uma corrente se desenrolando soou atrás deles. Alek sentiu o tranco da âncora ao atravessar raízes e o matagal, sendo arrastada como um brinquedo de criança.

— É incômodo, eu sei — disse Klopp. — Mas deste jeito não rolaremos se cairmos.

— Eu não vou cair — falou Alek com as mãos firmes nas alavancas. Com os motores a um quarto de força, os enormes pés se moviam devagar. Era como andar em melaço.

A lua estava começando a surgir, e pela escotilha Alek não conseguia ver nada a não ser uma confusão escura de galhos. As botas de Volger o cutucavam na esquerda e na direita sem um padrão evidente, e os pés do andador esbarravam em raízes e no matagal. Era como ser guiado através de uma sala coberta por ratoeiras, vendado e descalço.

Finalmente chegaram ao fundo do vale e Klopp recolheu a âncora. Alek continuava sem ver nada além de galhos que batiam contra a escotilha aberta e jogavam folhas sobre o painel de controle. O príncipe se perguntou se estavam balançando a copa das árvores no alto, como um peixe se movendo abaixo da superfície de um lago.

A mente começou a fervilhar com dúvidas. Talvez devessem ter escolhido uma noite com vento para tentar aquilo. Ou por que não esperar por uma tempestade? Ou pela escuridão da lua nova?

Com um súbito baque de botas contra metal, Volger caiu dentro da cabine de pilotagem.

— Abaixe!

Alek esticou as mãos para o painel de controle, mas as de Klopp foram mais rápidas — um assobio tomou conta da cabine à medida que o andador se abaixava no arvoredo.

Momentos depois, uma luz ofuscante passou por eles.

O farol se deteve por alguns segundos, então desviou para a floresta adiante e continuou o lento traçado entre as árvores.

— Ande novamente — disse Volger. — Eles vão procurar em outro lugar agora.

— Infelizmente, deve levar um instante — falou Klopp, de olho nos medidores.

— Nossos motores mal estão girando — explicou Alek. — Recuperar a pressão dos joelhos vai levar tempo. — Ele se recostou e esticou os dedos, feliz com a pausa. Alek estava começando a torcer para que a fragata os visse e começasse a persegui-los. Um boa corrida seria melhor do que andar de mansinho no escuro a um quarto da força.

A escotilha ventral se abriu e a cabeça de Hoffman surgiu.

— Me perdoem, mas os senhores ouviram isso?

Todos prestaram atenção por um momento, então os ouvidos de Alek captaram um som de correnteza por baixo do ronco do motor.

— Um riacho? — perguntou ele.

Hoffman sorriu.

— Um riacho barulhento, senhor. Mais do que nós, de qualquer forma.

— Excelente — falou Alek ao se ajeitar na cadeira. — Meia força à frente, mestre Klopp?

O professor prestou atenção por outro momento e, a seguir, concordou com a cabeça.

Logo o Stormwalker estava chapinhando pelo riacho, com o barulho dos motores se misturando ao da correnteza. A lua estava mais alta no céu agora, e o caminho reluzia diante deles. Volger ainda estava em cima vigiando os faróis, mas pelo menos tinha parado de pisar nos ombros de Alek.

Os respingos do riacho eram gelados; a neve ainda devia estar derretendo no alto das montanhas, mesmo agora no início de agosto. Alek se perguntou quanto tempo teriam que ficar nos Alpes. Torceu para que os misteriosos preparativos de Volger incluíssem uma cabana com uma lareira quentinha.

O terreno começou a subir. Eles estavam se aproximando do morro onde a fragata terrestre mantinha guarda. Alek diminuiu a velocidade para um quarto de força novamente e o Stormwalker voltou a ficar com os pés irritantemente pesados. Não havia barulhos a não ser pelos gritos dos pássaros noturnos, o chapinhar dos pés gigantes de metal e o murmúrio do riacho.

Então uma bota atingiu as costas da cadeira de Alek com um baque.

— Volger! O que você está...

Algo brilhou na escuridão adiante. Alek travou, parando o andador no meio de uma passada. Ele olhou para a escuridão.

— Será que devo desligar os motores? — sussurrou ele.

— Não! — disse Klopp. — Se eles nos viram, vamos precisar de energia.

Volger desceu da escotilha.

— Alemães! A pé, 100 metros à frente. Não nos viram. Não ainda, de qualquer maneira.

Alek praguejou baixinho e flexionou as mãos nos controles. Ele se perguntou o que seria pior, ser visto ou ficar parado ali, como um coelho esperando o rasante de um gavião. Ele se inclinou para a escotilha e protegeu os olhos. Algo metálico brilhou na escuridão e, em seguida, ele ouviu um tiro.

— Acho que eles acabaram de.... — Alek começou a dizer.

O branco dos espirros de água reluziu sob a luz da lua. Um esquadrão de infantaria estava correndo pelo riacho, aos gritos. Um soldado se ajoelhou na margem e ergueu o rifle.

— ... nos notar — terminou Alek no momento em que um estampido ecoou. A bala acertou o metal em algum ponto do corpo do andador.

— Preparem-se para atirar! — berrou Klopp pelo intercomunicador.

— Não! — falou Alek enquanto as mãos se agitavam pelos controles.

— Alek está certo — disse o conde Volger. — Aqueles rifles podem chamar a atenção da fragata, mas um tiro de canhão vai tirar todas as dúvidas. Apenas passe por eles.

Os motores roncaram debaixo dele e Alek empurrou as alavancas para a frente. Os enormes pés do Stormwalker se esticaram e chapinharam na água rasa.

Eles correram riacho acima e espalharam os alemães como pinos de boliche. Algumas balas ricochetearam na blindagem enquanto passavam, mas Alek não se preocupou em mandar fechar a escotilha. A visão era mais preciosa do que a segurança.

Sem tropeços agora, e sem erros, ou todos eles seriam capturados.

A lua estava acima do arvoredo, a água reluzia no caminho deles. Um sorriso surgiu no rosto de Alek quando ele fez o Stormwalker correr. Deixe a fragata tentar alcançá-los agora.

Ninguém conseguia pilotar à noite como ele.

◈ DEZOITO ◈

OS SINALIZADORES VIERAM PRIMEIRO.

Eles cruzaram o céu, zumbindo, e o fósforo incandescente espalhou uma luz azul fria pela escuridão. Os respingos gelados das passadas do Stormwalker reluziam como diamantes no ar.

Mais sinalizadores dispararam, até que o céu brilhou com uma dúzia de sóis.

Sinalizadores e fogos de artifício; não eram armas tão secretas afinal de contas.

— Para dentro da floresta! — gritou Klopp.

Alek virou as alavancas com força e o andador subiu a margem do riacho com uma única passada. Estava mais escuro acima entre as árvores, e as sombras se alteravam e dançavam à medida que os sinalizadores passavam voando no alto.

Mas não houve mais tiros de rifle, nenhum estrondo de canhões disparando.

— O que está acontecendo, conde? — berrou Klopp.

— A fragata está virando — gritou Volger para baixo. — Ela parece lerda.

— Perfeito! — disse Klopp. — Nós a pegamos com os motores frios.

— Mas por que eles não estão atirando? — perguntou Alek ao fazer o Stormwalker desviar de um afloramento de rochas.

— Boa pergunta, jovem mestre. Talvez tenham a intenção de capturá-lo com vida.

Alek ergueu uma sobrancelha.

— Bem, isso me deixa mais calmo.

O terreno ficou mais íngreme debaixo deles, o que forçou os motores do andador. Espaços mais amplos se abriram entre as árvores à medida que a ladeira aumentava. Isso tornou mais fácil andar, mas Alek se sentiu exposto na luz agitada dos sinalizadores.

— Qual é o caminho para mais cobertura? — gritou Klopp para cima.

Volger se abaixou para dentro da cabine.

— Não importa.

— Por que não? — reclamou Klopp.

— A fragata não é o nosso problema mais urgente. — Volger se abaixou perto de Alek. — Dê meia-volta. Você precisa vê-los. E carreguem este canhão! — gritou ele para a escotilha ventral.

Alek fez uma curva fechada com o andador.

Dali de cima, no descampado da ladeira, ele pôde ver a fragata no morro, as oito pernas se flexionando lentamente à medida que a máquina despertava. As torres dos canhões já tinham se virado, mas Alek percebeu por que não haviam atirado ainda.

Subindo a ladeira atrás deles estava meia dúzia de andadores como nenhum outro que Alek já tinha visto. Eram modelos de quatro pernas que corriam a galope como cavalos de metal. Apenas um tripulante pilotava cada andador com metade do corpo para dentro, a cabeça e os ombros de fora como em um centauro. O único farol dos batedores dançava pelas árvores como pirilampos.

As únicas armas eram pequenos morteiros montados na traseira das máquinas. Enquanto Alek observava, uma nuvem de fumaça surgiu de um deles, que disparou outro sinalizador para o céu radiante.

— Algum novo tipo de batedor — murmurou Klopp.

— E perfeito para rastrear alguém como nós — disse Volger.

Alek franziu a testa.

— Mas estes morteiros nem sequer vão nos arranhar!

— Eles não precisam fazer isso — falou Klopp —, desde que nos mantenham à vista. A fragata vai andar mais cedo ou mais tarde.

— Então, o que faremos? — disse Alek com as mãos firmes nas alavancas. — Lutamos com a fragata agora, enquanto está aquecendo os motores?

Klopp pensou por um momento.

— Não, continue andando. Talvez o senhor consiga nos levar à fronteira mais rápido do que eles esperam.

Alek virou o andador de novo e recomeçou a subir a ladeira. Ouviu Volger preparando as Spandaus. Os pilotos dos batedores estavam apenas com metade do corpo coberta por blindagem. Algumas rajadas de metralhadora poderiam fazer com que pensassem duas vezes quanto a seguir perto demais.

Um súbito clarão vermelho encheu a cabine do Stormwalker, acompanhado de uma onda sufocante de fumaça. Alek apertou os olhos contra a névoa — um sinalizador ainda queimando corria pelo chão.

Ele tossiu com o punho diante da boca.

— Agora eles estão atirando *sinalizadores* na gente? Ficaram malucos?

— Isso *é* meio patético — disse Klopp. — Mas vou fechar a escotilha.

Alek concordou. A ideia de que havia fósforo incandescente quicando pela cabine era irritante. Ele mal precisava da escotilha aberta; lá fora continuava tão claro quanto o dia.

Mas uma coisa era estranha. O céu estava iluminado por um tom frio de azul, mas o sinalizador que acabara de errá-los queimava em um tom de vermelho intenso.

Assim que a escotilha foi fechada, outro sinalizador passou voando — também vermelho — e errou o Stormwalker por um fio.

Volger começou a atirar com uma das metralhadoras, enchendo a cabine com o rugido dos tiros e mais fumaça ainda. Cápsulas de balas tilintaram sobre o deque de metal e rolaram para a frente e para trás conforme o andador prosseguia, sacudindo.

Outro clarão vermelho passou perto cuspindo fumaça e faíscas. Alek começou a sentir uma irritação nos olhos e a visão ficou turva com lágrimas.

— Otto, assuma o controle!

Klopp agarrou as alavancas e Alex procurou às cegas pelo cantil. Ele o esvaziou no rosto, lavando a fumaça dos olhos.

Um clangor de metal estremeceu a cabine.

— Você bateu em alguma coisa? — perguntou Alek ao pestanejar para tirar a água dos olhos.

Klopp balançou a cabeça.

— Longe disso. Tem luz o suficiente lá fora!

Alek franziu a testa ao sentir a máquina roncar debaixo dele. Os passos do andador estavam firmes na ladeira e os medidores indicavam níveis normais.

Exceto por um: a temperatura do escapamento traseiro saltou de repente.

Ele ficou de pé e empurrou a escotilha superior para abri-la.

— Alek! — falou Volger ao se virar da metralhadora. — O que você está fazendo?

— Algo está errado! — Ele subiu.

Ar puro soprou no rosto de Alek e o ronco dos motores, sem ser abafado, encheu os ouvidos. Mantendo a cabeça baixa, ele vasculhou a floresta.

Nada além de árvores e matagal. Para onde fora o batedor?

Então Alek notou um ao longe, fugindo em velocidade máxima.

— Mas o que...? — começou ele a dizer e, a seguir, viu um brilho avermelhado vindo dos escapamentos traseiros. Alek subiu um pouco mais e notou o que era.

Uma massa sibilante de fósforo estava presa ao chassi do motor. Ainda queimando, ela soltava fumaça. Alek ergueu o olhar e viu a coluna vermelha ser levada até o céu brilhante.

— Lá se foi a ideia de me capturar vivo — murmurou ele e desceu pela escotilha.

O conde Volger olhou feio para Alek.

— Que bom ver que você recuperou o seu...

— Klopp! — berrou Alek. — Corrida sinuosa!

O professor de mekânica hesitou e, em seguida, começou a costurar com o Stormwalker pelo arvoredo.

— Faça curvas mais fechadas, homem! Aquele último sinalizador *nos acertou*. Ficou grudado na blindagem como uma bola de lama e está soltando fumaça! — Os demais simplesmente o encararam e Alek gritou — Aqueles batedores estão se afastando o mais rápido que podem!

Klopp fez uma expressão de que a ficha tinha caído finalmente. Ele puxou o andador para a esquerda por algumas longas passadas, depois voltou para a direita.

Era por isso que a fragata ainda não havia atirado. Os artilheiros estavam esperando que o alvo fosse marcado e que os batedores se afastassem. Mas agora o Stormwalker estava pronto para levar uma surra.

Alek olhou para o medidor do escapamento traseiro: ainda quente. A coluna de fumaça vermelha continuava subindo acima das árvores.

Ele se virou para Klopp.

— Tem algum modo de apagar o sinalizador?

— Fósforo? Água não vai funcionar, e ele vai queimar qualquer coisa que a gente tente usar para abafar a chama. Temos que esperar até se extinguir.

— Quanto tempo? — perguntou Volger.

— Pode levar meia hora — disse Klopp. — Tempo suficiente para eles...

Um trovão soou ao longe.

Alek gritou um aviso, mas Klopp já estava virando as alavancas e fazendo uma curva fechada com o andador. A máquina atravessou um conjunto de brotos de árvores, e Alek agarrou as alças do teto ao escorregar nas cápsulas de balas que rolavam pelo deque de metal.

Então um poderoso estrondo estremeceu o Stormwalker. O som fez Alek vibrar até os ossos, e o mundo de repente virou de lado. Ele ficou pendurado pelas alças, com os pés balançando no ar.

As mãos de Klopp jamais abandonaram os controles e, de alguma forma, o andador permaneceu de pé após cambalear. O Stormwalker desviou e não acertou por pouco uma faia. Galhos pesados bateram neles e provocaram uma explosão de folhas pela escotilha meio fechada.

— Quanto tempo até o próximo bombardeio? — A voz de Volger saiu seca.

— Cerca de quarenta segundos — falou Klopp.

— Temos que apagar aquele sinalizador! — berrou Alek. — Me dê alguma coisa para bater nele!

Volger balançou a cabeça.

— É perigoso demais, sua alteza.

Alek teve que conter uma risada histérica ao escancarar o armário do piloto.

— *Perigoso*, Volger? Comparado a deixar que nos explodam?

— Eu faço, então — disse Volger.

A mão de Alek pegou uma espada que ele nunca tinha visto. O príncipe a tirou do armário: um velho sabre de cavalaria, mais pesado do que as espadas que usava para duelar, perfeito para o serviço.

— Eu subo em andadores desde os 10 anos, Volger — falou ele ao passar a bainha da espada pelo cinto.

Volger colocou a mão no ombro de Alek.

— Esta espada tem dois séculos de idade! Seu pai...

"UMA HERANÇA SALVA O HERDEIRO."

— Não pode nos ajudar — completou Alek. — Recarregue as metralhadoras caso aqueles batedores voltem.

Sem esperar por uma resposta, ele subiu e saiu.

Lá em cima, os galhos bateram no rosto de Alek e a máquina chacoalhava abaixo como um cavalo indomado. Klopp estava fazendo sua melhor corrida sinuosa. O metal quente do chassi do motor queimou os dedos de Alek mesmo com as luvas de piloto.

O sinalizador estava grudado entre os canos de escapamento do Stormwalker; o fósforo assobiava e cuspia faíscas, emitindo mais luz por causa da velocidade da máquina. Ele deixava um rastro de fumaça vermelha que se espalhava ao subir para o céu brilhante.

Alek sacou o sabre e o segurou com uma das mãos, deixando a bainha na outra. Ergueu a espada e depois desceu com força.

O sinalizador se dividiu com o golpe, mas apenas ardeu ainda mais, como uma tora de lenha queimando ao ser cutucada por um atiçador.

Alek ergueu a espada novamente e viu chamas correndo pela lâmina — o fogo estava grudando no metal! Ele engoliu em seco e se perguntou o que iria acontecer se a substância infernal grudasse na pele de alguém.

Luzes piscaram pelo arvoredo. Alek olhou para cima e viu a fragata de relance ao longe, com fumaça saindo dos canhões. Ao se ajoelhar para ganhar mais apoio, o estrondo do canhão veio na lenta velocidade do som.

Segundos depois, os projéteis atingiram. A onda de choque bateu nos ouvidos de Alek, jogou terra no rosto e levantou o andador debaixo dele.

Alek sentiu os pés enormes baterem no chão novamente e a máquina cambaleou como um potro recém-nascido. Ele abriu os olhos — bem a tempo de se abaixar e desviar de um galho de árvore que varreu a cabeça do andador.

Naquele instante, não havia mais som algum a não ser pelo zumbido nos ouvidos, e os olhos doíam por causa dos fragmentos e fumaça. Mas ele conseguiu sentir que Klopp estava acertando o andador, recuperando o controle.

Agora a fragata tinha encontrado a distância certa de tiro. A cada vez que disparassem, os projéteis chegariam mais perto.

Alek dobrou o corpo outra vez, ergueu o sabre e bateu no sinalizador grudento, levantando faíscas e intensas rajadas de fumaça. Brasas caíram da espada sobre o uniforme do garoto e queimaram a jaqueta de couro de piloto como carvão incandescente. Ele sentiu o cheiro do próprio cabelo ardendo no calor.

Um bombardeio de sinalizadores passou perto, eram os batedores em retirada, dando os últimos tiros no Stormwalker. Alek ignorou os disparos que quase o acertaram e continuou batendo na chama.

Finalmente um grande pedaço se soltou e grudou no sabre como mel em um galho. Ele sacudiu a espada de um lado para o outro no vento, mas isso apenas fez o sinalizador brilhar mais.

Alek praguejou. As armas da fragata estariam recarregadas em mais alguns segundos. Havia apenas uma coisa a fazer.

Ele ficou meio agachado e passou o braço por um cano de escapamento.

— Sinto muito, pai — sussurrou Alek, e jogou o antigo sabre na floresta com o máximo de força possível.

Ele chutou os últimos poucos pedaços que ardiam presos à blindagem do Stormwalker e depois rastejou de volta à escotilha aberta.

— Klopp! — gritou lá para baixo. — Vá direto em frente, o mais rápido possível!

Alek deu uma olhadela para trás antes de entrar. A antiga espada continuava ardendo entre as árvores, soltando fumaça vermelha. Os artilheiros da fragata pensariam que o Stormwalker tinha parado ou caído após aquele último bombardeio. A esperança era que atacassem aquele ponto mais algumas vezes antes de mandar os batedores de volta para verificar.

E àquela altura o andador estaria a quilômetros dali.

Assim que a adrenalina de Alek baixou, o corpo começou a latejar de dor. As mãos e os joelhos estavam ralados e queimados, o couro do uniforme cheirava a carne estorricada. Ele torceu para que Volger tivesse algo para queimaduras também na coleção de relíquias de família e segredos inúteis.

Conforme Alek descia pela escotilha, os olhos de Volger se arregalaram ao notar o cabelo queimado e o uniforme fumegante.

— Você está bem?

— Estou — disse Alek ao desabar na cadeira de comando. — Apenas continue em frente.

As montanhas surgiam mais altas pela escotilha. A fronteira não podia estar longe agora; o céu adiante estava sem sinalizadores. Em breve estariam na escuridão amistosa de novo.

Alek sorriu — as armas secretas dos inimigos não tinham servido para nada.

Ele deixou que os olhos se fechassem. Depois de um mês correndo, Alek finalmente poderia descansar. Talvez a vida voltasse a fazer sentido assim que o Stormwalker chegasse a um lugar seguro.

Sem mais surpresas por um tempo.

● DEZENOVE ●

– EU GOSTARIA DE VER SUAS ABELHAS, SR. SHARP.

Cansada, Deryn ergueu os olhos do caderno de esboços e deixou o lápis de lado. Sua última vigia do dia mal tinha acabado — quatro horas nervosas de olho em aeronaves alemãs —, mas a Dra. Barlow dava a impressão de que jamais dormia. Ela parecia bem elegante vestindo um sobretudo de viagem e chapéu-coco, e Tazza dava pulinhos ao lado da cientista, sempre feliz em explorar a nave.

— *Minhas* abelhas, madame?

— Não canse a minha beleza, Sr. Sharp. Eu quis dizer, obviamente, as colônias de abelhas do *Leviatã*. O senhor sempre desenha enquanto se barbeia?

Deryn olhou para a navalha na caneca ao se lembrar de que metade do rosto estava coberto por espuma. Ela estava esperando que alguém passasse pela porta aberta e testemunhasse a mentira. Porém, após alguns minutos, Deryn desistiu de ficar posando no espelho. Até copiar diagramas do capítulo de inversão térmica do *Manual de Aeronáutica* era mais interessante do que fingir fazer a barba.

Ela limpou o rosto com uma toalha.

— Esta é a vida de um aspirante, madame. Sempre estudando... e mostrando a nave para os cientistas de visita, é claro.

— É claro — disse a Dra. Barlow com doçura.

Nos dois dias a bordo, tinha visitado praticamente cada centímetro da aeronave, arrastando Newkirk e Deryn de convés em convés, ao topo, e até mesmo aos viveiros dos Huxleys nas entranhas da baleia. Não havia como fugir ao serviço. Apenas dois aspirantes tinham permanecido a bordo, graças ao peso do tilacino da Dra. Barlow, de suas várias roupas e da carga misteriosa guardada na sala de máquinas.

Deryn sentia falta dos demais, ao menos para dividir o trabalho de medir a altitude e alimentar os morcegos-dardos. A única coisa brilhante — além de aquele vagabundo do Fitzroy ter ido embora — era que Deryn e Newkirk agora tinham uma cabine particular cada um. Obviamente, os estudos científicos da Dra. Barlow não pareciam ter incluído o tema privacidade.

— Venha, Tazza — murmurou Deryn ao pegar a guia do monstrinho enquanto ia para o corredor.

Ela conduziu a Dra. Barlow pela escada de popa ao convés superior da gôndola. Os amarradores e veleiros dormiam ali em cima, embora Deryn não conseguisse entender como conseguiam. O canal gástrico do aeromonstro enchia o ar com um cheiro parecido com cebolas podres e peidos de vacas.

As sentinelas fora de serviço balançavam em redes dos dois lados do corredor, alguns abraçados com seus farejadores de hidrogênio para se aquecer. A aeronave estava voando a 2,5 quilômetros de altura, o que se esperava que fosse alto demais para os aeroplanos alemães que os tinham caçado o dia inteiro, e o ar ali em cima era tão gelado quanto uma pilha de balas de canhão.

Nenhum dos amarradores olhou para a Dra. Barlow ou para o tilacino ao passarem. Os oficiais da nave anunciaram que qualquer um que criasse confusão a respeito da passageira seria indiciado. Aquele não era o momento para superstições navais, afinal de contas. A Alemanha tinha declarado guerra à França no dia anterior e fora atrás da Bélgica naquele dia. O rumor era de que a Grã-Bretanha entraria no conflito no dia seguinte a não ser que o *kaiser* acabasse com toda aquela bagunça quando desse meia-noite.

E ninguém achava que isso fosse muito provável.

Na escotilha ventral, Deryn pegou Tazza nos braços, subiu e saiu. No espaço frio e apertado entre o aeromonstro e a gôndola, as células ventrais de camuflagem reluziam em um tom prateado fosco, assumindo a cor dos picos nevados iluminados pelo luar lá embaixo. Os Alpes Suíços estavam surgindo debaixo deles. O *Leviatã* estava a um terço do caminho do Império Otomano, calculou Deryn.

Tazza saiu correndo de seus braços e subiu, curioso para explorar a estranha mistura de cheiros: o fedor do canal gástrico, o cheiro de amêndoas amargas que vinha do hidrogênio vazando e o odor salino da pele do aeromonstro.

Deryn seguiu o monstrinho pelas entranhas, depois se ajoelhou para dar uma das mãos à Dra. Barlow. Eles pararam por um momento na escuridão quente enquanto os olhos se ajustavam à tênue luz verde das lagartas luminosas.

— Eu aproveito esta oportunidade para lembrá-la de não fumar, doutora.

— Muito engraçado, Sr. Sharp.

Deryn sorriu e coçou a cabeça de Tazza. Chamas não eram permitidas em parte alguma do *Leviatã*. Fósforos e armas de fogo eram mantidos trancados, e as botas dos aeronautas tinham solas de borracha para prevenir faíscas geradas pela estática. Porém, de acordo com o regulamento, os passageiros deviam ser lembrados das regras antifumo sempre que a tripulação achasse necessário.

Mesmo que fossem cientistas bambambãs e se irritassem ao serem lembrados do óbvio berrante.

Tazza foi avançando e se esgueirando rente ao chão; sempre ficava um pouco nervoso dentro da baleia.A passarela era feita de alumínio, mas as paredes do canal gástrico eram vivas — quentes e pulsantes com a digestão, iluminadas pelas lagartas. As bexigas de hidrogênio no alto estavam repuxadas e transparentes, a nave inteira se inchava no ar rarefeito da grande altitude.

Ao se aproximarem da proa, um zumbido aumentou de volume: milhares de minúsculas asinhas agitavam o ar, secando o néctar recolhido naquele dia sobre a França. Um pouco mais adiante, as paredes estavam cobertas por uma massa agitada de abelhas, os pequenos corpos arredondados zumbindo ao redor da cabeça de Deryn, batendo de leve no rosto e nas mãos. Tazza soltou um rosnado baixinho e se espremeu mais para perto das pernas dela.

Deryn compreendia o nervosismo do tilacino. Ao ver as colmeias pela primeira vez, imaginou que fossem armas como os gaviões-bombardeiros e morcegos-dardos. Mas as abelhas do *Leviatã* sequer tinham ferrões. Como o cientista-chefe da nave gostava de dizer, elas eram simplesmente um método de extrair combustível da natureza.

No verão, os campos que passavam debaixo da aeronave ficavam cheios de flores, cada uma contendo um tiquinho de néctar. As abelhas recolhiam aquele néctar e o destilavam em mel; então, as bactérias no estômago do aeromonstro devoravam o mel e peidavam hidrogênio. Era uma típica estratégia de cientista — não havia sentido em criar um novo sistema quando era possível pegar emprestado um que já estava bem desenvolvido pela evolução.

Uma abelha curiosa parou em pleno ar diante do rosto de Deryn. O corpo era amarelo e coberto por uma penugem, o dorso era tão lustroso e negro quanto as botas de um uniforme de gala, e as asas formavam um borrão. Ela franziu os olhos e memorizou o formato da abelha para desenhar depois.

— Oi, monstrinhozinho.

— Perdão, Sr. Sharp?

Deryn espantou a abelha curiosa com a mão e se virou.

"NAS ENTRANHAS DA NAVE."

— Algo em especial que gostaria de ver, madame?

A Dra. Barlow estava enfiando um véu negro debaixo do chapéucoco como um cientista em um funeral.

— Meu avô fabricou uma destas espécies. Eu quero sentir o gosto do trabalho dele.

O *avô* dela? A Dra. Barlow tinha que ser mais jovem do que aparentava.

— Parece surpreso, Sr. Sharp. O mel é comestível, não é?

— Sim, madame. O Sr. Rigby obriga todos nós, aspirantes, a provarmos um pouco. — Fitzroy fizera uma careta e Newkirk parecera pronto para vomitar. Mas o gosto era tão bom quanto qualquer mel natural, realmente.

Deryn sacou a faca para cordame, esticou a mão para o grande favo hexagonal e tirou um pouco de mel com a lâmina. Ela ofereceu a faca para a Dra. Barlow, que passou a ponta do dedo e depois o levou para debaixo do véu a fim de colocar entre os lábios.

— Humm. Igualzinho a mel.

— É água em grande parte — falou Deryn. — Com alguns toques de carbono para dar sabor.

A Dra. Barlow concordou com a cabeça.

— Uma análise muito correta, Sr. Sharp. Mas o senhor está franzindo a testa.

— Perdão, madame, mas a senhora disse que seu avô era um darwinista? Ele deve ter sido um dos primeiros.

A Dra. Barlow sorriu.

— Foi sim, de fato. E era muito fascinado por abelhas, especialmente em como elas faziam a conexão entre gatos e trevos.

— *Gatos*, madame?

— E trevos, sim. Ele notou que o trevo vermelho floresce abundantemente perto de cidades, porém pouco na natureza. — A Dra. Barlow passou o dedo pela faca para pegar outra prova de mel. — Veja bem, na

Inglaterra, a maioria dos gatos reside em cidades. E gatos comem ratos. Esses mesmos ratos, Sr. Sharp, atacam as colmeias de abelha atrás de mel. E o trevo vermelho não é capaz de crescer sem abelhas para polinizá-lo. Está entendendo?

Deryn ergueu uma sobrancelha.

— Hum, não tenho certeza, madame.

— Mas é muito simples. Perto das cidades existem mais gatos, menos ratos e, portanto, mais abelhas, resultando em mais trevos vermelhos. Meu avô era bom em notar redes de relações como essa. O senhor está franzindo a testa de novo, Sr. Sharp.

— É só que... ele parece um cavalheiro bem excêntrico.

— Algumas pessoas pensam assim. — A Dra. Barlow riu. — Mas tem vezes que os excêntricos notam coisas que os outros não percebem. O senhor deve afiar muito bem a sua navalha.

Deryn engoliu em seco.

— Minha navalha, madame?

A cientista esticou o braço para segurar Deryn pelo queixo.

— Ambos os lados do seu rosto estão lisos por igual. Mas eu não lhe interrompi no meio do processo?

Enquanto a Dra. Barlow esperava por uma resposta, o zumbido das colmeias ecoou alto pela cabeça de Deryn, e a passarela pareceu se inclinar debaixo dos pés. Ela fora uma *bobalhona* sem tamanho ao se meter com navalhas. Era assim que sempre a pegavam na mentira — quando tornava as coisas *complicadas*.

— Eu... eu não sei o que a senhora quer dizer, madame.

— Quantos anos o senhor tem?

Deryn pestanejou. Ela não conseguia falar.

— Com um rosto assim tão liso, o senhor não tem 16 anos — continuou a Dra. Barlow. — Talvez 14? Ou mais jovem?

Um tiquinho de esperança surgiu em Deryn. Será que a cientista adivinhara *o segredo errado*? Ela decidiu contar a verdade.

— Pouco mais de 15 anos, madame.

A Dra. Barlow soltou o queixo dela e deu de ombros.

— Bem, tenho certeza de que o senhor não é o primeiro menino a entrar na Força Aérea um pouco jovem. Seu segredo está a salvo comigo. — Ela devolveu a faca para cordame. — Veja bem, a verdadeira descoberta do meu avô foi a seguinte: se a pessoa retirar um elemento… os gatos, os ratos, as abelhas ou as flores, a rede inteira é prejudicada. Um arquiduque e sua esposa são assassinados e a Europa inteira entra em guerra. Uma peça perdida pode ser muito ruim para um quebra-cabeça, seja na natureza, na política ou aqui no ventre de uma aeronave. O senhor parece um bom tripulante, Sr. Sharp. Eu odiaria perdê-lo.

Deryn concordou devagar com a cabeça, tentando absorver tudo isto.

— Eu concordo, madame.

— Além disso… — O indício de um sorriso surgiu nos lábios da Dra. Barlow. — Saber do seu segredinho torna a situação mais fácil, caso eu queira contar alguns dos meus.

Antes que Deryn tivesse a chance de se perguntar o que aquilo poderia significar, ela notou um clangor distante mais alto do que o zumbido das colmeias.

— A senhora escutou isso, madame?

— O alarme geral? — A Dra. Barlow concordou com tristeza. — Infelizmente, sim. Parece que a Grã-Bretanha e a Alemanha finalmente entraram em guerra.

● VINTE ●

O ALARME ESTAVA TOCANDO EM TERCETOS, o sinal de um ataque aéreo.

— Preciso correr, madame — disse Deryn rapidamente. — A senhora consegue voltar sozinha para a sua cabine?

— Acho que não, Sr. Sharp. Eu tenho que ficar com a minha carga.

— Mas… mas… isto é um alerta — falou Deryn com nervosismo. — A senhora não pode ir à sala de máquinas!

A Dra. Barlow pegou a guia de Tazza da mão dela.

— Aquela carga é mais importante do que suas regras, rapaz.

— Mas os passageiros devem ficar…

— E os aspirantes *devem* ter 16 anos. — A Dra. Barlow fez um gesto com a mão. — O senhor não tem que ir para um posto de batalha qualquer?

Deryn soltou um gemido de aflição, mas desistiu, revoltada, e deu as costas. Fez o melhor que pôde — por ela, a cientista podia se pendurar das janelas se quisesse.

Enquanto Deryn corria para voltar à gôndola principal, a passarela de alumínio tremia debaixo dos pés. A tripulação inteira estava correndo e enchendo os corredores da nave. Ela desviou de um esquadrão de homens em trajes gástricos, chegou à escotilha ventral e desceu até a metade para dar uma olhadela.

O vento gelado entre a gôndola e o aeromonstro rugiu com um som desconhecido. Não era o zumbido dos motores , e sim o rosnado furioso da tecnologia mekanista. Uma silhueta de asas refletiu no luar ao longe; havia uma cruz de ferro pintada a parte traseira.

Os aeroplanos alemães podiam voar àquela altitude, afinal de contas.

Deryn desceu pelo resto da escotilha e aterrizou com força suficiente para bater os dentes. O posto de batalha dos aspirantes era no topo com os morcegos, portanto ela precisaria de um traje de voo para não congelar. O traje de Deryn estava na cabine, mas os amarradores sempre mantinham alguns sobressalentes no dormitório. Ela atravessou a massa de homens e farejadores de hidrogênio, procurando por um traje com um par de luvas enfiado nos bolsos. Não havia tempo para encontrar óculos de proteção; ela já estava muito atrasada por conta da teimosia da Dra. Barlow.

Enquanto abotoava o sobretudo até o pescoço, Deryn sentiu uma tontura por um instante. O susto da batalha viera rápido demais após o choque de ser quase descoberta pela Dra. Barlow. A cientista havia prometido não contar, mas ela não sabia a história toda — ainda não. Com aqueles olhos aguçados, a Dra. Barlow adivinharia a verdade com o tempo.

Deryn respirou fundo e balançou a cabeça para clarear as ideias. Aquele não era o momento de se preocupar com segredos. A guerra finalmente chegara.

Ela deu um puxão no cabo de segurança para testar a força e depois se dirigiu para as escotilhas do cordame.

Havia pelo menos uma meia dúzia de máquinas voadoras caçando o *Leviatã*. Elas eram difíceis de contar, pois ficavam longe para evitar os gaviões-bombardeiros e suas redes de aeroplanos.

Deryn estava no meio do caminho para o topo, subindo rápido no vento gelado. Homens e animais fabricados enchiam as enxárcias, fazendo os cabos pressionarem a membrana com o peso deles.

Ela ouviu os motores mudarem de tom, e o mundo começou a se inclinar. À medida que a aeronave rodava, Deryn se viu novamente na parte debaixo, pendurada nas enxárcias pelas mãos. Os tripulantes ao redor dela se balançaram pelos cintos de segurança, mas o grampo de Deryn estava pendurado no cinto do traje, sem ser usado.

— Bolhas! — praguejou ela ao olhar para as mãos doloridas. O Sr. Rigby possivelmente estava certo quanto a usar grampos de segurança em batalha.

Ela balançou os pés e passou uma perna pelos cabos para soltar uma das mãos. A nave rodou ainda mais e um lagarto-mensageiro se soltou. Ele passou por Deryn, girando e gritando palavras aleatórias em uma terrível mistura de vozes humanas.

Deryn desviou o olhar do pobre monstrinho — os dedos acharam o grampo de segurança. Após prendê-lo a um cabo, ela se deixou ficar pendurada pelos cintos de segurança para descansar os músculos das mãos, que ardiam.

Um ronco estava crescendo no ar.

A 800 metros, uma das máquinas mekanistas disparava na direção de Deryn. Um motor trovejava em cada asa e soltava rastros iguais de fumaça. As asas largas, parecidas com as de um morcego, esticaram-se e giraram conforme o aeroplano veio pela lateral…

A metralhadora entrou em ação e varreu o flanco do *Leviatã*.

Homens e monstros correram para escapar do traçado das balas. Deryn viu um farejador de hidrogênio ser atingido, dançar em agonia contra as enxárcias e então se debater freneticamente ao cair. Lagartas luminosas cuspiram faíscas verdes e reluzentes ao serem arrancadas de debaixo da pele.

O aeroplano continuou, trovejando na direção de Deryn. Ela soltou os cintos de segurança e desceu o mais rápido possível. Balas ondularam pela membrana logo acima de Deryn como pedras batendo na água. Os cabos sacudiram em suas mãos, tremendo com a dor da aeronave.

A metralhadora finalmente ficou sem balas e a aeronave se afastou. Mas uma faísca intensa brilhou na escuridão: o artilheiro acendeu uma bomba de fósforo. Ele a ergueu bem alto, e a bomba soltou faíscas e fumaça enquanto o aeroplano fazia uma volta em direção ao *Leviatã*.

Deryn segurou firme nos cabos, mas não havia para onde subir. O cheiro de amêndoas amargas do hidrogênio encheu os pulmões. A aeronave inteira estava pronta para explodir.

Então um farol apareceu. Uma revoada de gaviões-bombardeiros seguiu o arco de luz carregando redes de aeroplanos. A malha reluzente era puxada pelos arreios das aves e unia os gaviões em uma teia delicada.

Os gaviões fizeram a curva em formação e esticaram a rede brilhante, ficando no meio do caminho do aeroplano...

A máquina colidiu com a rede, que se enrolou no aeroplano e cujos filamentos soltaram ácido de aranha fabricada. O ácido consumiu asas, suportes e carne em segundos. Pedaços saíram voando loucamente, e as asas do avião se fecharam como tesouras no ar.

Os tripulantes mekanistas, a bomba mortal de fósforo e centenas de peças metálicas caíram em direção aos picos nevados lá embaixo.

Uma comemoração subiu pelo flanco da aeronave, punhos erguidos enquanto a máquina caía. Os amarradores logo entraram em ação para remendar a membrana, mas alguns homens ficaram pendurados pelos cintos de segurança, imóveis, sem vida ou gemendo de dor.

Deryn não era médica e deveria estar no topo àquela altura, mas levou um longo momento para recomeçar a subir e deixar os tripulantes sangrando para trás.

Havia mais aeroplanos lá fora, Deryn disse para si mesma, e os morcegos-dardos precisavam ser alimentados.

O topo estava cheio de tripulantes, canhões e farejadores loucos pelo cheiro de hidrogênio vazando.

Deryn ficou longe da espinha dorsal lotada de gente e correu pela lateral da membrana macia. Calculou que o aeromonstro não notaria os

passos de um pequenino aspirante depois de todas aquelas balas rasgando seu flanco.

A tripulação do *Leviatã* estava respondendo ao fogo agora: os canhões de ar comprimido disparavam da espinha dorsal e das nacelas dos motores, faróis guiavam os gaviões-bombardeiros pela escuridão. Mas o que a nave realmente precisava era de mais morcegos-dardos no ar.

Quando Deryn chegou à proa, Newkirk e Rigby já estavam lá, jogando punhados de comida loucamente. Alguns amarradores se juntaram a eles para compensar os aspirantes que faltavam.

O contramestre olhou feio para ela, e Deryn disparou:

— Estava cuidando da cientista, senhor!

— Foi o que pensei. — Ele jogou um saco de comida para Deryn. — Eles nos pegaram cochilando, não foi? Não sabia que esses malditos mekanistas podiam voar tão alto!

Deryn jogou grãos e dardos o mais rápido possível. A maioria dos morcegos já estava voando em meio a toda aquela confusão.

— Abaixem-se, rapazes! — gritou alguém. — Está vindo um!

Um aeroplano seguia rugindo em direção à proa. Deryn se jogou e caiu com força sobre um dardo solto. O canhão principal de ar comprimido disparou e ela sentiu a rajada de tiros voando acima. Um grupo de morcegos assustados seguiu o rastro das balas.

Deryn olhou para cima. O canhão de ar comprimido acertou em cheio. O aeroplano tremeu, o motor engasgou uma vez. Então ele começou a girar fora de controle no ar e se amassou como papel na mão de um gigante.

Gritos triunfantes tomaram conta do topo da aeronave, mas o Sr. Rigby não parou para comemorar. Ele ficou de pé rapidamente, correu até Newkirk e uniu seus cabos de segurança.

— Venha, Sharp! — gritou o Sr. Rigby. — Prenda seu cabo! Vamos avançar.

Deryn deu um pulo para ficar de pé, correu até eles e prendeu o cabo de segurança ao de Newkirk. O contramestre conduziu os dois para fora da espinha dorsal até a descida da proa. As últimas poucas centenas de morcegos sempre ficavam de preguiça nos ninhos e, naquela noite, o *Leviatã* iria precisar de todos os seus monstrinhos no ar.

A pele da proa era mais grossa do que a do flanco, feita para romper frentes de tempestades e borrascas. As botas de Deryn escorregaram na superfície dura e se desequilibraram com o peso do saco de comida. Ela engoliu em seco — cabos e enxárcias eram escassos e mais espaçados ali na testa do aeromonstro.

A descida ficou mais íngreme. Em pouco tempo, Deryn conseguiu enxergar até os antolhos lá embaixo, que protegiam os olhos da baleia de distrações e balas.

Outro aeroplano passou rugindo debaixo deles com a metralhadora atirando na nacela do motor de bombordo. O som de engrenagens guinchando ecoou no ar frio. Em resposta, dois fachos de faróis varreram o céu para seguir o aeroplano, a luz cheia de silhuetas escuras e agitadas…

Deryn assistiu, horrorizada. As equipes dos faróis não estavam se importando em mudar a cor dos fachos para vermelho, o sinal para os morcegos liberarem os dardos. Eles estavam guiando a revoada diretamente para o caminho da aeronave mekanista. Os morcegos em si não eram pesados, mas os pregos de metal nas barrigas seriam suficientes para dilacerar o aeroplano. Os gritos repugnantes das pobres criaturinhas ecoaram mais alto do que o barulho dos motores quebrando e das asas sendo rasgadas.

Enquanto Deryn assistia à queda da aeronave, seus pés escorregaram. O chão estava se movendo debaixo dela.

— Estamos mergulhando, rapazes! — berrou o Sr. Rigby. — Se segurem em alguma coisa!

Montanhas cobertas por neve surgiram à frente e o estômago de Deryn deu um nó. A aeronave jamais havia mergulhado tão rápido! Deryn caiu deitada, os dedos procurando um apoio. O saco de comida escapou, derrubando figos e dardos.

Ela continuou escorregando… *caindo.*

Então o cabo de segurança tremeu e fez Deryn parar. Ela olhou para cima e viu Newkirk e Rigby apoiados em um ninho, com morcegos voando ao redor das cabeças.

Ela subiu pelo cabo até o calor do ninho. Estava cheio de fezes de morcego e dardos velhos, mas havia muitos lugares para se segurar, pelo menos.

— Fico feliz por se juntar a nós, Sr. Sharp — disse Newkirk, sorrindo como um maluco. — Isto é brilhante, não é?

Deryn franziu a testa.

— Desde quando o *senhor* é tão corajoso assim?

Antes que Newkirk pudesse responder, o mundo rodou debaixo deles novamente.

— Perdemos um motor — falou o Sr. Rigby.

Deryn fechou os olhos e prestou atenção à pulsação da aeronave. Ela parecia fraca. O *Leviatã* voava torto; o fluxo de ar estava turbulento ao redor deles.

Aeroplanos mekanistas continuavam roncando na escuridão — dois deles, pelo barulho —, e os faróis do *Leviatã* pareciam quase vazios de morcegos. Os monstrinhos estavam inutilmente espalhados pelo ar, assustados demais com o tiroteio e as colisões para se reagruparem.

— Precisamos de mais morcegos no ar! — berrou o Sr. Rigby, soltando um cabo do cinto e trocando aquele que ligava Deryn e Newkirk por um de 15 metros. — Existe um grande ninho abaixo de nós, Sharp. Desça e veja se consegue assustar mais alguns daqueles danadinhos. — Ele enfiou o próprio saco de comida na mão de Deryn. — Encha o bucho dos monstrinhos antes de soltá-los.

— E quanto a mim? — reclamou Newkirk. Ele parecia se sentir bem na batalha, mas Deryn simplesmente dava a impressão de estar enjoada de tudo aquilo.

— Só quando eu conseguir um cabo mais comprido para o senhor — disse Rigby, ainda mexendo nas cordas. — Não quero perder meus últimos dois aspirantes.

Deryn foi até a borda do ninho, tentando ignorar os picos das montanhas que vinham gradativamente em direção a eles. Será que a aeronave tinha perdido hidrogênio demais para se manter no ar?

Ela se esforçou para parar de pensar naquilo e desceu com cuidado em direção a uma fenda escura na pele do aeromonstro. O ronco de um motor mekanista estava crescendo nos ouvidos, mas Deryn não ousou tirar os olhos dos pés e das mãos.

Apenas mais alguns metros...

Uma metralhadora disparou atrás de Deryn, pressionou o corpo contra o *Leviatã*, de olhos fechados:

— Não se preocupe, monstrinho. Eu vou dar um jeito nestes vagabundos por você — sussurrava ela.

O clarão de faróis atravessou suas pálpebras fechadas e a máquina foi embora roncando, deixando para trás o fedor da fumaça do escapamento misturado com o hidrogênio vazando.

Deryn se deixou cair pelo resto do caminho, as botas mal tocando a borda do ninho. Ela se segurou ao cabo e balançou até entrar deslizando de joelhos.

O ninho estava vazio. Não tinha sobrado um único morcego para voar.

— Aranhas berrantes — praguejou Deryn, baixinho.

O chão se mexeu debaixo de Deryn, que se virou e olhou para fora. O horizonte se inclinou. A seguir, as montanhas desapareceram, substituídas pelo céu frio e estrelado... O *Leviatã* estava subindo outra vez!

Ela saiu do nicho subindo pelo cabo. A descida por onde Deryn viera estava praticamente nivelada agora que a nave tinha voltado a subir. Rigby e Newkirk estavam em campo aberto, com os cintos de segurança presos a um longo cabo.

— Não demos sorte, senhor — gritou ela. — Acho que todos foram embora!

— Então vamos, rapazes. — O Sr. Rigby se virou e começou a subir de volta à espinha. — Vamos sair da proa antes que ele mergulhe novamente.

Os três se afastaram até o limite dos cabos de segurança e espantaram os últimos poucos morcegos enquanto subiam. Deryn escalou o mais rápido que pôde. Com a aeronave girando e virando daquele jeito, ficar no topo não parecia mais tão brilhante assim.

Os últimos dois aeroplanos ainda se mantinham longe, à espreita, e Deryn imaginou o que estariam esperando. Alguns gaviões bombardeiros permaneciam no ar, mas as redes pareciam rasgadas. Apenas um farol estava aceso — a tripulação tentava reunir os morcegos-dardos em uma única revoada.

Lá em cima, na espinha, as coisas tinham piorado. O canhão de ar comprimido que ficava na proa estava sendo desmantelado por uma equipe de reparos. Havia feridos por toda parte e os farejadores estavam frenéticos com tanto hidrogênio vazando. O enorme arnês da baleia estava crivado de buracos de bala.

Deryn se ajoelhou ao lado de um ferido cuja mão segurava a guia de um farejador de hidrogênio. O monstrinho ganiu para ela ao tirar os olhos do rosto pálido de seu controlador. O homem estava morto.

Deryn sentiu uma tremedeira começar, sem saber se era o frio ou o choque da batalha. Ela estava a bordo havia apenas um mês, mas aquilo era como ver a família morrer, a casa queimando diante de si.

Então o inevitável ronco de motores mekanistas aumentou de novo e todos os olhos se voltaram para o céu escuro. Os dois últimos aeroplanos se aproximavam juntos, projetando-se contra a aeronave mais uma vez.

Deryn se perguntou o que os tripulantes daquelas máquinas estariam pensando. Eles viram os colegas aeronautas caírem do céu. Com certeza sabiam que estavam prestes a morrer. Que loucura tornava matar o *Leviatã* tão importante para eles?

O farol solitário varreu o caminho dos aeroplanos e um deles tremeu no ar. As pequenas silhuetas escuras dos morcegos atravessaram as asas, e o avião virou totalmente de lado. Uma parte impassível do cérebro de Deryn viu como o fluxo de ar ao redor das asas mudou, como o aeroplano em breve iria entrar em colapso e cair...

"CARNIFICINA NA ESPINHA."

Ela virou o rosto assim que a máquina explodiu.

Mas o barulho de outro motor roncando continuou a se aproximar.

— Droga! Ele quer colidir conosco! — gritou o Sr. Rigby ao correr para a frente com a intenção de ver melhor.

Alguém no canhão de ar comprimido de proa praguejou. Seus compressores falharam de novo, mas outros canhões dispararam mais para a direção da popa. De repente, todos os faróis voltaram à vida e cortaram a escuridão até que o aeroplano que se aproximava brilhasse como uma bola de fogo no céu.

Minúsculas asinhas pretas bateram ao longo dos fachos dos faróis, e o aeroplano tremeu e balançou ao irromper pelos morcegos. Porém, de alguma forma, ele continuava avançando.

A 30 metros de distância, a máquina finalmente girou no ar. As asas entraram em colapso e pedaços voaram em todas as direções. O *cockpit* do artilheiro quebrou e saiu voando com a arma ainda disparando. A hélice de alguma forma se soltou do motor e foi embora em espiral como um inseto maluco.

Deryn sentiu um tremor debaixo dos pés. Ela arrancou uma das luvas e se abaixou para colocar a palma da mão nas escamas dorsais geladas. Um gemido baixo estremeceu o aeromonstro. Pedaços do aeroplano desintegrado estavam penetrando no *Leviatã* e rompendo a membrana. Deryn fechou os olhos.

Uma faísca perdida transformaria todos em uma bola de fogo.

Ela ouviu um grito. O Sr. Rigby estava descendo pelo flanco da aeronave, cambaleando e com a mão no estômago.

— Ele foi atingido — gritou Newkirk.

O Sr. Rigby deu alguns passos sem equilíbrio e, em seguida, caiu de joelhos, quicando um pouco na membrana. Newkirk correu até ele, mas um lampejo de instinto manteve Deryn parada onde estava.

A nave inteira estava se inclinando para a frente agora, voltando a mergulhar. O cheiro de hidrogênio tomava conta do ar.

O Sr. Rigby estava escorregando flanco abaixo — o contramestre tinha sido capturado pela gravidade. Então deixou de deslizar e passou a rolar.

Deryn deu um passo à frente e depois olhou para o cabo que a prendia aos demais.

— Aranhas berrantes!

Se o contramestre caísse pela lateral, arrastaria Newkirk com ele. A seguir, Deryn seria puxada como uma mosca na ponta da língua de um sapo. Ela procurou por algo para se prender no entorno, mas as enxárcias aos pés estavam esfiapadas e esticadas.

— Newkirk, *volte aqui*!

O menino parou por um momento e viu o Sr. Rigby ir embora escorregando. Então se virou com uma cara de quem entendeu a situação. Mas era tarde demais — o cabo que o ligava a Rigby estava se esticando rapidamente.

Newkirk olhou desesperado para Deryn, e as mãos foram para a faca de cordame no cinto.

— Não! — gritou ela.

Logo Deryn se deu conta do que tinha que fazer.

Ela se virou e correu para o *outro* lado, disparando na direção do flanco oposto da aeronave. Desviando de tripulantes e farejadores conforme a membrana se inclinava, Deryn pulou o mais alto que conseguiu no céu da noite...

O puxão da corda a atingiu como um soco no estômago, e os cintos de segurança penetraram nos ombros. Ela rolou como uma bola quando o corpo atingiu a membrana do flanco e perdeu o fôlego.

Deryn quicou até parar e a seguir se viu deslizando, subindo novamente pelo flanco do aeromonstro. Rigby devia ter puxado Newkirk com força — o peso combinado dos dois estava arrastando Deryn de volta até a espinha!

Ela tentou agarrar os cabos que passavam. Finalmente pegou um e conseguiu parar. Mas o cabo de segurança a puxou com mais força, fazendo os cintos de segurança apertarem e tirarem o ar dos pulmões.

Então o cabo ficou frouxo e Deryn olhou para cima, horrorizada. Será que se partiu? Será que Newkirk se soltou?

Na espinha, um esquadrão de amarradores estava segurando a corda de Deryn, disputando um cabo de guerra com alguma coisa do outro lado da nave. Eles estavam puxando Newkirk e o contramestre ferido para cima.

Deryn respirou aliviada e fechou os olhos. Ela se segurou firme às enxárcias, não confiando em nada além das próprias mãos para não cair no céu escuro. Mas, conforme a nave se virou debaixo dela novamente, Deryn abaixou o olhar e se deu conta de que as mãos não seriam suficientes.

Todos eles estavam caindo.

Os Alpes chegam mais perto da nave, os picos mais altos a apenas algumas dezenas de metros abaixo. Um manto de neve cobria tudo, exceto por alguns afloramentos escuros de pedra, como dentes negros e serrilhados esperando pacientemente por uma presa.

O *Leviatã* ferido estava caindo devagar de volta à terra.

◈ VINTE E UM ◈

O VELHO CASTELO FICAVA EM UM MORRO PEDREGOSO, neve iluminada pelo luar se acumulava contra as paredes meio arruinadas, as janelas estavam escuras e escancaradas. As ameias das muralhas reluziam com gelo no ar frio e cristalino, e o contorno se confundia com as rochas atrás.

Alek se afastou da escotilha.

— Que lugar é este?

— Você se lembra da viagem de seu pai à Itália? — perguntou o conde Volger. — Para procurar uma nova cabana de caça?

— Claro que eu me lembro. Você foi com ele e eu tive quatro semanas gloriosas sem aulas de esgrima.

— Um sacrifício necessário. Nosso verdadeiro objetivo foi comprar esta pilha de pedras velhas.

Aleksandar examinou o castelo com um olhar crítico — uma pilha de pedras velhas era o termo certo. Parecia mais com o resultado de um desabamento do que com uma fortaleza.

— Mas isso foi há dois verões, Volger. Quando vocês começaram a planejar minha fuga?

— No dia em que seu pai se casou com uma plebeia.

Alek ignorou a ofensa dirigida à mãe; os detalhes de sua linhagem eram insignificantes agora.

— E ninguém sabe sobre este lugar?

— Olhe ao redor. — O conde Volger fechou mais a gola de pele. — O castelo foi abandonado na época da Grande Fome.

— Seiscentos anos atrás — falou Alek baixinho, com a respiração se condensando à luz do luar.

— Os Alpes eram mais quentes naquele tempo. Havia uma cidade próspera lá antigamente. — O conde Volger apontou para um desfiladeiro na montanha à frente, cuja grande expansão branca reluzia sob a lua quase cheia. — Mas aquela geleira engoliu o vale inteiro há séculos. É um descampado agora.

— Eu troco um descampado por outra noite nesta máquina — falou Klopp, tremendo dentro do casaco de pele. — Eu amo meus andadores, mas jamais quis morar em um deles.

Volger sorriu.

— Este castelo guarda confortos inesperados, você vai ver.

— Qualquer lugar com uma lareira que funcione — disse Alek ao colocar as mãos geladas e cansadas nos controles.

Por dentro, o pequeno castelo não parecia tão ruim.

O telhado debaixo da cobertura de neve havia sido consertado recentemente. As muralhas externas estavam meio desmoronadas, mas o piso do pátio era sólido e aguentou o peso do andador ao passar pelo portão. Pilhas de lenha se estendiam pelas paredes do interior, e os estábulos do castelo estavam cheios de provisões: carnes defumadas, barris de grãos e pilhas arrumadinhas de rações militares.

Alek encarou as intermináveis fileiras de latas.

— Quanto tempo ficaremos aqui?

— Até esta loucura acabar — disse Volger.

"Esta loucura", é claro, queria dizer a guerra. E guerras podiam durar anos... até mesmo décadas. Filetes de neve se enroscavam no chão, entrando pela porta aberta do estábulo — e estavam no início de agosto.

Como seria em pleno inverno?

— Seu pai e eu fomos bem meticulosos — falou Volger, obviamente orgulhoso de si mesmo. — Temos medicamentos, peles, um arsenal e uma excelente adega de vinhos. Nada nos faltará.

— Uma banheira teria caído bem — disse Alek.

— Creio que tenhamos uma.

Alek pestanejou.

— Bem, isso é uma boa notícia. Talvez alguns criados para aquecer a água?

Volger apontou para Bauer, que já estava cortando lenha.

— Mas você tem a nós, sua serena alteza.

— Vocês são mais família do que criados. — Alek deu de ombros. — São toda a família que tenho, na verdade.

— Você ainda é um Habsburgo. Não se esqueça disso.

Alek olhou para o Stormwalker agachado no pátio. No chassi estava o brasão da família: a águia de duas cabeças feita de peças mekânicas. Desde criança o símbolo o cercara — em bandeiras, mobília, até mesmo nos bolsos da camisola de dormir —, afirmando para Alek quem ele era. Mas agora o brasão apenas o deixava desesperado.

— Sim, uma bela família — falou com amargura. — Eles me renegaram desde o início. E há cinco semanas meu tio-avô mandou matar meus pais.

— Não temos certeza de que o imperador está por trás disso.

E quanto a você... — O conde fez uma pausa.

— O que é, Volger? — Alek notou que não estava a fim de mistérios. — Você me prometeu contar todos os segredos assim que a gente chegasse à Suíça.

— Sim, mas não imaginei que conseguiríamos — disse Volger baixinho. — Ainda assim, creio que seja a hora de você saber a verdade. Venha comigo.

Alek olhou para os outros homens, que estavam ocupados descarregando o andador no escuro. Aparentemente o segredo não era para todo mundo.

Ele subiu pela escadaria de pedra da muralha interior que levava para a única torre do castelo, seguindo Volger. Era um parapeito circular sem graça que se projetava sobre a colina, mais baixo do que o telhado dos estábulos, porém com uma vista impressionante do vale.

Alek percebeu por que Volger e o Pai tinham escolhido aquele lugar. Cinco homens e um Stormwalker poderiam defendê-lo contra um pequeno exército caso alguém os encontrasse ali algum dia. O vento gelado já soprava neve sobre as gigantescas pegadas do andador, apagando aos poucos os sinais de que alguma coisa passara por ali.

Volger olhou para a geleira com as mãos no fundo dos bolsos.

— Posso ser franco?

Alek riu.

— Sinta-se à vontade para deixar de lado sua sutileza usual.

— Farei isso. Quando seu pai decidiu casar com Sofia, fui um daqueles que tentaram convencê-lo a desistir.

— Então eu tenho que agradecer seu péssimo poder de persuasão pela minha existência.

— Não há de quê. — Volger fez uma saudação formal. — Mas você tem que entender, Alek, que nós estávamos apenas tentando evitar a ruptura entre o pai e tio dele. O herdeiro de um império não pode simplesmente casar com quem quiser. É óbvio que seu pai não escutou e o melhor que pudemos fazer foi uma acomodação: um casamento por vias tortas.

— Uma forma educada de dizer. — O termo oficial era matrimônio morganático, que para Alek sempre pareceu o nome de uma doença.

— Mas sempre existem maneiras de ajustar tais contratos — falou Volger.

Alek aquiesceu devagar ao se lembrar das promessas dos pais.

— Meu pai sempre disse que Francisco José acabaria cedendo com o tempo. Ele não entendia o quanto o imperador odiava minha mãe.

— Não, mas seu pai entendia algo mais importante: que um mero imperador não dá a última palavra nessas questões.

Alek olhou para Volger.

— O que você quer dizer?

— Naquela viagem há dois verões, não visitamos apenas velhos castelos. Fomos a Roma.

— Você está sendo vago de propósito, conde?

— Está esquecendo a história de sua família, Alek? Antes que a Áustria-Hungria existisse, quem eram os Habsburgos?

— Soberanos do Sacro Império Romano — citou Alek obedientemente. — De 1452 até 1806. Mas o que isso tem a ver com meus pais?

— Quem coroava os imperadores romanos? Quem dava a palavra que concedia a realeza a eles?

Alek apertou os olhos.

— Está me dizendo, conde, que vocês se encontraram com o *papa*?

— Seu pai, sim. — Volger puxou um canudo para pergaminhos feito de couro do bolso do casaco de pele. — O resultado foi esta permissão, um ajuste no casamento de seus pais. Com uma condição: que seu pai mantivesse a permissão em segredo até o velho imperador morrer.

Alek olhou para o canudo. O couro era lindamente trabalhado, decorado com as chaves cruzadas do selo papal. Porém, mesmo assim, parecia pequeno demais para mudar tanta coisa.

— Você só pode estar de brincadeira.

— Está assinado, testemunhado e selado com chumbo. Com o poder do céu, o documento nomeia você herdeiro de seu pai. — Volger sorriu. — Um pouco mais impressionante do que algumas barras de ouro, não é?

— Um documento me dá um império? Eu não acredito em você.

— Pode ler se quiser. Seu latim é melhor do que o meu, afinal de contas.

Alek se virou e agarrou o parapeito. Uma borda afiada de pedras quebradas cortou seus dedos. De repente, ele mal conseguia respirar.

— Mas… tudo isso aconteceu há dois anos? Por que ele não me contou?

Volger deu um muxoxo de desdém.

— Aleksandar, uma pessoa não confia a um mero menino o maior segredo do império.

Um mero menino… De repente, o luar sobre a neve ficou claro demais e Alek fechou bem os olhos, vendo o filme de sua vida inteira passando na mente. Alek sempre fora um impostor na própria casa, o pai não podia deixar qualquer coisa para ele, os parentes distantes desejavam que nunca tivesse nascido. Até mesmo a mãe — ela era a *causa* daquilo tudo. A mãe lhe custou um império e, em algum lugar lá no fundo, o fato sempre ficou entre eles.

Como o abismo que definiu sua vida poderia desaparecer tão de repente?

A resposta era que não tinha desaparecido. O vazio continuava lá.

— É tarde demais. Meus pais estão mortos.

— O que o torna o primeiro na fila para o trono. — O conde deu de ombros. — Seu tio-avô pode não saber sobre esta carta, mas isso não muda a lei.

— *Ninguém* sabe sobre ela! — gritou Alek.

— Eu certamente queria que isso fosse verdade. Mas você viu como eles nos caçaram com determinação. Os alemães devem ter descoberto de alguma forma. — O conde Volger sacudiu a cabeça devagar. — Roma está cheia de espiões, creio eu.

Alek pegou o canudo e apertou com força.

— Então deve ser por causa *disto* que meus pais foram… — Por um instante, ele quis jogar o documento pelas ameias.

— Isso não é verdade, Alek. Seu pai foi morto porque era um homem de paz e os alemães queriam guerra. Você é simplesmente um adendo.

Alek respirou fundo, tentando se ajustar àquela nova realidade. Tudo o que acontecera nos últimos dois anos tinha que ser repensado — todos os planos que o Pai fizera sabendo *disso*.

Estranhamente, uma pequena coisa o incomodava mais.

— Durante todo esse tempo, Volger, você me tratou como…

— O filho de uma dama de companhia? — Volger sorriu. — Um truque necessário.

— Meus elogios — disse Alek, devagar e mantendo o tom. — Seu desprezo foi bem convincente.

— Eu sou seu criado. — Volger pegou a mão de Alek entre as suas e se curvou. — E você provou ser merecedor do nome de seu pai.

Alek puxou a mão.

— Então o que fazemos com este… pedaço de papel? Informamos as pessoas?

— Não. Manteremos a promessa de seu pai e não diremos nada até o imperador morrer. Ele está velho, Alek.

— Mas, enquanto nos escondemos, esta guerra continua.

— Infelizmente.

Alek virou de costas. O vento gelado continuava soprando no rosto, mas ele mal sentia. Alek passara a vida inteira querendo um império, mas jamais se dera conta de que o preço seria tão alto. Não apenas seus pais, mas a guerra em si.

Ele se lembrou do soldado que matara. Nos próximos anos, haveria mais milhares de mortos — *dezenas* de milhares. E Alek não podia fazer nada além de se esconder na neve e segurar firme aquele pedaço de papel.

O descampado gelado era seu reino agora.

— Alek — disse Volger baixinho ao agarrar o braço dele. — Ouça...

— Acho que já ouvi demais para uma noite só, conde.

— Não, *preste atenção*. Ouviu isso?

Alek olhou feio para o homem, então suspirou e fechou os olhos novamente. Havia o barulho de Bauer cortando lenha, o gemido do vento, o estalo das peças de metal do Stormwalker ainda esfriando. E, em algum lugar no limite da percepção... o ronco de motores.

Alek abriu os olhos de supetão.

— Aeroplanos?

Volger balançou a cabeça.

— Não a esta altitude. — Ele se debruçou sobre os parapeitos e observou o fundo do vale, murmurando — Eles não podem ter nos seguido. Não *podem*.

Mas Alek tinha certeza de que o barulho vinha do céu. Ele apertou os olhos no vento gelado até que finalmente viu uma silhueta se formando no céu iluminado pelo luar. Mas o que viu não fazia sentido algum.

Era *enorme*, como um encouraçado voando no céu.

◈ VINTE E DOIS ◈

— É UM ZEPELIM! — berrou Alek. — Eles nos encontraram!

O conde olhou para cima.

— É uma aeronave, certamente, mas não parece com o som de um zepelim.

Alek franziu a testa e prestou mais atenção. Outros barulhos, agitados e absurdos, se misturavam ao zumbido distante de motores — guinchos, silvos e grunhidos, como um zoológico em polvorosa.

A aeronave não tinha a simetria de um zepelim: a frente era maior do que a popa, a superfície era irregular e salpicada de manchas. Nuvens de pequenas formas aladas se agitavam ao redor e a pele irradiava um brilho verde sobrenatural.

Então Alek viu os olhos imensos…

— Pelas chagas de Deus — praguejou. Não era uma máquina de maneira alguma, mas uma criação darwinista!

Ele já tinha visto monstros antes, é claro — lagartos falantes nos salões badalados de Praga, um animal de carga sendo exibido em um circo itinerante —, mas nada tão gigantesco quanto aquilo. Era como se um de seus brinquedos de guerra tivesse ganhado vida, milhares de vezes maior e mais incrível.

— O que os darwinistas estão fazendo *aqui*? — disse Alek baixinho. Volger apontou.

— Fugindo do perigo, ao que parece.

Os olhos de Alek seguiram o gesto e ele viu uma trilha irregular de buracos de bala pelo flanco da criatura, que piscava uma luz verde. Havia um formigueiro de homens no cordame pendurado dos dois lados, alguns feridos, outros fazendo reparos. E ao lado deles subiam coisas que *não eram* homens.

Conforme a aeronave passava praticamente acima deles, Alek meio que se agachou atrás dos parapeitos. Mas a tripulação estava ocupada demais para notar qualquer coisa embaixo. A nave virou lentamente ao entrar no vale e desceu abaixo do nível das montanhas de ambos os lados.

— Aquela heresia está *descendo*? — perguntou Alek.

— Eles parecem não ter escolha.

A imensa criatura planou em direção à imensidão branca da geleira — o único lugar visível grande o bastante para pousar. Mesmo ferida, ela desceu devagar como uma pluma. Alek prendeu a respiração durante os longos segundos nos quais a aeronave permaneceu planando sobre a neve.

A colisão ocorreu devagar. Ao deslizar, a aeronave levantou um rastro de nuvens brancas e a pele tremulou como uma bandeira ao vento. Alek viu homens sendo atirados dos apoios nas costas da nave, mas era longe demais para os gritos chegarem a ele, mesmo através do ar frio e cristalino. A nave continuou deslizando cada vez mais até a silhueta negra desaparecer atrás de um manto branco.

— Mesmo nas montanhas mais altas na Europa a guerra nos alcança tão rápido. — O conde Volger balançou a cabeça. — Em que era nós vivemos.

— Você acha que eles nos viram?

— Com todo aquele caos? Acho que não. E esta ruína não parece grande coisa ao longe, mesmo quando o sol surgir. — O conde suspirou. — Mas sem fogueiras por enquanto. E teremos que postar uma sentinela até eles irem embora.

— E se eles não forem embora? E se não *conseguirem*?

— Então não vão durar muito tempo — falou Volger secamente. — Não há nada para comer na geleira, nem abrigo ou combustível para uma fogueira. Apenas gelo.

Alek se virou para encarar Volger.

— Mas não podemos abandonar náufragos para morrer!

— Preciso lembrá-lo de que eles são o *inimigo*, Alek? Só porque os alemães estão nos caçando não quer dizer que os darwinistas são nossos amigos. Pode haver cem homens a bordo daquela nave! Talvez o suficiente para tomar este castelo. — A voz de Volger ficou mais suave ao olhar para o céu. — Vamos torcer para que não venha algum resgate atrás deles. Aeronaves no céu à luz do dia seriam um desastre.

Alek olhou para a geleira novamente. A neve levantada pela colisão estava se assentando ao redor da aeronave e revelava que ficara deitada de lado como um peixe na praia. Ele se perguntou se as criações darwinistas morriam de frio tão rápido quanto os animais naturais. Ou os homens.

Uma *centena* deles lá fora...

Ele olhou para os estábulos lá embaixo — havia comida suficiente para um pequeno exército. E medicamentos para os feridos, peles e lenha para mantê-los aquecidos.

— Não podemos ficar sentados aqui e vê-los morrer, conde. Inimigos ou não.

— Você não me escutou? — gritou Volger. — Você é o herdeiro do trono da Áustria-Hungria. Seu dever é com o império, não com aqueles homens lá fora.

Alek balançou a cabeça.

— No momento, não há muita coisa que eu possa fazer pelo império.

— Ainda não. Mas se você se mantiver vivo, em breve vai ganhar o poder para acabar com esta loucura. Não se esqueça: o imperador tem 83 anos, e a guerra não faz bem aos velhos.

Com essas últimas palavras, a voz de Volger cedeu e, de repente, ele próprio pareceu velho, como se as últimas cinco semanas finalmente tivessem cobrado seu preço. Alek engoliu a resposta, lembrando-se do que Volger sacrificara — seu lar, seu título — para ser caçado e perseguido, para ficar sem dormir ouvindo o rádio. E com a segurança enfim ao alcance, aquela criatura obscena caía do céu ameaçando destruir anos de planejamento.

Não era de surpreender que ele quisesse ignorar o aeromonstro morrendo na neve a alguns quilômetros de distância.

— Claro, Volger. — Alek pegou o conde pelo braço e o afastou do parapeito frio e ventoso. — Vamos observar e esperar.

— Eles provavelmente vão consertar aquele monstro herege — disse Volger na escada. — E nos deixar para trás sem olhar duas vezes.

— Sem dúvida.

No meio do pátio, Volger fez Alek parar. Sua expressão era sofrida.

— Nós os ajudaríamos se pudéssemos. Mas esta guerra pode deixar o continente inteiro em ruínas. Você entende isso, não é?

Alek concordou com a cabeça e conduziu o conde para o grande salão do castelo, onde Bauer estava empilhando madeira na lareira. Vendo a comida disposta e pronta para ser cozida, Volger deixou escapar um suspiro e contou sobre a aeronave caída para os outros homens — mais uma semana sem fogo, e longas e frias vigílias a cada noite.

Mas comer em um castelo, mesmo um castelo frio, ainda era um prazer depois de todas aquelas refeições feitas enfurnados no ventre de ferro do Stormwalker. As despensas guardavam deleites que nenhum deles desfrutava havia semanas: peixe defumado no jantar, frutas secas e pêssegos em lata como sobremesa. O vinho era excelente, e, quando Alek se ofereceu para fazer o primeiro turno da guarda, os demais beberam para valer em seu nome.

Ninguém falou sobre resgatar os aeronautas. Talvez os outros três tivessem presumido que a criatura monstruosa iria embora voando novamente. Eles não tinham visto os buracos de bala nos flancos, nem os homens pendurados no cordame, feridos ou sem vida. Em vez disso, falavam feito soldados, discutindo como defender o castelo contra um ataque aéreo. Bauer e Klopp debateram se o canhão do Stormwalker era capaz de subir a uma altura suficiente para atingir uma aeronave.

Alek ouviu e observou. Havia dormido a maior parte do dia e assumido os controles apenas depois do pôr do sol, quando os velhos olhos de Klopp sempre se cansavam. Naquele momento, mal tinha passado da meia-noite, e a alvorada chegaria antes que Alek precisasse dormir. Mas os demais estavam exaustos pela jornada do dia e pelo frio congelante.

Quando dormiram, Alek subiu de mansinho até os parapeitos.

A massa escura que era a aeronave estava deitada no descampado branco da geleira. Parecia menor agora, como se esvaziasse aos poucos. Não havia lâmpadas ou fogueiras visíveis, apenas o estranho brilho que Alek vira antes. Minúsculos pontinhos de luz se moviam pelos destroços como pirilampos verdes circulando pelas feridas da criatura gigantesca.

Alek estremeceu. Tinha ouvido histórias horríveis sobre as criações darwinistas: híbridos de tigres e lobos, monstros mitológicos que ganhavam vida, animais que falavam e até mesmo raciocinavam como humanos, mas não possuíam almas. Contaram para Alek que, quando os monstros hereges eram criados, eram ocupados por espíritos de demônios — pura maldade em carne e osso.

Obviamente, também ensinaram a Alek que o imperador era sábio e bondoso, que o povo austríaco o amava e que os alemães eram seus aliados.

Alek desceu a escadaria da torre, passou de mansinho pelos homens que dormiam e entrou nas despensas. Os kits de primeiros-socorros foram fáceis de achar: oito bolsas marcadas com cruzes vermelhas. Ele pegou três, mas não quis acrescentar comida ao peso. Isso poderia ficar para depois, caso a aeronave estivesse realmente aterrada.

Ao colocar o disfarce de plebeu, Alek ignorou as peles, preferindo o casaco de couro mais surrado que conseguiu encontrar. Do arsenal, pegou uma pistola automática Steyr e dois pentes de oito balas. Estava longe de ser o tipo de arma que um aldeão suíço carregaria, mas Volger estava certo em uma coisa — aquilo ainda era uma guerra, e os darwinistas eram o inimigo.

Por fim, escolheu um par de raquetes de neve. Alek não tinha certeza de como aquilo deveria ajudá-lo a andar, mas Klopp havia feito elogios ao vê-las — algo a respeito de suas campanhas nas montanhas; durante a Guerra dos Bálcãs.

O ferrolho do portão do castelo foi aberto silenciosamente e a enorme porta se abriu com um empurrão delicado. Foi tão fácil sair e jogar ao vento a segurança conquistada com tanta dureza. Certamente era mais honroso do que se esconder ali, esperando para herdar um império.

Depois de andar meio quilômetro na neve, Alek se deu conta de que finalmente escapara sem ser visto pelo velho professor de esgrima.

O calçado para neve parecia absurdo, era realmente duas raquetes de tênis amarradas às botas. Mas elas funcionavam, evitando que os pés rompessem a superfície frágil da neve fofa que ficava embaixo. Os passos longos e arrastados levaram Alek rapidamente de volta às pegadas do Stormwalker, até ficar longe o bastante para que sua trilha não fosse visível dos muros do castelo.

Foi fácil caminhar pela geleira plana e praticamente uniforme, e em uma hora ele estava próximo o suficiente para ouvir os gritos dos darwinistas que trabalhavam na aeronave ferida. Alek subiu a lateral do vale até chegar a uma saliência com vista para a enorme forma.

Ele ficou parado ali, impressionado com o que via lá embaixo.

A aeronave derrubada parecia um pedaço do inferno surgindo na neve. Várias criaturas aladas se aninhavam em buracos do balão que murchava. Tripulantes cruzavam a pele do grande monstro acompanhados por cachorros bizarros com dois focinhos e seis pernas, que fuçavam e cavucavam com as patas cada buraco de bala. As luzes verdes que Alek

"UMA ENORME FORMA ESPALHADA."

tinha visto do castelo cobriam a criatura. Elas estavam *rastejando* como vermes brilhantes sobre carne morta.

E o fedor! Ovos podres, repolho e um cheiro salino que era parecido, de maneira perturbadora, com o peixe que ele tinha comido no jantar. Alek se perguntou por um momento se os alemães estavam certos, afinal de contas. Aqueles monstros hereges eram um insulto à própria natureza. Talvez valesse a pena entrar em guerra para livrar o mundo deles.

E, no entanto, não conseguia tirar os olhos da criatura. Mesmo caída e ferida, ela parecia tão poderosa, mais como uma coisa saída de uma lenda do que das mãos de homens.

Quatro faróis ganharam vida e iluminaram um flanco da criatura. Agora Alek notava por que o monstro tinha rolado de lado durante a queda: as gôndolas penduradas na parte de baixo haviam escapado de serem achatadas contra a neve.

Juntando coragem, ele desceu até a geleira e foi em direção ao lado apagado da criatura. Apenas poucos homens trabalhavam lá, embora as avarias parecessem igualmente graves. Ao chegar perto, no escuro, Alek pisou de leve na neve semiderretida com as raquetes.

Enquanto seguia de mansinho ao longo da aeronave, o brilho verde parecia sangrar sobre a neve. Com certeza o monstro estava morrendo.

Ele fora tolo em pensar que poderia ajudar. Talvez devesse apenas deixar os medicamentos em algum lugar e ir embora...

Um leve gemido veio das sombras.

Alek se aproximou mais do som e o ar esquentou ao redor. Seu estômago deu um nó. Aquilo era o calor do corpo vivo da criatura! Lutando contra a náusea, deu mais alguns passos e tentou não olhar para as luzes verdes que rastejavam debaixo da pele dela.

Havia um jovem aeronauta caído na escuridão, encolhido contra o flanco do monstro. Os olhos estavam fechados e o nariz sangrava.

Alek se ajoelhou ao lado dele.

O aeronauta era apenas um menino, de feições delicadas e cabelo louro arruivado. A gola do traje de voo estava empastada de sangue e o rosto tinha uma palidez mortal sob a suave luz verde. Ele devia estar caído ali no gelo havia horas, desde a queda, mantido vivo pelo calor do monstro gigante.

Alek abriu uma das bolsas de primeiros-socorros e remexeu as garrafinhas à procura de sais e álcool desinfetante.

Ele passou os sais debaixo do nariz do menino.

— Aranhas berrantes! — falou o garoto em tom rouco e agudo enquanto pestanejava.

Alek franziu a testa e se perguntou se tinha ouvido direito.

— Você está bem? — arriscou ele em inglês.

— Com a cachola meio destrambelhada — disse o menino, esfregando a cabeça. Ele se sentou devagar, reconheceu a cena ao redor, e os olhos vidrados se arregalaram. — Bolhas! A queda foi dura, não foi? O pobre monstrinho parece uma ruína.

— Você também está bem arruinado — falou Alek ao abrir a garrafinha de álcool desinfetante. Ele umedeceu uma bandagem e segurou diante do rosto do garoto.

— Ei! Pare com isso! — O menino afastou a bandagem e se sentou ereto, com o olhar mais vivo. Ele notou, desconfiado, as raquetes de neve de Alek. — Quem é você, afinal de contas?

— Estou aqui para ajudar. Moro aqui perto.

— *Aqui* em cima? Com toda esta neve berrante?

— Sim. — Alek pigarreou e imaginou o que dizer. Ele sempre fora um caso perdido para qualquer tipo de mentira. — Em uma espécie de vilarejo.

O menino franziu os olhos.

— Espere um pouco... — Você fala como um mekanista!

— Bem... creio que sim. Nós falamos um dialeto do alemão nesta parte da Suíça.

O menino o encarou por outro momento, então suspirou e esfregou a cabeça.

— Certo, você é suíço. A queda deve ter me deixado tonto. Por um momento, pensei que você fosse um daqueles vagabundos que derrubaram a gente.

Alek ergueu uma sobrancelha.

— E depois eu pousei aqui para que pudesse cuidar do seu nariz sangrando?

— Eu *disse* que fiquei um pouquinho tonto — falou o menino, e arrancou a bandagem embebida em álcool da mão de Alek. Ele pressionou contra o nariz e fez uma careta. — Mas obrigado por ter se dado ao trabalho. Foi sorte que você surgiu, ou meu traseiro ia congelar!

Alek levantou uma sobrancelha e se perguntou se o menino sempre falava daquela maneira ou ainda estava grogue da queda. Mesmo machucado e sangrando, ele tinha uma espécie de *pose* esquisita, como se fizesse pousos forçados com aeronaves gigantes todos os dias.

— Sim — disse Alek. — Um traseiro congelado teria sido ruim.

O menino sorriu.

— Uma ajudinha, pode ser?

Os dois deram as mãos e ficaram de pé, com o outro garoto ainda instável. Porém, quando o aeronauta se equilibrou, ele se curvou triunfante, puxou uma luva e esticou a mão.

— Aspirante Dylan Sharp, ao seu dispor.

◈ VINTE E TRÊS ◈

DERYN ESPEROU QUE O ESTRANHO MENINO SUÍÇO a cumprimentasse. Após um instante de hesitação, ele finalmente estendeu a mão.

— Meu nome é Alek. Prazer em conhecê-lo.

Deryn sorriu, embora a cabeça estivesse doendo. O garoto tinha mais ou menos a idade dela, cabelo castanho avermelhado e rosto bonito e anguloso. O casaco de couro fora elegante um dia, mas era um farrapo agora. Um nervosismo agitava os olhos de tom verde-escuro do menino, como se ele estivesse prestes a sair correndo em seus calçados ridículos.

Tudo muito estranho, pensou Deryn.

— Você tem certeza de que está bem? — perguntou Alek. O inglês era perfeito, mesmo com o sotaque mekanista.

— Certíssimo — disse Deryn. Ela bateu os pés para espantar a dormência e se perguntou quando a tontura iria embora. A cachola tinha se destrambelhado, isso era certo. Ela não conseguia se lembrar do momento exato da queda, apenas da descida; a neve subindo e a aeronave rolando, ameaçando esmagá-la se não subisse rápido o suficiente…

Ela olhou para o cabo de segurança; ele estava esticado e esfiapado, mas continuava preso às enxárcias. Devia ter sido arrastada enquanto o aeromonstro derrapava pela neve. Se a nave tivesse rolado mais um pouco, ela teria virado uma manchinha debaixo da baleia.

— Um pouquinho tonto, só isso — acrescentou Deryn ao olhar para a membrana cheia de buracos de bala. O cheiro de amêndoas amargas que vinha do hidrogênio vazando encheu a cabeça confusa dela. — Não tão ruim quanto este monstro aqui.

— Sim, sua nave parece terrível — falou Alek. Os olhos estavam arregalados, como se nunca tivesse visto uma criatura fabricada antes. Talvez isso explicasse o nervosismo. — Acha que vocês conseguem consertá-la?

Deryn se afastou para ver melhor o desastre. Quase ninguém estava trabalhando ali no flanco de estibordo. Porém, lá em cima na espinha, havia a silhueta de homens contra os fachos de luz dos faróis que alcançavam o céu. As gôndolas deviam ter parado do outro lado da aeronave caída, portanto os reparos começaram lá.

Deryn sabia que devia estar ajudando os homens e tentando descobrir o que acontecera com Newkirk e o Sr. Rigby, mas as mãos pareciam fracas demais para subir. O frio havia penetrado os ossos enquanto ela estivera caída desacordada.

— Alguma hora. — Os olhos varreram o terreno desolador. — Mas eu não gostaria de ficar aqui por muito tempo! Talvez a sua gente pudesse nos ajudar?

Os olhos do menino se arregalaram um pouco.

— Meu vilarejo é bem longe daqui. E não sabemos coisa alguma sobre aeronaves.

— Não, claro que não. Mas isto aqui parece ser um serviço grande. Vamos precisar de muitos cabos, talvez peças mecânicas. Os motores deste lado devem estar destruídos. Vocês suíços são bons com engrenagens, não são?

— Infelizmente, não podemos ajudar. — Alek tirou um bando de bolsas de couro do ombro. — Mas posso dar isto aqui a você. Para os seus feridos.

Ele entregou as bolsas tiracolo para Deryn. Ela abriu uma e olhou o interior: bandagens, tesouras, um termômetro em um estojo de couro e uma dúzia de garrafinhas. Quem quer que fosse o povo de Alek, sabiam como conseguir suprimentos adequados no alto da montanha.

— Obrigado — falou ela. — Mas onde você conseguiu isto aqui?

— Infelizmente, eu tenho que ir. — O menino deu um passo para trás. — Já estão me esperando em casa.

— Espere, Alek — gritou Deryn e o assustou. Morando lá em cima, ele provavelmente não estava acostumado com estranhos. Mas ela não podia deixá-lo escapar daquela maneira. — Apenas me conte onde fica o seu vilarejo.

— Do outro lado da geleira. — Ele fez um gesto para o horizonte, para nenhuma direção em especial. — Bem longe.

Deryn se perguntou se Alek estaria escondendo alguma coisa. Claro, para morar em um descampado gelado como aquele, a pessoa tinha que ser meio destrambelhada da cachola. Ou será que eles eram algum tipo de fora da lei?

— Parece um lugar estranho para estabelecer um vilarejo — falou ela com cautela.

— Bem, não é o que você chamaria de um vilarejo *grande*. É apenas eu e… toda a minha família.

Deryn concordou devagar com a cabeça, ainda sorrindo. Então Alek estava alterando a história agora. Havia ou não um vilarejo?

Ele deu outro passo atrás.

— Olha só, eu realmente não deveria estar assim tão longe de casa. Por acaso eu estava fazendo uma trilha quando vi sua nave cair.

— Fazendo uma trilha? Com toda esta neve berrante? À *noite*?

— Sim. Eu geralmente faço trilhas na geleira à noite.

— Com *medicamentos*?

Alek pestanejou.

— Bem, isso foi porque… — Houve uma longa pausa. — Hã, infelizmente eu não sei a palavra em inglês.

— A palavra para quê?

— Acabei de dizer: eu não *sei*. — Alek deu as costas para ela e começou a ir embora, deslizando em seus estranhos calçados grandes demais. — Tenho que ir agora.

A história de Alek era claramente um monte de lero-lero. E seja lá de onde ele viera, os oficiais da nave iriam querer saber a respeito. Ela começou a segui-lo, mas o pé rompeu a superfície frágil da neve e a bota se encheu de gelo.

— Bolhas! — praguejou Deryn, repentinamente compreendendo o motivo para os sapatões deslizantes. — Não vá embora, Alek! Precisamos de você!

O menino parou, relutante.

— Ouça. Eu vou trazer o que for possível, certo? Mas você não pode contar a ninguém que me viu. Se vier atrás da minha família, não vai ser bom. Não gostamos de estranhos e podemos ser bem perigosos.

— Perigosos? — perguntou Deryn. Eles só podiam ser fora da lei; ou pior. Ela colocou a mão no bolso à procura do apito de comando.

— Muito perigosos. Portanto, você tem que prometer que não vai contar a ninguém sobre mim, certo?

Alek ficou parado, sem tirar os olhos verdes dos dela. Deryn prendeu a respiração e tentou igualar a intensidade do olhar dele. Como numa provocação antes de uma briga, isso deu um nó em seu estômago.

— Você promete? — exigiu ele novamente.

— Eu não posso deixá-lo ir, Alek — falou Deryn baixinho.

— Você... o quê?

— Eu tenho que informar os oficiais da nave a seu respeito. Eles vão querer lhe fazer algumas perguntas.

Os olhos dele se arregalaram.

— Você vai me *interrogar*?

— Sinto muito, Alek. Mas, se há gente perigosa por perto, é meu dever informar os oficiais. — Ela levantou as bolsas. — Vocês são contrabandistas ou algo assim, não são?

— Contrabandistas! Não seja absurdo. Nós somos pessoas perfeitamente decentes!

— Se é tão decente, então por que vem com tanto lero-lero?

— Eu só estava tentando ajudar! E não sei o que é *lero-lero*! — falou o menino com nervosismo e, em seguida, disse algo desagradável em alemão. Ele deu meia-volta com os calçados gigantes e foi em direção à escuridão.

Deryn tirou o apito de comando do bolso. O metal frio queimou os lábios ao dar um silvo breve, as notas de um alerta de intruso ecoando no ar frio.

Ela enfiou o apito de volta no bolso e seguiu com dificuldade atrás de Alek, ignorando a neve que se acumulava nas botas.

— Pare, Alek! Ninguém vai machucar você!

Ele não respondeu, apenas continuou a ir embora deslizando. Mas Deryn ouviu gritos atrás dela e a agitação dos farejadores de hidrogênio nas enxárcias. Os monstrinhos pulavam como coelhos no fogo quando alguém apitava um alerta de intruso.

— Alek, pare! Eu só quero conversar!

O menino olhou para trás e arregalou os olhos ao ver os farejadores. Ele soltou um grito de pânico e diminuiu o passo até parar, depois se virou para encará-la novamente.

Deryn correu ainda mais, torcendo para chegar antes dos farejadores. Não havia motivo para deixar os monstrinhos matarem o pobre Alek de susto.

— Só espere aí! — gritou ela. — Não há razão para...

Deryn foi parando de falar ao ver o que Alek tinha na mão: uma pistola preta com o metal reluzindo sob o luar.

— Você é *maluco*? — gritou ela, sentindo o cheiro forte de hidrogênio. Uma fagulha de um disparo iria incendiar o ar e transformar a nave em uma enorme bola de fogo.

— Não se aproxime mais! — falou Alek. — E mande estas... *coisas* pararem!

Deryn parou e olhou para os farejadores correndo em direção a eles pela neve.

— Sim, eu faria isso, mas não acho que eles vão me *escutar*!

A pistola parou de apontar para ela e mirou nos farejadores. Deryn viu Alek retesar o maxilar.

— Não! — gritou ela. — Você vai incendiar todos nós!

Mas ele estava erguendo o braço, mirando no monstro mais próximo...

Deryn se atirou para a frente e abafou a arma com o corpo. Uma bala não era nada comparada a pegar fogo. Ela agarrou o ombro de Alek e o derrubou sobre a neve.

A cabeça dela atravessou o gelo frágil com um baque e Deryn viu estrelinhas. Alek caiu em cima dela, batendo o cano da pistola com força entre as costelas dela. Ela fechou os olhos e esperou por uma explosão de agonia e barulho.

Como Alek estava lutando para alcançar a pistola, ela o puxou com mais força contra o próprio corpo. O gelo cortou a bochecha de Deryn conforme lutavam e afundavam mais na neve.

— Me solte! — gritou ele.

Deryn abriu os olhos e encarou intensamente os de Alek. O menino travou por um momento... e ela falou devagar e claramente.

— Não atire. O ar está cheio de *hidrogênio*!

— Eu não estou *tentando* atirar em ninguém. Estou tentando fugir!

Ele começou a lutar de novo, e a pistola se afundou com mais força nas costelas de Deryn. Ela soltou um *uf* e meteu a mão na pistola para tentar afastar o cano.

Um rugido baixo surgiu da neve, e um farejador enfiou o focinho comprido bem no rosto de Alek. Ele travou novamente e fez uma expressão de horror, com a pele pálida. De repente, os animais todos estavam ao redor de Alek, o bafo quente fumegando.

— Tudo bem, monstrinhos — falou Dery com uma voz calma. — Só recuem um tiquinho, por favor? Vocês estão assustando nosso amigo aqui e nós não queremos que ele puxe o *gatilho* berrante.

"BRIGA NO GELO."

O farejador mais próximo virou a cabeça de lado e soltou um ganido baixo. Deryn ouviu gritos: eram tripulantes mandando os monstros pararem. Sombras verdes de lagartas luminosas dançavam ao redor deles.

Alek soltou um suspiro os músculos perderam a força.

— Solte a arma — falou Deryn. — Por favor?

— Não *posso*. Você está apertando meus dedos.

— Ah. — Deryn se deu conta de que ainda estava segurando a mão dele. — Bem, se eu soltar, você não vai atirar em mim, vai?

— Não seja idiota. Eu já teria atirado se quisesse.

— Você está *me* chamando de idiota? Seu bobalhão berrante! Você quase nos explodiu! Não conhece o cheiro de hidrogênio?

— Claro que não — disse ele, olhando Deryn com desprezo. — Que pergunta absurda.

Ela retornou o olhar feio, mas abriu a mão. O garoto deixou a pistola cair de lado e ficam de pé, encarando desconfiado os homens ao redor. Deryn se levantou correndo e espanou a neve do traje de voo.

— O que está acontecendo aqui? — Uma voz surgiu da escuridão. Era o Sr. Roland, o mestre dos amarradores.

Deryn bateu continência.

— Aspirante Sharp se apresentando, senhor. Eu apaguei com a queda e, quando recuperei a consciência, este garoto estava aqui. Ele me deu estas bolsas... cheias de medicamentos, creio eu. Ele mora em algum lugar aqui perto, mas não quer dizer onde. Eu estava tentando detê-lo para ser interrogado e ele sacou uma arma, senhor!

Ela se ajoelhou, pegou a pistola e a entregou para o Sr. Roland, orgulhosa.

— Eu consegui desarmá-lo, porém.

— Você não fez nada disso — murmurou Alek e se virou para o Sr. Roland. De repente, o nervosismo tinha sumido. — Eu exijo que me soltem!

— Exige, é? — O Sr. Roland olhou bem feio para Alek e depois abaixou o olhar para a pistola. — Austríaca, não é?

Alek concordou com a cabeça.

— Creio que sim.

Deryn o encarou. Será que ele era um mekanista, afinal de contas?

— E onde você conseguiu a pistola? — perguntou o Sr. Roland.

Alek suspirou e cruzou os braços.

— Na Áustria. Vocês todos estão sendo ridículos. Eu apenas vim aqui trazer medicamentos e vocês me tratam como um *inimigo*.

Ele berrou a última palavra, e um dos farejadores soltou um latido. Alek recuou, olhando horrorizado para o animal.

O Sr. Roland riu.

— Bem, se você está aqui apenas para ajudar, creio que não tenha com o que se preocupar. Venha comigo, rapaz. Vamos esclarecer esta situação a fundo.

— E quanto a mim, senhor? — perguntou Deryn. — Fui eu que o capturei!

O Sr. Roland deu o mesmo olhar para Deryn que todos os sargentos reservavam aos meros aspirantes, como se estivessem vendo algo na sola do sapato.

— Bem, por que o senhor não leva estas sacolas para os cientistas? Veja a que conclusão eles chegam a respeito delas.

Deryn abriu a boca para reclamar, mas a palavra "cientistas" fez com que se lembrasse da Dra. Barlow. Bem antes da queda, ela estava a caminho da sala de máquinas. Cheia de aparelhinhos e peças soltas, aquilo não era lugar para ficar quicando dentro!

— Sim, senhor — falou Deryn e se dirigiu apressadamente de volta para a nave.

Com um rápido pedido de desculpas para o aeromonstro meio vazio, ela agarrou as enxárcias e subiu. As mãos estavam fracas e trêmulas, mas dar a volta pela imensa criatura levaria séculos — o jeito era passar por cima.

Ela foi subindo cada vez mais alto, e parou de pensar em perguntas sobre o estranho garoto.

◈ VINTE E QUATRO ◈

DE CIMA DA ESPINHA, Deryn pôde ver bem melhor o desastre.

Homens e monstros estavam por toda a parte naquele flanco; as sombras adquiriam proporções gigantescas por causa dos quatro faróis. A gôndola principal estava de lado, meio pendurada pelo arnês, meio apoiada na neve. Deryn desceu rapidamente pelas enxárcias e saiu correndo ao pisar no chão.

Dentro da gôndola, os conveses e anteparos estavam inclinados para estibordo, com uma casa maluca cheia de mobília virada. Com o cheiro de hidrogênio por toda parte, as lamparinas a óleo tinham sido apagadas, o que deixou o caos iluminado pelo tênue verde das lagartas luminosas. Homens se acotovelavam pelos corredores inclinados e enchiam o ar com xingamentos e ordens aos gritos.

Deryn foi desviando e costurando entre eles, torcendo por um vislumbre de Newkirk ou do Sr. Rigby. Eles estavam pendurados daquele lado da nave, o que tinha rolado para cima, então não *podiam* ter sido esmagados…

Mas o contramestre tinha parecido estar muito ferido. E se ele já estivesse morto antes de a aeronave cair na neve?

Deryn engoliu o pensamento e continuou correndo. Ver como estava a cientista era sua primeira responsabilidade, uma missão para a qual já estava atrasada.

Ela derrapou até a sala de máquinas e escancarou a porta. O lugar estava uma zona. Caixas de peças rolaram com a queda e deixaram o piso coberto de pedacinhos de metal. Eles reluziam sob a luz de uma lâmpada de lagartas luminosas pendurada torta no teto.

— Ah, Sr. Sharp — disse uma voz. — Finalmente o senhor apareceu.

Deryn suspirou — meio aliviada, meio por lembrar como a Dra. Barlow podia ser cansativa. Ela estava em um canto da sala, curvada sobre sua misteriosa caixa.

Tazza saltou das sombras em cima de Deryn, dando pulinhos de alegria com as patas traseiras. Ela coçou as orelhas do monstrinho.

— Desculpe por deixá-la esperando, madame. — Deryn apontou para o colarinho empastado de sangue do traje de voo. — Tive um acidentezinho.

— *Todos* nós tivemos um acidente, Sr. Sharp. Imagino que isso seja óbvio. Agora o senhor pode me dar uma ajuda, por favor?

Deryn ergueu as bolsas tiracolo.

— Desculpe, madame, mas estou aqui para pedir que...

— O tempo *urge*, Sr. Sharp. Acho que seu assunto pode esperar.

Deryn começou a argumentar, mas notou que o topo da caixa tinha sido arrancado. Estava saindo calor de dentro, e alguns filetes de vapor embaçavam o ar frio. Havia palha espalhada por toda parte — o objetivo secreto da viagem à Constantinopla estava finalmente revelado.

— Bem, creio que sim — falou Deryn. Ela avançou pelo piso inclinado, com cuidado para não escorregar na palha e nas pecinhas de metal. Tazza seguiu ao lado dando pulinhos como se tivesse nascido em uma montanha.

Deryn levou um instante para ver através das sombras da caixa. Porém, à medida que os olhos se ajustaram, 12 silhuetas arredondadas se formaram sob a luz suave da lâmpada de lagartas.

— Madame... isto são *ovos*?

— De fato, são, e bem perto de chocarem. — A Dra. Barlow coçou a cabeça de Tazza e soltou um suspiro. — Ou, pelo menos, estavam. A maioria está quebrada. Esta não foi a viagem tranquila que o senhor me prometeu, Sr. Sharp.

Deryn olhou mais de perto e viu rachaduras nas cascas e um líquido amarelo vazando.

— Reconheço que não foi. Mas são ovos *de quê*?

— Apesar de nossa situação sinistra, isso continua sendo um segredo militar. — A Dra. Barlow apontou para os quatro ovos mais próximos. — Eles parecem vivos, Sr. Sharp. E, para que continuem assim, temos que mantê-los aquecidos.

Deryn ergueu uma sobrancelha.

— A senhora quer que eu me sente neles, madame?

— Uma imagem agradável, mas não. — A Dra. Barlow enfiou as mãos na palha e tirou dois pequenos potes que brilhavam com uma luz rósea. Pareciam com as garrafas de algas fosforescentes que os aspirantes jogavam para medir a altitude.

A Dra. Barlow sacudiu os potes e o brilho ficou mais intenso, levantando vapor no ar frio. Ela enfiou os potes novamente na palha.

— O aquecedor elétrico quebrou na queda, mas estes modelos bacterianos devem manter os ovos vivos por enquanto. O truque é manter a temperatura exatamente correta, o que não vai ser fácil. — Ela apontou para uma bagunça em um canto da caixa: gotículas vermelhas agitadas em meio a cacos de vidro. — O senhor vai ter que limpar os restos daquele termômetro, por falar nisso. Cuidado com o mercúrio; é bem venenoso.

— Gostaria de um novo, madame? — Deryn meteu a mão em uma das bolsas que recebera de Alek. — Por acaso, tenho alguns comigo.

— O senhor tem termômetros? — A cientista pestanejou. — Como é *útil*, Sr. Sharp.

— Fico contente em poder ajudar, madame. — Deryn entregou um termômetro e, a seguir, abriu outra bolsa. — Tenho mais dois, creio eu.

Quando Deryn ergueu o olhar, a Dra. Barlow ainda estava encarando o termômetro.

— A Força Aérea geralmente usa equipamento mekanista, Sr. Sharp? Deryn arregalou os olhos. Será que a cientista lia mentes agora?

— Mas como a senhora...

— Novamente o senhor subestima minha atenção para detalhes. — A Dra. Barlow devolveu o termômetro. Deryn o pegou e examinou os dois lados. Parecia bastante normal para ela.

— Observe a linha vermelha em 36,8 graus. A temperatura do corpo em Celsius. Porém, em todos os meus contatos com as forças armadas, elas nunca usaram o sistema métrico.

Deryn pigarreou.

— Bem, nós não somos mekanistas, somos?

— Nem cientistas. — A Dra. Barlow arrancou o termômetro dos dedos de Deryn. — Então por que a linha vermelha não está em 98,6 graus

Fahrenheit? O senhor não me parece um espião mekanista, Sr. Sharp, a não ser que seja um especialmente incompetente.

Deryn tentou não revirar os olhos.

— Eu ia lhe contar, madame, mas a senhora não me deixava. Havia um garoto estranho... lá fora, na neve. Foi onde eu consegui estes kits.

— Um garoto? E suponho que ele simplesmente surgiu do nada trazendo termômetros.

— Sim, mais ou menos. Quando despertei depois da queda, ele estava lá parado.

— Eu acho essa história difícil de acreditar, Sr. Sharp. — A Dra. Barlow colocou a palma da mão fria sobre o olho roxo de Deryn. — O senhor levou um baita golpe na cabeça, não foi?

— Não é a minha cabeça, madame. É esta montanha inteira que está maluca. O garoto simplesmente surgiu do nada! O nome dele é Alek.

A Dra. Barlow trocou um olhar desconfiado com Tazza.

— Sr. Sharp, nós dois sabemos que o senhor gosta de uma mentirinha.

Deryn olhou boquiaberta para a cientista, ofendida.

— Eu posso ter enganado a Força Aérea sobre... *detalhes* a meu respeito quando me alistei, mas isso não significa que minta por aí sem motivo!

— Bem, se o senhor *estiver* dizendo a verdade, então esse "Alek" talvez seja muito interessante. — A Dra. Barlow pegou o termômetro de novo, depois sacudiu e o enfiou na palha. — Ele disse onde mora?

— Não exatamente. — Deryn franziu a testa ao tentar se lembrar das palavras de Alek. — No início ele mencionou um vilarejo, mas, na maior parte do tempo, apenas falou da família. Acho que são fora da lei... ou talvez espiões. Ele parecia nervoso o tempo todo, tão agitado quanto o Tazza aqui. Então apontou uma pistola para mim e quase nos explodiu em pedacinhos! Mas eu lutei com ele e arranquei a arma.

— Que sorte — disse a Dra. Barlow de forma distraída, como se fosse rotina ser salva de morrer queimada. Ela pegou uma das bolsas e arrumou o conteúdo no chão inclinado. — Bandagens de campanha, um torniquete... não, Tazza, não são para cheirar... até mesmo um bisturi.

— Um pouco exagerado para um pequeno vilarejo no topo de uma montanha, não acha?

A Dra. Barlow levantou uma caixa e franziu os olhos ao ler o rótulo.

— E isto está marcado com a águia de duas cabeças; item militar austríaco.

Deryn arregalou os olhos.

— Não estamos tão longe da Áustria, madame. Mas a Suíça deveria ser neutra!

— Tecnicamente, Sr. Sharp, *nós* estávamos violando essa neutralidade. — A Dra. Barlow virou o bisturi na mão e a lâmina reluziu. — Esta é uma novidade preocupante. Mas imagino que vamos decolar em breve?

— Duvido, madame. A nave está uma zona berrante.

— Mas certamente poderemos partir assim que a pele estiver remendada e fazer os consertos em algum lugar mais quente? Meus ovos não vão durar muito neste frio.

Deryn começou a dizer que não tinha certeza, pois passara a maior parte do tempo inconsciente desde a queda, mas a Dra. Barlow não parecia estar a fim de lero-lero. E, pelo que a garota tinha visto ao subir pela aeronave caída, a resposta era óbvia.

— Não por alguns dias, madame. Nós perdemos metade do nosso hidrogênio, pelo menos.

— Entendo — disse a cientista, desabando contra a lateral da caixa da carga. Ela puxou Tazza para perto, o rosto pálido sob a luz verde da lâmpada de lagartas. — Então infelizmente é possível que a gente não saia de maneira alguma.

— Não seja tola, madame. — Deryn se lembrou do que o Sr. Rigby sempre dizia. — Esta nave não é uma máquina morta qualquer dos mekanistas. Ela é uma criatura viva. Pode produzir todo o hidrogênio que quiser. Estou mais preocupado com os motores.

— Infelizmente, a situação não é tão simples, Sr. Sharp. — A Dra. Barlow apontou para a escotilha. — Já olhou lá fora?

— Sim, eu fiquei lá fora metade da noite. — Deryn se lembrou da palavra que o estranho menino tinha usado. — É o que eles chamam de *geleira*, madame.

— Eu conheço o termo. Uma grande extensão de gelo, tão morta quanto os próprios polos. A que altura nas montanhas o senhor acha que estamos?

— Bem, os mekanistas nos atingiram a 2,5 quilômetros de altura. E talvez tenhamos caído uns 300 ou 600 metros antes de batermos na neve…

— Muito acima do limite da vegetação — falou a Dra. Barlow baixinho. — As abelhas do meu avô não vão encontrar muito néctar lá fora, não é?

Deryn franziu a testa. Ela não tinha visto um único ser vivo lá fora no descampado de neve. O que significava a ausência de flores para as abelhas e de insetos para os morcegos.

— Mas e quanto aos gaviões e outros predadores, madame? Eles podem voar um longo caminho berrante para caçar.

A Dra. Barlow concordou com a cabeça.

— Eles podem encontrar presas em um vale próximo. Mas o *Leviatã* precisa de mais do que alguns camundongos e lebres para se curar. Este lugar é um deserto biológico, vazio de tudo aquilo de que a nave precisa para sobreviver.

Deryn queria debater a questão mas, de fato, o *Leviatã* precisava comer para melhorar como qualquer criatura natural. E não havia uma migalha de comida naquela desoladora extensão de neve.

— A senhora quer dizer que não há nada que a gente possa fazer?

— Eu *não* disse isso, Sr. Sharp. — A Dra. Barlow ficou de pé e apontou para uma pilha de potes no chão inclinado. — Primeiro temos que fazer com que os ovos cheguem à temperatura adequada. Sacuda aqueles aquecedores.

— Certo, madame!

— E depois quero conhecer esse seu garoto misterioso.

◈ VINTE E CINCO ◈

ALEK SE SENTIA PÉSSIMO, HUMILHADO E CANSADO. Mas também sentia frio demais para dormir.

Havia janelas quebradas e buracos de bala por toda parte da aeronave ferida, e o vento gelado soprava pelos corredores inclinados. Até mesmo a cabine de Alek, com a porta trancada e a escotilha fechada, estava um gelo. Em vez de uma lamparina a óleo onde pudesse aquecer as mãos, a cabine era iluminada pelas mesmas lagartas luminosas e verdes que cobriam a pele da nave. Dezenas estavam enfiadas em uma lanterna pendurada no teto, contorcendo-se como piolhos reluzentes.

A nave inteira era coberta por criaturas hereges: o balão de gás que murchava estava repleto de horríveis cães de seis patas, e criaturas voadoras tomavam conta do céu. Mesmo ali, dentro da gôndola, répteis de todos os tamanhos corriam pelas paredes. Enquanto os oficiais da nave estavam interrogando Alek, um lagarto falante com patas grudentas ficou andando de um lado para o outro no teto inclinado, repetindo trechos aleatórios da conversa.

Não que Alek tivesse falado muito. As respostas que dera aos oficiais — de onde vinha, por que estava ali — estavam além da compreensão deles. Não havia sentido em dizer seu nome verdadeiro para os darwinistas;

nunca acreditariam que ele era filho de um arquiduque. E, quando Alek tentou dizer para os oficiais como era perigoso que fosse mantido ali, os alertas soaram como ameaças vazias e extravagantes.

Ele fora tão tolo — aquela criatura e aquela gente eram diferentes. Foi loucura tentar cruzar a distância que separava seu mundo do deles.

Trancado na cabine fria e escura, Alek se perguntou se suas nobres intenções foram ridículas desde o início. Como se fosse possível que alguém pudesse levar comida para cem homens cruzando aquela geleira, toda noite e em *segredo*. Talvez ele tivesse ido até ali apenas por uma curiosidade mórbida, atraído como uma criança por um pássaro morto no chão.

Pela pequena escotilha da cabine, o horizonte escuro estava lentamente se tornando cinza. O tempo estava se esgotando.

Otto Klopp assumiria o segundo turno da guarda em breve. Uma rápida busca iria mostrar que Alek não estava no castelo, e não seria preciso muita imaginação para descobrir aonde ele tinha ido. Dentro de algumas horas, o conde Volger estaria olhando a aeronave aterrada, fazendo planos e considerando o fato de que o herdeiro do trono da Áustria-Hungria era um completo idiota.

Alek empinou o queixo. Pelo menos ele havia realizado *alguma coisa*. Aquele jovem aeronauta, Dylan, poderia ter morrido congelado se tivesse ficado caído na neve a noite inteira. Mas Alek o salvara da geladura. Talvez fosse assim que uma pessoa mantinha a sanidade na guerra: um punhado de atos nobres em meio ao caos.

Claro que ele havia sido traído por Dylan cinco minutos depois.

Onde estava a sanidade nisso?

Ao ouvir um barulho de chaves no corredor, Alek se afastou da escotilha. A porta torta se abriu e entrou...

— *Você* — rosnou Alek.

"UMA CONVERSA TORTA."

Dylan sorriu para ele.

— Sim, sou eu. Espero que você esteja bem.

— Não graças a você, seu cachorro ingrato.

— Ora, *isso* foi meio grosseiro. Especialmente quando eu lhe trouxe um pouco de companhia. — Dylan se curvou e esticou o braço para a porta. — Permita-me apresentar a Dra. Nora Barlow.

Outra pessoa entrou na sala, e Alek arregalou os olhos. Em vez de um uniforme de aeronauta, ela usava um vestido extravagante e um pequeno chapéu preto, e segurava a guia de uma criatura bizarra parecida com um cachorro. O que uma *mulher* estava fazendo naquela nave?

— Prazer em conhecê-lo. Alek, não é?

— Ao seu dispor. — Quando Alek se curvou, o estranho bicho esfregou o focinho em sua mão. Ele tentou não recuar. — A senhora é a doutora da nave? Se for, eu não estou ferido.

A mulher riu.

— Tenho certeza disso. Mas não sou uma doutora em *medicina*.

Alek franziu a testa e, a seguir, se deu conta de que o chapéu preto era um chapéu-coco. Ela era uma das fabricantes darwinistas, uma praticante da ciência herege deles!

Alek olhou horrorizado para a criatura que cheirava a perna de sua calça.

— O que é isto? Por que você trouxe esse monstro aqui?

— Ah, não tenha medo do Tazza — falou a mulher. — Ele é absolutamente inofensivo.

— Eu não vou lhe contar nada — disse Alek tentando não demonstrar medo. — Não importa o que esse animal herege faça comigo.

— O quê, o *Tazza*? — Dylan soltou uma gargalhada. — Acho que ele pode matar você a lambidas. E ele é perfeitamente natural, a propósito. É o que chamam de tilacino.

Alek olhou feio para o menino.

— Então faça a gentileza de levá-lo *embora*.

A mulher darwinista se sentou em uma cadeira no canto mais alto da cabine inclinada e olhou de cima para ele com ar autoritário.

— Sinto muito que o Tazza deixe você nervoso, mas ele não tem para onde ir. Seus amigos alemães bagunçaram a nossa nave.

— Eu não sou alemão.

— Não, você é austríaco. Mas os alemães são seus aliados, não são?

Alek não respondeu. A mulher estava apenas chutando.

— E o que um jovem austríaco estaria fazendo tão alto nestas montanhas? — continuou ela. — Especialmente agora, em tempos de guerra?

Ele encarou a Dra. Barlow e se perguntou se valia a pena tentar argumentar com ela. Embora fosse uma mulher, a doutora também era uma cientista, e darwinistas idolatravam a ciência. Ela podia ter poder naquela nave.

— Não importa por que eu estou aqui — disse, tentando usar o tom de comando de seu pai. — O importante é que a senhora tem que me soltar.

— E por quê?

— Porque, caso contrário, minha família virá me buscar. E, acredite em mim, *a senhora não quer que isso aconteça!*

A Dra. Barlow franziu os olhos. Os oficiais da nave tinham apenas rido das ameaças de Alek. Mas ela estava escutando o que ele dizia.

— Então sua família sabe onde você está. Eles mandaram você aqui?

Alek balançou a cabeça.

— Não. Mas vão adivinhar que estou aqui muito em breve. Vocês não têm muito tempo para me soltar.

— Ah... o tempo urge. — A mulher sorriu. — Sua família mora perto, portanto?

Alek franziu a testa. Ele não pretendia ter revelado aquilo.

— Então creio que devamos encontrá-los, e que seja rápido. — Ela se voltou para Dylan. — O que sugere, Sr. Sharp?

O jovem aeronauta deu de ombros.

— Creio que poderíamos seguir o rastro dele pela neve. Talvez levar um presente para a mãe, para que não haja rancor.

Alek disparou um olhar gelado para o garoto. Uma coisa era ser traído, mas ser debochado era outra bem diferente.

— Eu tomei cuidado com meus rastros. E se vocês conseguirem encontrar a minha família, só vão levar tiros. Eles odeiam estranhos.

— Que gente antissocial — falou a Dra. Barlow. — E, no entanto, contrataram professores de inglês do mais alto calibre para você.

Alek se virou para a escotilha e respirou fundo. Novamente ele estava se revelando pelos modos e fala. Era *irritante*.

A mulher continuou a falar, se divertindo com o aborrecimento dele.

— Creio que teremos que usar outros métodos, Sr. Sharp. Vamos apresentar Alek aos jovens Huxleys?

— Os Huxleys? — Um sorriso surgiu no rosto de Dylan. — Essa é uma ideia brilhante, madame!

Alek se retesou.

— Quem são eles?

— Um Huxley não é uma *pessoa*, seu bobalhão — falou Dylan. — Está mais para uma *coisa*, pois é feito, em grande parte, de águas-vivas.

Alek olhou feio para o garoto, com a certeza de que estava sendo debochado novamente.

Eles o levaram pela nave; uma série de corredores tortos apinhados de gente e cheiros estranhos. Os demais tripulantes mal olhavam para Alek enquanto eles passavam, e seus únicos guardas eram a Dra. Barlow e Dylan, que parecia magro como um palito. Tudo aquilo era meio insultante. Talvez aquela criatura, Tazza, fosse mais perigosa do que eles admitiam.

Claro que correr era inútil. Mesmo que descobrisse a saída da nave, seus captores haviam tirado as raquetes de neve, e ele já estava meio congelado. Não duraria uma hora na geleira.

Eles subiram por uma escada em espiral que estava inclinada em um ângulo precário, como o restante da nave. Os cheiros se tornaram mais estranhos conforme subiram. Tazza começou a fungar e pular nas patas traseiras pelo chão torto. Dylan parou debaixo de uma escotilha no teto e se curvou para pegar o monstro nos braços. Ele passou pela escotilha e desapareceu na escuridão acima.

À medida que os acompanhava, Alek sentiu um imenso espaço se abrir ao redor.

Os olhos se acostumaram devagar. As paredes altas e curvas eram translúcidas em um tom de cor-de-rosa cheio de manchas, e havia um longo arco branco segmentado no teto. O ar estava carregado com cheiros desconhecidos. Alek se deu conta de como ele estava quente, e então a ficha caiu.

— Pelas chagas de Deus — murmurou.

— Brilhante, não é? — perguntou Dylan.

— *Brilhante?* — Alek sentiu um aperto na garganta ao dizer a palavra, um gosto ruim na boca. Os arcos segmentados ao redor eram uma espinha gigante. — Isto é… nojento. Nós estamos *dentro* de um animal!

De repente, a passarela inclinada debaixo dos pés pareceu escorregadia e instável.

Dylan riu e se virou para ajudar a Dra. Barlow a subir pela escotilha.

— Sim, mas a lona de seus zepelins é feita de bucho de boi. É como estar dentro de um animal, não é? Assim como usar uma jaqueta de couro!

— Mas este animal está vivo! — disparou Alek.

— Verdade — falou Dylan, e andou pela passarela de metal com Tazza. — E estar dentro de um animal morto é muito pior, se pensar bem. Vocês mekanistas são um bando de gente estranha.

Alek não perdeu tempo respondendo àquela besteira. Ele estava mais ocupado em olhar para os pés e ficar no meio exato da passarela. Ela estava mais inclinada do que o resto da maldita nave, e a hipótese de escorregar e tocar nas entranhas róseas daquele monstro herege era terrível demais para encarar.

— Desculpe pelo mau cheiro, mas este é o canal digestivo do monstro — disse Dylan.

— Canal digestivo? Você está me levando para ser *comido*?

Dylan riu.

— Seu hidrogênio provavelmente viria a calhar para nós.

— Ora, ora, Sr. Sharp. Não me dê ideias — falou a Dra. Barlow. — Eu simplesmente quero mostrar a Alek como podemos encontrar facilmente a família dele.

— Sim — disse Dylan. — E ali está um Huxley, neste momento.

Alek olhou a escuridão com os olhos apertados e viu um emaranhado de cabos adiante. Eles se mexiam devagar, de um lado para o outro como galhos de salgueiro na brisa.

— Olhe mais para cima, seu tonto — falou Dylan.

Alek obrigou os olhos a subirem pelos cabos que balançavam até as horríveis paredes rosa. Uma silhueta flutuava lá no escuro, indefinida e bulbosa.

— Ei, *monstrinho*! — gritou Dylan. Um dos cabos pareceu se mexer em resposta, se enroscando como o rabo de um gato.

Aquilo não eram cabos de maneira alguma...

Alek engoliu em seco.

— O que *é* esta coisa?

— Você não prestou atenção? — disse Dylan. — Isto é um Huxley, uma espécie de água-viva cheia de hidrogênio. Parece que deu uma crescida também. Olhe isso!

Dylan correu para os cabos pendurados — *ou tentáculos?* — e agarrou um punhado deles, subindo e deixando os pés balançando sobre a passarela. Os outros tentáculos se enroscaram e sacudiram, mas Dylan subiu mais, puxando o objeto bulboso em sua direção. Alek podia ver a pele malhada claramente agora. Ela estava coberta por saliências — parecidas com bolhas ou verrugas na pele de um sapo.

E, no entanto, apesar do horror, Alek se viu fascinado pela delicadeza alienígena dos tentáculos. O monstro era como uma coisa saída do abismo do oceano ou de um sonho. Observá-lo deixou Alek meio enojado e meio hipnotizado.

Tazza correu para debaixo de Dylan enquanto ele balançava e ficou mordiscando as botas e latindo. O garoto riu, ainda subindo e puxando a criatura inchada para baixo até quase tocar na pele horrível.

Finalmente ele soltou e aterrissou com um baque na passarela de metal. Os tentáculos nervosos resvalaram ao redor de Dylan conforme a criatura disparou de volta para o alto das entranhas do monstro.

— Este aí está ficando forte — disse a Dra. Barlow. — Ficará pronto em breve.

— Pronto para quê? — perguntou Alek baixinho.

— Para me carregar. — Dylan sorriu. — Os grandes conseguem subir até 1,5 quilômetro com um aeronauta. Temos alguns Huxleys adultos vivendo mais para dentro.

Alek ergueu o olhar para a criatura. *Um quilômetro e meio.* Daquela altura eles veriam facilmente a forma retangular do castelo ou até mesmo um vislumbre do Stormwalker parado no pátio.

— Noto que você entendeu, Alek — falou a Dra. Barlow. — Nós vamos encontrar a sua família muito em breve. Talvez você pudesse nos poupar o trabalho.

Alek respirou devagar.

— Por que eu deveria ajudar vocês?

— Você já tentou nos ajudar. E, sim, eu sei que foi muitíssimo maltratado em contrapartida. Mas não pode nos culpar por sermos desconfiados. Estamos em guerra, afinal de contas.

— Então por que fazer mais inimigos do que os que vocês já têm?

— Porque precisamos da sua ajuda, da ajuda da sua família. Sem isso, todos nós podemos morrer.

Alek encarou firme os olhos da mulher. Ela estava totalmente séria.

— Vocês não conseguem consertar a nave, não é?

A Dra. Barlow fez que não com a cabeça devagar, e Alek virou o rosto.

Se os darwinistas realmente estivessem presos ali, a única maneira de salvá-los seria entregar o castelo e todo o conteúdo das despensas. Era isso ou deixá-los morrer de fome. Mas será que ele poderia trocar a segurança dos próprios homens, até mesmo o futuro de seu império, por uma centena de vidas?

Ele precisava falar com Volger.

— Me deixe ir embora. E verei o que poderemos fazer.

— Talvez se *você* nos levasse até sua casa? — falou a Dra. Barlow. — Sob trégua, para evitar que a situação fique feia.

Alek pensou por um momento e, a seguir, concordou com a cabeça. Eles iriam encontrar o castelo, de qualquer forma.

— Tudo bem. Mas não temos muito tempo.

— Vou falar com o capitão. — Ela estalou os dedos para chamar Tazza. — Sr. Sharp, creio que o senhor tenha serviço na sala de máquinas.

— Sim, madame. E quanto ao Alek? Devo trancá-lo novamente?

A Dra. Barlow olhou para Alek.

— *Bella gerant alii?*

Alek concordou novamente.

— Esta não é a minha guerra — disse ele.

A mulher sorriu para Alek e se virou para levar Tazza embora.

— Creio que podemos confiar que Alek não aprontará confusão, Sr. Sharp. Sinta-se à vontade para levá-lo à sala de máquinas com o senhor. Ele é um garoto muito bem educado.

Ela e Tazza desapareceram na escuridão, e os tentáculos pendurados dos Huxleys balançaram ao passarem.

— Você entendeu o que ela disse? — perguntou Dylan. — Aquela parte em língua de cientista?

Alek revirou os olhos.

— Aquilo é latim, seu ingênuo. *Bella gerant alii* quer dizer "deixem os outros travarem guerras". Ela disse que não precisamos lutar entre nós.

— Você sabe latim? — Dylan riu. — Você é um metido berrante, não é?

Alek franziu a testa ao perceber o erro.

— O que eu sou é estúpido.

A Dra. Barlow continuava a testá-lo, tentando descobrir quem ou o que ele realmente era. Nenhum filho de contrabandista ou aldeão montanhês saberia latim, mas ele respondeu sem pestanejar.

O estranho era que a frase que ela disse fazia parte de um velho ditado sobre os Habsburgos, sobre como eles ganhavam mais terras com casamentos do que com guerras. Será que ela lia mentes além de ser uma cientista?

Quanto mais cedo ele estivesse longe daqueles darwinistas, melhor.

⬡ **VINTE E SEIS** ⬡

– A CIENTISTA DEVE ACHAR QUE VOCÊ É ESPECIAL — falou Dylan quando voltavam para a escotilha.

Alek olhou para ele.

— O que você quer dizer?

— Supostamente, a sala de máquinas é um local de acesso restrito. — Dylan chegou mais perto e sussurrou. — Tem algo muito esquisito lá dentro.

Alek não respondeu, e se perguntou o que poderia ser considerado *esquisito* naquele zoológico de aberrações.

— Mas acho que não tem problema — continuou Dylan. — Uma vez que você decidiu nos ajudar.

— Não graças a você.

Dylan parou.

— O que isso quer dizer?

— Se fosse apenas você ilhado nesta geleira, eu não levantaria um dedo.

— Bem, isso é meio grosseiro!

— Meio *grosseiro*? — disparou Alek. — Eu lhe trouxe medicamentos. Salvei você de… congelar o traseiro. E, quando lhe pedi para ficar quieto, você soltou aqueles cachorros horríveis em cima de mim!

— Sim, mas você estava fugindo.

— Eu tinha que ir para casa!

— Bem, *eu* tinha que impedir você. — Dylan cruzou os braços. — Fiz um juramento à Força Aérea e ao rei Jorge de proteger esta nave. Portanto, eu não podia sair fazendo promessas para um intruso qualquer que tinha acabado de conhecer, não é?

Alek virou o rosto, a raiva subitamente sem forças.

— Bem, creio que você estava cumprindo o seu dever.

— Sim, também acho. — Dylan bufou ao se virar e voltar a caminhar. — E eu *ia* lhe agradecer por não ter atirado em mim.

— De nada mesmo assim.

— E um agradecimento especial por não queimar a nave inteira. Incluindo você, seu vagabundo idiota.

— Eu não *sabia* que o ar estava cheio de hidrogênio.

— Não sentiu o cheiro? — Dylan riu. — Aqueles professores metidos a besta não lhe ensinaram muita coisa útil, não foi?

Alek não discutiu — entre as coisas que aprendera com os professores estava como ignorar insultos.

— Então o cheiro que estou sentindo agora é de hidrogênio? — perguntou ele, em vez disso.

— Não aqui. O canal digestivo tem ar normal, exceto por um tiquinho de metano a mais. É por isso que fede a peido de vaca.

— Meu aprendizado continua — suspirou Alek.

Dylan apontou para o alto das paredes rosa e côncavas.

— Está vendo aquelas coisas bufantes entre as costelas? São bexigas de hidrogênio. E a metade superior da baleia é cheia desse troço. O que você está vendo é apenas o bucho, um tiquinho de nada. O monstro tem 60 metros de altura!

Sessenta metros; Alek se sentiu um pouco desequilibrado.

— Faz você se sentir como uma pulga em um cachorro, não é? — falou Dylan ao abrir a escotilha. Ele passou as botas pela beirada da escada de mão, escorregou e chegou ao convés com um baque.

— Uma bela imagem — murmurou Alek, sentindo um pouco de alívio ao descer para a gôndola. Era bom ter um convés firme debaixo dos pés novamente, mesmo que fosse inclinado, e paredes que eram sólidas em vez de membranas e bexigas. — Mas eu prefiro máquinas, infelizmente.

— Máquinas! — berrou Dylan. — Inúteis e berrantes. Prefiro sempre espécies fabricadas.

— Sério? Seus cientistas criaram alguma coisa que seja tão veloz quanto um trem?

— Não, mas vocês, mekanistas, já criaram um trem que consiga caçar a própria comida, se curar ou se *reproduzir*?

— Reproduzir? — Alex riu. Por um momento imaginou uma ninhada de filhotes de vagões enchendo um pátio de trens, o que levou a mente para outros aspectos do processo de acasalamento. — Claro que não. Que ideia repulsiva.

— E trens precisam de trilhos para funcionar — falou Dylan, enumerando os argumentos com os dedos. — Um elefantino pode atravessar qualquer tipo de terreno.

— Assim como os andadores.

— Andadores são uma porcaria comparados com monstros de verdade! São estabanados como um macaco bêbado e nem conseguem se levantar quando caem!

Alek soltou um muxoxo de desdém, embora a última parte fosse verdade quanto aos encouraçados maiores.

— Bem, se seus "monstros" são tão maravilhosos, como então os alemães derrubaram vocês? Com *máquinas*.

Dylan olhou feio para ele e tirou uma luva. A mão se fechou em um punho.

— Eram dez contra um e todos eles foram derrubados também. E aposto que não aterrissaram tão suavemente assim.

Alek percebeu que tinha falado demais. Dylan provavelmente conhecia tripulantes que foram feridos ou até mesmo morreram na queda. Por um momento, ele se perguntou se o menino iria socá-lo.

Mas Dylan simplesmente cuspiu no chão e se virou para ir embora.

— Espere — chamou Alek. — Eu sinto muito.

O menino parou, mas não se virou.

— Pelo quê?

— Que sua nave esteja tão gravemente ferida. E por dizer que deixaria você morrer de fome.

— Vamos — disse Dylan rispidamente. — Temos ovos a cuidar.

Alek pestanejou e, então, correu para segui-lo. *Ovos?*

Eles foram até uma pequena sala no convés do meio da gôndola. Estava uma zona — peças de máquinas espalhadas pelo chão, além de cacos de vidro e palha.

— Isto é enxofre? — perguntou Alek.

— O nome científico é súlfur. Viu aqui? — Dylan o conduziu para uma caixa grande em um canto que soltava vapor no ar frio. — Ovos têm um monte de súlfur dentro. A maioria está quebrada, graças aos seus amigos alemães.

Alek pestanejou no escuro. Aquelas formas arredondadas diante dele pareciam exatamente com... ovos gigantes.

— Que tipo de criatura monstruosa pôs estes ovos?

— Eles não foram postos, e sim feitos em laboratório. Quando alguém fabrica um novo monstro, eles têm que cozinhar por um tempo. As cadeias vitais estão aí dentro, produzindo os monstros a partir da eca de ovos.

Alek olhou para baixo com nojo.

— Tudo isso soa muito herege.

Dylan riu.

— A mesma coisa aconteceu quando sua mãe estava grávida de você. Todas as criaturas vivas têm cadeias vitais, um conjunto completo de instruções em cada célula do corpo.

Aquilo era obviamente pura bobagem, mas Alek não ousou discutir. A última coisa que queria era mais detalhes repugnantes. Ainda assim, ele não conseguia tirar os olhos dos ovos fumegantes.

— Mas o que vai sair desses ovos?

Dylan deu de ombros.

— A cientista não quer contar.

O garoto enfiou a mão na palha onde os ovos gigantes estavam aninhados e tirou um termômetro. Ele apertou os olhos para ler, praguejou baixinho na escuridão, depois tirou um apito fino do bolso e soprou algumas notas.

A sala ficou mais clara e Alek notou um amontoado de lagartas luminosas penduradas no teto acima dele. O príncipe deu um passo para longe.

— O que são essas coisas?

Dylan tirou os olhos da tarefa.

— O quê? As lagartas luminosas?

Alek concordou com a cabeça.

— Um nome apropriado, creio eu. Vocês darwinistas ainda não descobriram o *fogo*?

— Vai se catar. Nós usamos lamparinas a óleo, mas até que a nave esteja toda remendada, é perigoso demais. O que eles usam nos zepelins, *velas*?

— Não seja ridículo. Creio que tenham luzes elétricas.

Dylan deu um muxoxo de desdém.

— Desperdício de energia. Lagartas luminosas produzem luz a partir de qualquer tipo de comida. Elas podem comer até terra, como uma minhoca.

Alek olhou o amontoado de lagartas, incomodado.

— E você *apita* para eles?

— Sim. — Dylan brandiu o apito. — Eu posso comandar a maioria dos monstrinhos da nave com isso.

— Sim, eu me lembro de você apitando para aqueles... cachorros-aranhas?

Dylan riu.

— Farejadores de hidrogênio. Eles patrulham a pele atrás de vazamentos — e perseguem ocasionais intrusos. Desculpe se assustaram você.

— Eles não me assustaram... — Alek começou a falar, mas então notou uma pilha de bolsas tiracolo no chão. Eram as que ele levara, os kits de primeiros-socorros.

Ele se ajoelhou e abriu um. Ainda estava cheio.

— Ah, pois é. — Dylan se virou outra vez para os ovos, parecendo sem graça. — Ainda não levamos as bolsas para a enfermaria.

— Isso eu notei.

— Bem, a Dra. Barlow precisava conferi-los primeiro! — Dylan pigarreou. — E, imediatamente a seguir, ela quis ver você.

Alek suspirou ao fechar a bolsa de novo.

— Trazer medicamentos foi provavelmente um gesto inútil. Sem dúvida vocês, darwinistas, curam as pessoas com... *sanguessugas* ou coisa assim.

— Não que eu saiba. — Dylan riu. — Mas é claro que usamos bolor de pão para deter infecções.

— Espero que você esteja mentindo.

— Eu nunca minto! — falou Dylan ao parar de trabalhar e ficar de pé. — Veja bem, Alek, estes ovos estão bem quentinhos. Vamos levar os kits para os médicos agora. Tenho certeza de que vão achar um uso para eles.

Alek ergueu uma sobrancelha.

— E você não está apenas fazendo a minha vontade?

— Bem, eu também gostaria de procurar o contramestre. Ele levou um tiro bem antes da queda e não sei se sobreviveu. Ele e um amigo meu estavam pendurados por um cabo quando caímos.

Alek concordou com a cabeça.

— Certo.

— E vir aqui não foi mesmo um gesto inútil. Afinal de contas, você salvou meu traseiro de congelar.

À medida que avançavam em direção à enfermaria, Alek notou que os corredores e as escadarias pareciam menos vertiginosos.

— A nave não está tão inclinada, não é?

— Eles estão ajustando o arnês — falou Dylan. — Um pouquinho a cada hora, para não perturbar a baleia. Ouvi dizer que devemos estar nivelados pelo amanhecer.

— Amanhecer — murmurou Alek. Quando Volger estaria executando seja lá que planos traçara. — Quanto tempo falta?

Dylan puxou um relógio do bolso.

— Meia hora? Mas talvez leve mais tempo para o sol passar pelas montanhas.

— Apenas meia hora? — Alek se irritou. — Você acha que o capitão vai dar ouvidos à Dra. Barlow?

Dylan deu de ombros.

— Ela é uma bambambã, mesmo para uma cientista.

— E o que *isso* quer dizer, exatamente?

— Quer dizer que ela é muito importante. Nós pousamos em Regent's Park apenas para pegá-la. A doutora vai fazer o velho escutar.

— Ótimo. — Eles passaram por uma fileira de escotilhas e Alek olhou para o céu, que estava clareando. — Minha família em breve vai estar aqui.

Dylan revirou os olhos.

— Você também se acha, não é?

— Como é?

— Você tem uma opinião grandiosa sobre si mesmo — explicou Dylan devagar, como se falasse com um idiota. — Como se fosse alguém especial.

Alek encarou o garoto enquanto imaginava o que dizer. Era inútil explicar que, de fato, ele *era* alguém especial — o herdeiro de um império de cinquenta milhões de almas. Dylan não tinha como entender o que isso significava.

— Creio que eu tive uma educação fora do comum.

— Você é filho único, imagino.

— Bem… sim.

— Rá! Eu sabia! — Dylan vibrou. — Então acredita que sua família vai se atirar contra cem homens em uma nave de guerra apenas para recuperar *você*?

Alek concordou com a cabeça.

— Sim — disse ele simplesmente.

— Aranhas berrantes! — Dylan sacudiu a cabeça e riu. — Seus pais devem mimá-lo demais.

Alek se virou e recomeçou a andar pelo corredor.

— Creio que mimaram.

— *Mimaram?* — Dylan correu alguns passos para alcançá-lo. — Espere aí, seus pais estão mortos?

A resposta ficou entalada na garganta e Alek se deu conta de algo estranho. Seus pais haviam morrido há mais de um mês, mas aquela parte — contar para alguém — era novidade. A tripulação do Stormwalker sabia antes dele, afinal de contas.

Alek não ousou falar. Mesmo depois de todo aquele tempo, dizer as palavras em voz alta era arriscar perder o controle sobre o vazio interior.

Tudo o que ele conseguiu fazer foi concordar com a cabeça.

Estranhamente, Dylan sorriu para ele.

— Meu pai também morreu! É simplesmente horrível, não é?

— É, sim, sinto muito.

— Pelo menos minha mãe ainda está viva. — O menino deu de ombros. — Eu tive que fugir dela, porém. Minha mãe não compreendia que eu queria ser um soldado.

Alek franziu a testa.

— Que mãe não gostaria de ter um filho soldado?

Dylan mordeu o lábio e deu de ombros novamente.

— É um tiquinho complicado. Meu pai teria entendido, porém…

A voz foi sumindo enquanto eles passavam por um amplo salão com uma mesa comprida no centro. Um vento frio entrava por uma grande janela quebrada. Dylan ficou parado ali por um instante, observando o céu ganhar um tom metálico de rosa cinzento. O silêncio pareceu pesado e Alek desejou pela centésima vez que tivesse herdado o talento do pai para dizer a coisa certa.

Finalmente, ele pigarreou.

— Fico feliz por não ter atirado em você, Dylan.

— Sim, eu também — disse o menino, e se virou. — Agora, vamos embora levar estes kits para o médico e ver como o Sr. Rigby está.

Alek seguiu e torceu para que o Sr. Rigby, seja lá quem fosse, ainda estivesse vivo.

◈ VINTE E SETE ◈

MEIA HORA DEPOIS, DERYN ESTAVA NO ALTO DA ESPINHA, pondo os cintos de segurança do assento de pilotagem do maior Huxley do *Leviatã*. Ela estava exausta e meio congelada, mas, pela primeira vez desde a queda da aeronave, as coisas pareciam sob controle.

Ela e Alek encontraram o Sr. Rigby na enfermaria, vivo, bem-disposto e gritando ordens da cama. Uma bala o atravessara sem atingir nada do que era importante, de alguma maneira. De acordo com o médico da nave, ele voltaria ao serviço em uma semana.

Um lagarto-mensageiro encontrou os dois ali e informou o plano do capitão na voz da Dra. Barlow: um grupamento bem-armado iria escoltar Alek até sua casa sob a bandeira da paz, mas não até que um Huxley decolasse para dar uma boa olhada. Portanto, Alek estava preso à tarefa de vigiar os ovos e Deryn se encontrava ali na espinha, pronta para subir.

Ela apertou os cintos que passavam pelos ombros e olhou para o Huxley acima. O monstro parecia saudável, a membrana retesada no ar rarefeito da montanha.

Daria para subir 1,5 quilômetro, pelo menos. Se a família de Alek vivesse em algum ponto daquele vale, Deryn notaria rapidinho.

— Sr. Sharp! — chamou uma voz no meio da descida do flanco. Era Newkirk sorrindo enquanto subia em direção a ela. — É verdade, o senhor está vivo!

— Sim, claro que estou! — respondeu Deryn dando um sorriso. O Sr. Rigby tinha contado que Newkirk não estava ferido, mas era bom vê-lo com os próprios olhos.

Ele subiu correndo o resto da distância carregando um binóculo de campanha na mão.

— O navegador mandou isto aqui com seus cumprimentos. É o melhor par que ele tem, portanto, não quebre.

Deryn franziu a testa ao ver a marca do fabricante no estojo de couro: Zeiss Optik. Todo mundo dizia que os binóculos mekanistas eram os melhores, mas era chato ser lembrada disso. Pelo menos Alek não estava ali para fazer algum comentário presunçoso. Órfão ou não, ela já tinha aturado o suficiente de sua arrogância mekanista por um dia, e o sol sequer havia nascido.

— O Sr. Rigby e eu começamos a pensar que o senhor tinha despencado antes da queda — falou Newkirk. — Fico contente em ver que estava apenas fazendo corpo mole.

— Vai se catar. Se não fosse por mim, vocês dois seriam manchinhas na neve. E eu não estive fazendo corpo mole. Estava acompanhando prisioneiros importantes pela nave.

— Sim, eu ouvi falar do garoto maluco. — Newkirk franziu os olhos. — É verdade que ele afirma que um exército de abomináveis homens das neves está vindo resgatá-lo?

Deryn riu.

— Sim, a cachola dele é um tiquinho destrambelhada. Mas ele não é má pessoa, creio eu.

Quando viu o Sr. Rigby com a camisa cortada em volta do ferimento, Deryn percebeu como teve sorte. Se Alek não a tivesse acordado, talvez pudesse ter sido *ela* deitada em um leito na enfermaria. E, mesmo que tivesse sido apenas um pouquinho de geladura, os médicos poderiam ter arrancado seu uniforme… e visto exatamente o que estava escondido embaixo.

Ela devia ao garoto por isso, considerou Deryn.

Um apito soou e os dois fizeram silêncio.

Na geleira lá embaixo, toda a tripulação estava se reunindo ao abrigo do enorme crescente formado pelo corpanzil do aeromonstro. O capitão ia fazer um pronunciamento assim que surgisse a primeira luz.

Naquele momento, o sol estava aparecendo a leste atrás do topo das montanhas, aquecendo um pouco o ar. A membrana do *Leviatã* já estava escurecendo, pronta para absorver o calor do dia.

— Espero que o capitão traga boas notícias — disse Newkirk. — Não quero ficar preso neste iceberg por tanto tempo.

— É uma geleira — falou Deryn. — E a cientista parece achar que talvez a gente fique preso.

Havia uma agitação entre os homens lá embaixo, e foi dado o comando de "sentido" assim que o capitão saiu para a neve.

— O último remendo foi posto às 6 horas da manhã de hoje — anunciou ele. — O *Leviatã* está vedado novamente!

Os amarradores reunidos ao longo da espinha comemoraram e os dois aspirantes se juntaram a eles.

— O Dr. Busk verificou as entranhas e o monstro parece bastante saudável — continuou o capitão. — Além do mais, nossos amigos mekanistas nem sequer amassaram as gôndolas. Pode haver muitas janelas quebradas, mas os instrumentos estão funcionando bem. Apenas os motores precisam de sérios consertos.

Deryn abaixou o olhar para a nacela do motor de bombordo que estava crivada de buracos de bala e vazando óleo negro sobre a neve. Os motores traseiros pareciam ruins também. Os alemães concentraram a maior parte dos disparos nas partes mecânicas da nave — típico pensamento mekanista. A nacela de estibordo estava debaixo da baleia, é claro, esmagada contra a geleira.

— Nós precisamos de dois motores funcionando para controlar a nave — disse o capitão. — Pelo menos não nos faltam peças. — Ele fez uma pausa. — Portanto, nosso maior desafio será inflar a nave outra vez.

Lá vem, pensou Deryn.

— Infelizmente, não temos hidrogênio suficiente.

Um murmúrio de incerteza se espalhou pela tripulação. Os monstrinhos dentro do bucho da baleia *produziam* hidrogênio, afinal de contas, da mesma forma que as pessoas expeliam dióxido de carbono. Mesmo após um longo inverno hibernando, a nave sempre inflava novamente ao tamanho normal dentro de poucos dias.

Era normalmente tão simples que ninguém se deu conta do óbvio — o hidrogênio não surgia do nada. Ele vinha das aves e abelhas da aeronave.

O cientista chefe deu um passo à frente.

— Antigamente, os Alpes foram o leito de um mar antigo — disse ele. — Mas agora estes picos são os mais altos da Europa, impróprios para homens ou animais. Se olharem à volta, os senhores não verão insetos, plantas ou caça para nossos animais. Por enquanto, nossos fabricados estão sobrevivendo do estoque da nave. Enquanto permanecerem vivos, a nave irá processar sua excreta e aos poucos reencherá as células de hidrogênio.

— Excreta? — sussurrou Newkirk.

— Isto é termo de cientista para "cocô" — respondeu Deryn, e Newkirk conteve uma risada.

— Mas quando o *Leviatã* foi projetado — continuou o Dr. Busk —, nenhum de nós imaginava pousar em um lugar tão desolador. E, infelizmente, os cálculos são incontestáveis: todo o hidrogênio em estoque na nave não é suficiente para decolarmos.

Outro murmúrio se espalhou pela tripulação. Eles estavam entendendo agora.

— Alguns dos senhores devem estar se perguntando — disse o Dr. Busk com meio sorriso — por que simplesmente não retiramos o hidrogênio da neve ao redor.

"O CAPITÃO FALA COM A TRIPULAÇÃO."

Deryn franziu a testa. Ela não estava se perguntando aquilo, mas parecia uma pergunta justa. Neve era apenas água, afinal de contas — hidrogênio e oxigênio. Isso sempre pareceu meio suspeito para ela, que dois gases misturados dessem em um líquido, mas os cientistas tinham certeza absoluta a respeito.

— Infelizmente, separar os elementos da água requer energia, e energia requer comida. O ecossistema em que vivemos depende do sustento da natureza para se consertar. — O olhar do Dr. Busk varreu a geleira. — E, neste lugar horrível, a própria natureza está vazia.

Quando o capitão deu um novo passo à frente, Deryn não escutou som algum a não ser o vento no cordame e os farejadores de hidrogênio ofegando. A tripulação estava silenciosa como um túmulo.

— Hoje cedo pela manhã, mandamos um par de andorinhas de orientação com a nossa posição para o almirantado — falou o capitão. — Sem dúvida, uma de nossas naves gêmeas vai nos alcançar em breve, desde que a guerra não se coloque no caminho.

A tripulação deu risadas e Deryn começou a sentir um tiquinho de esperança. Talvez a situação não fosse tão desoladora quanto a Dra. Barlow tinha pensado.

— Mas montar uma missão de resgate para cem homens durante uma guerra pode levar semanas. — O capitão fez uma pausa e o cientista chefe ao lado dele pareceu sério. — Não temos muita comida em estoque … um pouco mais de uma semana consumindo meia ração. Um pouco mais se usarmos os outros recursos à nossa disposição.

Deryn ergueu uma sobrancelha. *Quais* outros recursos? O cientista chefe tinha acabado de dizer que não havia coisa alguma na geleira.

O capitão se empertigou.

— E minha primeira responsabilidade é para com os senhores, os homens da minha tripulação.

Os *homens* — não as criaturas fabricadas. Será que ele quis dizer comer a comida dos monstros? Mas com certeza o capitão não estava dizendo…

— Para nos salvarmos, talvez tenhamos que deixar o *Leviatã* morrer.

— Aranhas berrantes! — sibilou Newkirk.

— A situação não vai chegar a isso — disse Deryn ao tirar o binóculo mekanista das mãos de Newkirk. — Meu garoto maluco vai nos ajudar.

— O quê? — perguntou Newkirk.

— Diga para os homens no guincho me darem um pouco de cabo — falou Deryn. — Estou pronto para subir.

— O senhor não acha que é meio grosseiro decolar enquanto o capitão está falando? — sussurrou Newkirk.

Deryn olhou a geleira de um lado a outro — nada além de neve branca e opaca que começava a brilhar à medida que o sol subia. Mas em algum ponto lá fora havia pessoas que sabiam como sobreviver naquele lugar horrível. E o capitão *dissera* para voar quando a primeira luz surgisse...

— Pare de fazer corpo mole, Sr. Newkirk.

O garoto suspirou.

— Certo, almirante. O senhor vai querer um lagarto-mensageiro?

— Sim, vou chamar um. Mas me arrume algumas bandeirolas de sinalização.

Enquanto Newkirk foi buscá-las, Deryn sacou o apito de comando e chamou um lagarto-mensageiro. Algumas cabeças se viraram na multidão lá embaixo, mas ela as ignorou.

Em pouco tempo, um lagarto subiu pelo balão murcho e correu em direção a Deryn pela espinha. Quando ela estalou os dedos, o lagarto subiu pelo traje de voo e se aninhou no ombro como um papagaio.

— Mantenha-se quente, monstrinho — disse Deryn.

O guincho começou a rodar e um pedaço de cabo frouxo se desenrolou pelo flanco do aeromonstro. Newkirk entregou as bandeirolas de sinalização para ela e ficou de prontidão ao lado do cabo.

Deryn fez um sinal de positivo e Newkirk soltou o nó.

◈ ◈ ◈

O ar ficou mais límpido conforme ela subia.

Lá embaixo, perto da superfície, partículas de gelo se agitavam no vento constante e giravam pela geleira como uma tempestade de areia congelante. Mas ali no alto, acima da agitação da neve levada pelo ar, o vale inteiro se descortinava embaixo de Deryn. Montanhas surgiam de ambos os lados, cobertas por um manto irregular de branco. As camadas do antigo leito do mar atravessavam a neve, formando um padrão serrilhado e interrompido.

Deryn tirou o binóculo de campanha do estojo. Por onde começar?

Primeiro vasculhou o perímetro do desastre procurando por trilhas recentes na neve. Vários rastros longos e estreitos saíam e voltavam para a nave, indicando onde tripulantes tinham fugido para fumar um cachimbo ou se aliviar. Mas um era mais largo e arrastado — os calçados ridículos de Alek em ação.

Deryn acompanhou a trilha que saía da aeronave caída. Ela ia de um lado para o outro e cruzava qualquer rocha exposta sempre que possível. Alek foi esperto, procurou confundir qualquer um que tentasse segui-lo até em casa. Mas não imaginou que alguém o seguiria do céu.

Quando as pegadas desapareceram ao longe, ela teve certeza de que Alek viera do leste, onde ficava a Áustria.

O sol já havia nascido completamente naquele momento e fazia a neve branca reluzir. Mas Deryn ficou satisfeita com o calor. Os olhos estavam cheios d'água por causa do frio, e o lagarto-mensageiro apertava o ombro como uma trepadeira. Lagartos fabricados não tinham sangue frio propriamente dito, mas ficavam lentos no ar gelado.

— Segure-se aí, monstrinho. Em breve eu terei uma missão para você.

Deryn vasculhou a extremidade leste do vale de um lado para o outro com o binóculo, procurando alguma coisa fora do lugar. E subitamente viu… algum tipo de rastro.

Mas não era um rastro humano. Era enorme, como se um gigante tivesse andado se arrastando pela neve. O que Newkirk dissera sobre abomináveis homens da neve?

O rastro levava a um afloramento de rochas ou ao que parecia ser rochas. À medida que Deryn observava, a silhueta de muralhas destruídas entrou em foco, juntamente com prédios de pedra reunidos em um pátio aberto.

— Bolhas! — praguejou ela. Não era de espantar que Alek fosse tão metido para falar. Ele morava em um *castelo* berrante!

Mas Deryn ainda não havia encontrado o que quer que tivesse feito aquele rastro. O pátio estava vazio, e os estábulos eram pequenos demais para conter algo tão grande. Aos poucos ela vasculhou a estrutura até encontrar o portão das muralhas do castelo... que estava aberto.

Com as mãos tremendo um pouco, ela novamente seguiu com o olhar o rastro que saía do castelo e viu o que não notara na primeira vez. O rastro se ramificava; outra trilha ia em direção à aeronave caída.

E esse rastro era recente.

Deryn se lembrou da discussão com Alek sobre animais e máquinas. Ele havia mencionado andadores, não foi? Aquelas imitações toscas de monstros feitas pelos mekanistas. Que tipo berrante de família louca possuía o próprio andador?

Deryn vasculhou a neve mais rapidamente até ver um brilho metálico. Ela pestanejou e voltou atrás até...

— Bolhas!

A máquina saltava pela neve e tremeluzia de calor no frio como uma chaleira furiosa e monstruosa sobre duas pernas. O focinho feio de um canhão se projetava do ventre, e duas metralhadores brotavam como orelhas da cabeça do andador.

Ele estava correndo diretamente para o *Leviatã*.

Deryn puxou as bandeirolas de sinalização do cinto e sacudiu com força. Uma luz piscou em resposta da espinha da aeronave — Newkirk estava observando.

Deryn sinalizou as letras com as bandeirolas e soletrou...

I-N-I-M-I-G-O—V-I-N-D-O—D-O—L-E-S-T-E

Ela franziu os olhos ao esperar pela confirmação lá debaixo. A luz piscou em resposta: Q-U-E—T-I-P-O?

A-N-D-A-D-O-R—D-U-A-S—P-E-R-N-A-S, respondeu ela.

A luz piscou novamente em confirmação, mas foi tudo. Eles deveriam estar correndo agora para tentar montar algum tipo de defesa contra um ataque blindado. Mas o que a tripulação do *Leviatã* poderia fazer contra um andador blindado? Uma aeronave era indefesa no solo.

Eles precisavam de mais detalhes. Deryn levou o binóculo ao rosto de novo e tentou ler as inscrições na máquina.

— Alek, seu *vagabundo*! — gritou ela. Havia duas placas de aço penduradas para proteger as pernas do andador, ambas pintadas com a cruz de ferro. E uma águia de duas cabeças pintada no chassi. Alek era tão suíço quanto era feito de queijo roquefort!

— Monstrinho, acorde — disparou Deryn. Ela tomou fôlego para se controlar e, a seguir, falou em um tom claro e devagar. — Alerta, alerta. Saudações do aspirante Sharp para o *Leviatã*. O andador que se aproxima é austríaco. Duas pernas, um canhão, tipo não identificado. Deve ser do Alek; aquele menino que capturamos. Família a caminho. Talvez ele possa falar com eles...

Deryn pausou um instante e imaginou o que mais falar. Ela só conseguia pensar em uma forma de parar a máquina, e era complicada demais para enfiar na minúscula cachola vazia de um lagarto.

— Fim da mensagem — disse, e deu um empurrãozinho no lagarto. Ele desceu correndo pelo cabo de ascensão.

Enquanto observava o avanço do lagarto, Deryn soltou um gemidinho. Longe do calor do corpo dela, o ar gelado estava tornando o monstrinho lento. Ele levaria longos minutos até entregar a mensagem.

Deryn observou a geleira de ponta a ponta, apenas a olho nu. Um pequeno brilho de metal piscava para ela na neve, mais perto da aeronave a cada segundo. O andador em carga chegaria antes do lagarto.

Alek era a chave para deter a máquina, mas, naquela confusão toda, alguém pensaria nele?

A única maneira de garantir isso era descer.

◆ VINTE E OITO ◆

AQUELA ERA A PRIMEIRA FUGA DESLIZANTE DE DERYN.

Ela tinha estudado os diagramas no *Manual de Aeronáutica*, é claro, e todo aspirante da Força Aérea queria uma desculpa para tentar uma. Mas *treinar* fugas deslizantes era proibido.

Muito berrantemente perigosas, não eram?

O primeiro problema era o ângulo do cabo que descia até a aeronave. Naquele momento ele estava muito íngreme; Deryn acabaria como uma mancha na neve. O manual dizia que o melhor ângulo era o de 45º. Para chegar lá, o Huxley teria que perder altitude; rapidamente.

— Ei, monstrinho! — gritou ela. — Acho que vou acender um fósforo aqui embaixo!

Um tentáculo se enroscou calmamente na brisa, mas, tirando isso, o aeromonstro não reagiu. Deryn rugiu de frustração. Será que tinha encontrado o único Huxley na Força Aérea que não se assustava?

— Vagabundo! — berrou ao balançar no assento. — Eu fiquei maluco e quero tacar fogo em mim mesmo!

Mais tentáculos se enroscaram, e Deryn viu as guelras de ventilação se agitarem delicadamente. O Huxley estava soltando hidrogênio, mas não rápido o suficiente.

Ela deu um chute com as duas pernas para se balançar de um lado para o outro, o que forçou as correias que prendiam o assento ao aeromonstro.

— Desça, sua criatura estúpida!

Finalmente o cheiro de hidrogênio tomou o ar e Deryn sentiu o Huxley descer. O cabo de ligação parecia menos íngreme a cada segundo, como a linha de uma pipa caindo.

Agora vinha a parte complicada: reconfigurar os cintos de segurança em um aparelho de fuga.

Ainda gritando com o monstro, Deryn começou a soltar os cintos. Ela desatou os que a prendiam pelos ombros e liberou primeiro um braço, depois o outro. Assim que o cinto ao redor da cintura se soltou, Deryn foi atingida pela primeira onda de tontura. Nada a mantinha no assento agora a não ser o próprio senso de equilíbrio.

Ela percebeu que estava acordada havia quase 24 horas — não contando o tempo inconsciente na neve, que dificilmente fora um sono de qualidade. Provavelmente não era a melhor hora para manobras arriscadas...

Deryn olhou para as fivelas e os cintos soltos, tentando se lembrar como juntá-los de novo. Como conseguiria remontá-los enquanto se segurava ao poleiro?

Ela suspirou e decidiu usar as duas mãos — mesmo que isso significasse estar a um espasmo do Huxley de uma longa queda.

— Esqueça então o que eu disse antes, monstrinho — murmurou. — Vamos apenas flutuar calmamente, pode ser?

Os tentáculos permaneceram enroscados ao redor dela, mas pelo menos a criatura continuava descendo. O cabo de ligação quase alcançou os 45 graus.

Após um longo minuto de mexe e remexe, o aparelho de fuga parecia direito — as fivelas formavam uma espécie de mosquetão no meio. Deryn deu um puxão entre as mãos e o aparelho ficou firme.

Agora vinha a parte assustadora.

Ela prendeu o aparelho entre os dentes e ergueu o corpo com as duas mãos. Assim que o traseiro saiu do assento, Deryn foi atingida por uma nova onda de tontura. Porém, um momento depois, ela ficou meio agachada com as botas de solado emborrachado agarrando o assento côncavo de couro.

Ela ergueu o braço e prendeu as fivelas no cabo, depois pegou cada ponta da alça com uma das mãos e passou várias vezes a correia de couro pelos pulsos.

Deryn olhou para a geleira lá embaixo.

— Bolhas!

Enquanto estivera se preparando, o Huxley completara quase metade da distância até a aeronave. Pior ainda, o cabo de ligação tinha ficado *mais íngreme*. O vento estava empurrando o Huxley mais para o alto. Naquele ângulo, ela deslizaria pelo cabo rápido demais! O manual estava cheio de histórias horríveis sobre pilotos que cometeram esse erro.

Deryn ficou totalmente de pé com a cabeça a centímetros da membrana do Huxley.

— *Bu!* — gritou.

O aeromonstro se tremeu todo e expeliu um jato de cheiro amargo de hidrogênio bem na cara de Deryn. O assento deu um solavanco debaixo dela e as botas escorregaram no couro gasto...

Uma fração de segundos depois, as alças ao redor dos punhos de Deryn estalaram e puxaram os ombros com força. E ela se viu escorregando em direção ao enorme corpanzil da aeronave lá embaixo.

Deryn não sentiu nada além de um rugido nos ouvidos, como encarar um vento contrário na espinha do aeromonstro. Lágrimas desceram pelo rosto e congelaram sobre as bochechas, mas ela se viu soltando um grito animado e exultante.

Aquilo era voar *de verdade*, melhor do que as aeronaves ou ascensores ou balões de ar quente; era como uma águia mergulhando em direção à presa.

Por alguns segundos assustadores, o ângulo ficou mais íngreme, mas o manual previa isso. Era o Huxley subindo atrás de Deryn conforme o peso dela escorregava para longe do ascensor.

Ela ergueu os olhos para o aparelho. As fivelas de metal soltavam um assobio alto e um tiquinho de fumaça do atrito, mas ela estava descendo rápido demais para queimar o cabo. Tudo estava acontecendo perfeitamente.

Desde que outra lufada de vento não fizesse o Huxley subir mais...

A aeronave cresceu diante dela. A tripulação já estava em movimento, uma confusão de pontinhos como um enxame sobre a neve. Aquilo era bom. Ela não tinha tempo de fazer um relatório formal. Precisava chegar à sala de máquinas e sair antes que o andador chegasse...

Mas o que era *aquilo*? Do nada, uma pequena forma apareceu no cabo à frente — um nó ou algum defeito. Àquela velocidade, colidir com um nó poderia quebrar seus pulsos — ou, pior ainda, romper o couro do aparelho.

Então Deryn se deu conta do que era: o lagarto-mensageiro, ainda descendo lentamente em direção à nave.

— Sai fora, lagaaaaaarto! — gritou.

No último instante, o monstrinho a escutou... e pulou para o alto! Deryn passou disparada por ele e se virou para olhar para trás. O lagarto caiu sobre o cabo, agarrou-o com as patas pegajosas e gritou alertas aleatórios enquanto Deryn ia embora em velocidade.

— Desculpe, monstrinho — gritou e, a seguir, se virou novamente para a aeronave.

Que estava se aproximando de Deryn *rápido demais*.

Ela tentou diminuir a velocidade deixando as pernas pendentes para fazer atrito contra o ar. Pelo menos a membrana era esponjosa e estava

"FUGA DESLIZANTE DE EMERGÊNCIA."

meio esvaziada. O flanco estava a segundos de distância no momento, os farejadores e amarradores correndo para sair do caminho de Deryn. Ela deixou as alças ao redor do pulso se afrouxarem...

No último segundo, Deryn se soltou.

A membrana cedeu ao redor com o impacto. Por um momento, Deryn ficou enterrada no abraço quente e sufocante da pele do aeromonstro, tonta e sem fôlego.

Ela rolou para ficar de barriga para cima, os ouvidos ainda zumbindo da batida, e se viu de cara com um curioso farejador de hidrogênio.

— Ai — falou Deryn para o animal. — Essa *doeu*.

O monstrinho cheirou Deryn e soltou um latido preocupado; aparentemente o impacto tinha provocado um vazamento.

Mãos se aproximaram e a puxaram para colocá-la de pé.

— O senhor está bem, rapaz?

— Sim, obrigado — falou ela enquanto procurava por um oficial. Mas nenhum tinha aparecido para exigir um relatório. Os amarradores estavam todos agitados ao redor de Deryn, a tripulação se dispersava lá embaixo. — Já dá para vê-lo?

— O senhor quer dizer aquela engenhoca? — O amarrador se virou e olhou a neve de um lado para o outro. No horizonte, um tiquinho de reflexo piscava em um padrão constante seguindo o ritmo das passadas do andador. — Disseram que é um dos grandes.

— Sim, é mesmo — falou Deryn e começou a descer.

Correndo pela membrana com as pernas trêmulas, ela torceu para que Alek ainda estivesse com os ovos. Será que ele adivinhara o que significava a sirene de combate e tentara escapar? Ou, com o inimigo se aproximando, algum oficial estúpido tinha decidido prendê-lo novamente?

Quanto mais rápido ela o encontrasse, melhor.

Ao ver um emaranhado de enxárcias jogadas sobre a gôndola principal, Deryn não se importou em usar o passadiço. Ela desceu pelos cabos, balançou em um e entrou na gôndola por uma janela quebrada. Cacos de vidro repuxaram o traje de voo, mas o couro grosso arrancou as lascas da moldura da janela, e as botas deslizaram quando ela pousou.

Não havia caos lá dentro, apenas uma urgência sob controle. Uma tropa passou carregando armamento leve. Um coral de apitos de comando soou para convocar os tratadores de gaviões.

Mas canhões de ar comprimido e redes de aeroplanos contra um andador blindado? Eles não tinham a menor chance.

A sala de máquinas ficava perto, no fim do corredor. Deryn foi em direção a ela e irrompeu correndo pela porta.

— Sr. Sharp! — disse a Dra. Barlow no escuro. — Que confusão toda é essa lá fora?

Um instante depois, os olhos de Deryn se ajustaram — lá estava ele, ajoelhado ao lado da caixa de carga.

— Alek! — gritou Deryn. — É a sua família!

Ele ficou de pé e soltou um suspiro.

— Como eu esperava.

— Eles mandaram um emissário? — perguntou a Dra. Barlow.

— Eles mandaram uma máquina de guerra berrante! — Ignorando a expressão da cientista, Deryn pegou Alek pelo braço e o puxou porta afora.

Assim que ela o arrastou para o corredor, Alek começou a correr com as próprias pernas. Deryn conduziu o menino em direção ao convés inferior.

— Imaginei que Volger pudesse tentar uma abordagem direta — falou ele enquanto os dois desciam as escadas correndo.

— Falando em ser direto, por que você não mencionou que sua família tinha um *andador* berrante?

— Você teria acreditado em mim?

— Eu *ainda* não sei se acredito!

No convés inferior, Deryn correu em direção à porta principal da gôndola. Quando os dois chegaram ao passadiço, ele já estava ocupado por uma fila de tripulantes carregando caixotes pesados. As palavras "explosivos de alta potência" fizeram Deryn deslizar até parar.

— Não quero esbarrar nestes sujeitos. Bombas aéreas.

Os olhos de Alek se arregalaram.

— De onde eles vão jogá-las?

— De um Huxley, talvez? Justamente do que a gente precisa para aquele seu andador começar a atirar! — Ela puxou Alek para longe. — Anda, nós vamos pular de uma janela.

No refeitório dos aspirantes, a janela quebrada por onde os dois tinham passado naquela manhã ainda não tinha sido consertada. Deryn pulou no peitoril, mas parou. Com a gôndola naquele ângulo, a queda era um pouco maior do que ela esperava.

Alek subiu ao lado dela e olhou para baixo com uma expressão duvidosa.

— A neve é bem macia — disse Deryn, tentando se convencer. — É um pulo fácil!

— Depois de você, então.

— Nem pensar. — Deryn agarrou o braço de Alek e lá se foram os dois.

Não foi tão ruim. A neve aparou os dois com um baque abafado; foi como apanhar de um enorme travesseiro gelado.

Alek ficou de pé e olhou feio para Deryn.

— Você me empurrou!

— Foi mais um *puxão*, na verdade. — Ela apontou para a neve de um lado para o outro. — Não há tempo para fazer corpo mole.

O andador estava quase ali.

Enquanto corriam, Deryn sentiu os passos da máquina retumbando debaixo dela e o ronco dos motores sacudir o ar. Os pés enormes agitavam a neve e deixavam um rastro de nuvens brancas.

— Pelo menos ainda não estão atirando.

— Eles estão bem no alcance — disse Alek. — Mas não querem que eu me machuque.

— É com isso que estou contando. — Ela puxou Alek pela neve e passou pelos tripulantes reunidos para defender a nave.

Deryn pôde ver agora o que o capitão estava planejando. Havia um segundo ascensor no ar; com Newkirk a bordo segurando uma bomba aérea nos braços. Mais bombas estavam meio enterradas na neve à frente com fios indo até elas. Se o andador chegasse perto demais de uma, talvez as bombas pudessem explodir os pés da máquina.

Enquanto ela e Alek atravessaram as defesas correndo, alguém os chamou. Mas Deryn fingiu não ouvir. Precisava levá-lo lá para a frente antes que o tiroteio começasse.

— Você acha que eles já podem nos ver? — perguntou Deryn.

— Vamos garantir isso. — Alek diminuiu o passo e sacudiu os braços.

O andador correu na direção deles por mais alguns segundos e, então, subitamente se inclinou para trás. Por um momento, Deryn pensou que a máquina fosse cair. Mas aí uma perna de aço se esticou para a frente, irrompeu pela neve e fez o andador deslizar até parar, levantando uma nuvem gelada ao redor.

— Muito bem, Klopp — murmurou Alek e voltou-se para Deryn. — Eles nos veem.

— Brilhante! Ah, e me desculpe por isso! — Deryn agarrou o braço de Alek, sacou a faca para cordame e pressionou contra a garganta dele.

— O que você está… — começou ele, mas engoliu as palavras quando o metal frio tocou na pele.

— Não lute, seu bobalhão! — sibilou ela. — Você quer ter a cabeça cortada? Só estou garantindo que ninguém se machuque.

— Eu não consigo ver a sua *lógica*! — rosnou Alek para ela, mas parou de resistir.

"NEGOCIAÇÃO E UMA GARANTIA."

Ao erguer o olhar para a enorme máquina, Deryn fez uma careta desafiadora. O andador ficou ali, completamente imóvel, como se transformado em uma estátua de ferro gigante.

— Ei, vocês aí dentro! — berrou ela. — Não se movam ou rasgo o bucho do seu amigo!

— Se fizer isso, eles simplesmente explodem você em pedacinhos — observou Alek.

— Não seja estúpido — sussurrou Deryn. — Eu não vou *realmente...*

A voz foi diminuindo conforme a cabeça da máquina começou a se mexer. Dois conjuntos de dentes de aço se abriram aos poucos e revelaram um par de rostos no interior.

— Rá! — falou Deryn. — Eles podem nos ver com certeza agora.

Alek suspirou.

— Sim, mas o que você espera que eles façam? Que se rendam ao poder superior da sua *faca*?

— Bem... — Deryn franziu a testa. — Eu de fato não pensei além desta parte.

Alek olhou para ela.

— Você realmente é um bobalhão, não é?

— Eu, um bobalhão? — reclamou Deryn. — Eu acabei de impedir que todos nós fôssemos pelos ares!

— Você não acha mesmo que eles teriam... — começou Alek e, então, soltou um suspiro indignado. — Apenas grite pedindo para o Volger descer sob a bandeira da paz. Ele vai saber o que fazer.

Deryn achou que aquilo parecia sensato, fosse lá quem fosse Volger. Ela respirou fundo e gritou

— Atenção, mekanistas! Mandem o Volger descer sob trégua.

Houve uma longa espera. Deryn olhou para cima e viu Newkirk e seu ascensor flutuando sobre a aeronave. O vento havia morrido. Ela apenas torceu para que ele estivesse segurando firme a bomba aérea.

Atrás deles, a tripulação da aeronave estava calada, o vento praticamente parado. Os únicos sons eram os tiques e estalos da máquina de guerra à medida que os motores esfriavam. Ninguém tinha dado ordem para Deryn usar Alek como refém.

É claro que ninguém tinha ordenado que ela *não* fizesse isso também.

Um leve gemido metálico atraiu os olhos de Deryn novamente para o andador e ela segurou Alek com mais firmeza. Alguma espécie de escotilha estava se abrindo entre as pernas do andador. Uma escada de mão feita de correntes escorregou do interior e ficou balançando freneticamente por um momento, com o sol reluzindo nos degraus de aço.

Um homem desceu devagar e com cuidado. Deryn notou uma espada balançando debaixo do casaco de pele.

— Esse é Volger? — sussurrou ela.

Alek concordou com a cabeça.

— Eu só espero que seu capitão honre a trégua.

— Sim, eu também — disse ela. Um tiro daquele canhão ainda poderia destruir o *Leviatã* onde ele estava.

Aquelas negociações tinham que funcionar.

⬡ VINTE E NOVE ⬡

O CONDE VOLGER AVANÇOU NA DIREÇÃO deles com uma expressão ilegível.

Alek engoliu em seco. Diante das circunstâncias, era improvável que Volger desse a bronca que ele merecia, mas ainda era bastante humilhante ficar sendo mantido refém por um mero garoto.

Volger parou a poucos metros de distância, olhando cautelosamente da tripulação da aeronave ao longe para a lâmina na garganta de Alek.

— Não se preocupe com este jovem tolo — falou Alek em alemão. — Ele só está fingindo me ameaçar.

Volger olhou para Dylan.

— Isso eu notei. Infelizmente, aqueles homens atrás de você não estão nem um pouco de brincadeira. Duvido que consigamos voltar ao Stormwalker antes de sermos alvejados.

— Não, mas eu acho que dá para barganhar com esta gente.

— Ei, vocês dois! — disparou Dylan. — Parem com o mekanistês!

O conde Volger deu um olhar entediado para o menino e, a seguir, continuou a falar em alemão.

— Você tem certeza de que ele não fala a nossa língua?

— Duvido muitíssimo.

— Muito bem, então — disse Volger. — Vamos fingir que eu não sei inglês. Podemos aprender alguma coisa interessante se os darwinistas pensarem que não posso entendê-los.

Alek sorriu, Volger já estava tomando o controle da situação.

— O que vocês dois estão falando? — exigiu Dylan ao pegar Alek com mais força.

Alek se virou para encará-lo e mudou para o inglês.

— Meu amigo não fala a sua língua, infelizmente. Ele quer se encontrar com seu capitão.

O menino deu um olhar duro para Volger e, em seguida, mexeu a cabeça em direção à aeronave.

— Muito bem, vamos nessa. Mas nada de gracinhas.

Alek tossiu educadamente.

— Se eu prometer evitar gracinhas, talvez você possa tirar a faca da minha garganta?

Dylan arregalou os olhos.

— Ah, sim. Desculpe por isso.

O aço frio se afastou da pele. Alek tocou o pescoço e olhou para a mão. Sem sangue.

— Eu usei o lado cego, seu débil mental — sussurrou Dylan.

— Muito agradecido — disse Alek. — E acho que você pensou rápido ao me trazer aqui embaixo.

— Sim, pensei — falou Dylan sorrindo. — Euzinho, o superbrilhante. Só espero que os oficiais não me deem uma boa surra por pensar por conta própria.

Alek suspirou e imaginou se um dia entenderia o jeito peculiar de Dylan falar. Mas pelo menos ninguém estava atirando ainda.

Talvez o garoto não fosse tão tolo assim, afinal.

O capitão os recebeu em um salão que ocupava toda a largura da aeronave. Agora que as lamparinas a óleo estavam acesas e a gôndola estava praticamente nivelada, a aeronave parecia menos bizarra, até mesmo luxuosa. Os arcos do teto lembravam Alek de vinhas se curvando no alto e, embora a cadeira desse a impressão de solidez, ela parecia não ter peso. Será que os darwinistas fabricavam árvores além de animais? A mesa era decorada com um desenho que parecia entranhado na própria grã da madeira.

Os olhos de Volger se arregalaram ao vasculhar a sala. Alek se deu conta de que os dois eram provavelmente os primeiros austríacos de todos os tempos a entrar em um dos grandes respiradores de hidrogênio.

Sete pessoas estavam à mesa: Volger e Alek, a Dra. Barlow e um cientista de chapéu-coco, o capitão e dois de seus oficiais.

— Espero que o senhor não se importe em tomar café — disse o capitão ao serem servidos. — É um pouco cedo para conhaque, e charutos são estritamente proibidos.

— E *há* uma dama presente — falou a Dra. Barlow com um sorriso.

— Bem, é claro — murmurou o capitão, que pigarreou e fez uma pequena saudação. Os dois não pareciam completamente amigáveis um com o outro.

— Café é mais do que bem-vindo — disse Alek. — Eu não tenho dormido muito.

— Tem sido uma longa noite para todos nós — concordou o capitão.

Alek desempenhou o papel de tradutor do que fora dito até então. Volger sorriu e concordou com a cabeça ao ouvir, como se escutasse tudo pela primeira vez.

Então ele perguntou:

— Você acha que algum deles fala a nossa língua?

Quando Alek olhou de um lado para o outro da mesa, nenhum dos darwinistas respondeu.

— A dama fala um latim excelente. Talvez saiba outras línguas também? — murmurou ele.

Volger deu um pequeno aceno com a cabeça, e o olhar parou por um momento no chapéu-coco da Dra. Barlow.

— Sejamos cuidadosos, então.

Alek concordou com a cabeça e se virou para o capitão do *Leviatã*.

— Pois bem, então — disse o capitão. — Deixe-me começar pedindo desculpas por quaisquer maus tratos. Na guerra, temos que suspeitar o pior de um intruso.

— Sem problemas — falou Alek, e refletiu como as desculpas sempre vinham mais fáceis quando se apontava um canhão para alguém.

— Mas, devo admitir, ainda estamos confusos a respeito de quem é você. — O capitão pigarreou.

— Aquele é um Stormwalker austríaco, não é?

— E leva o símbolo dos Habsburgos — disse a Dra. Barlow.

Enquanto Alek traduzia para Volger, ele se lembrou dos planos de Klopp de disfarçar o andador da guarda palaciana. Mas, de alguma forma, uma nova pintura nunca pareceu tão importante enquanto eles fugiam pelas próprias vidas.

— Explique que nós somos adversários políticos do imperador — falou Volger. — E que ele usou a guerra como uma oportunidade para acabar com seus inimigos. Não somos desertores. Não tivemos chance a não ser correr.

Enquanto traduzia para o inglês, Alek se impressionou com o pensamento rápido de Volger. A explicação não apenas era crível; também chegava perto da verdade.

— Mas quem *são* vocês exatamente? — perguntou a Dra. Barlow quando ele terminou. — São empregados da família? Ou são Habsburgos em si?

Alek fez uma pausa por um momento e se perguntou o que os darwinistas fariam se ele contasse que era o bisneto do imperador. Eles o levariam para a Inglaterra como um espólio de guerra? Publicariam a história de sua fuga como propaganda?

Alek se voltou para Volger.

— O que devemos contar para eles, conde?

— Seria prudente — sussurrou o homem em tom sério — não me chamar pelo título.

Alek travou por um momento e olhou para a Dra. Barlow. Ou ela não tinha ouvido a palavra "conde" ou era esperta demais para demonstrar. Ou talvez não falasse alemão, afinal de contas.

— Diga que preferimos não discutir tal coisa com estrangeiros — continuou Volger. — Basta dizer que somos neutros nesta guerra. Certamente não temos nada contra uma tripulação de náufragos.

Alek traduziu com cuidado, grato por ter praticado inglês com Dylan.

— Muito misterioso — falou a Dra. Barlow.

— Mas certamente promissor. — O cientista se inclinou para a frente. — Talvez vocês possam nos ajudar. Aquilo de que precisamos é bem simples: comida. Muita comida.

— Apenas comida? — Alek franziu a testa.

— Isto aqui está longe de ser uma máquina morta qualquer dos mekanistas — disse o homem de forma pomposa, como se repetisse um catecismo. — A nave pode se curar sozinha, basta conseguirmos alimentá-la o suficiente.

Alek se voltou para Volger e deu de ombros.

— Ele diz que tudo de que precisam é comida.

— Muito bem, então. Vamos dar comida para eles.

— Vamos? Mas justamente ontem você…

— Sua insensatez me deu uma chance para reconsiderar — disse Volger. — Enquanto planejávamos nosso ataque hoje de manhã, eles soltaram pássaros mensageiros no ar. Para chamar resgate, sem dúvida. E, pior ainda, os alemães podem estar procurando por eles.

— Logo, o quanto antes eles saírem deste vale, melhor — disse Alek, sentindo a humilhação passar um pouco. Se sua imprudente jornada pela neve havia forçado Volger a ajudar a tripulação da aeronave, então talvez ele tivesse feito a coisa certa, afinal.

— Além disso — falou Volger —, eles vão querer que troquemos alguma coisa por você, meu jovem amigo inútil e irritante.

Alek olhou feio para Volger, que sorriu placidamente de volta. Ele só estava diminuindo a importância de Alek, é claro, caso a Dra. Barlow pudesse compreendê-los. Mas Volger não precisava *curtir* tanto.

Alek se acalmou.

— Ficaremos contentes em dar comida para vocês. De que tipo sua nave precisa? — falou ele, em inglês, em seguida.

— Carne crua e frutas são o melhor tipo — disse a Dra. Barlow. — Qualquer coisa que um pássaro comeria. Açúcar e mel são úteis para as nossas abelhas, e nós podemos dissolver amido, como farinha, no canal gástrico.

— Mas quanto? — perguntou ele.

— Seis a sete toneladas ao todo.

Alek ergueu uma sobrancelha e tentou se lembrar de quanto pesava a medida inglesa para tonelada. Quase mil quilos? Pelas chagas de Deus, este era um monstro faminto.

— Infelizmente não temos… mel. Mas muito açúcar, carne e farinha. Serve fruta seca?

A Dra. Barlow concordou com a cabeça.

— Nossos morcegos gostam de fruta seca.

Morcegos? Alek estremeceu um pouco ao traduzir para Volger.

— Sua pequena expedição está ficando cara, Alek — disse o conde. — Mas nós podemos abrir mão da comida. E, em troca, levaremos você embora — agora.

Alek encarou o capitão.

— Nós trocaremos a comida pela minha liberdade.

O homem franziu o cenho.

— Ficaremos contentes em mandar você para casa, é claro. Assim que tivermos a comida em mãos.

— Infelizmente, vocês terão que me libertar agora. — Alek olhou para Volger. — Minha família não aceita nada menos do que isso.

A Dra. Barlow estava sorrindo.

— A preocupação deles por você é comovente, Alek, mas existe um problema. No momento em que você não for mais nosso convidado, o andador pode nos destruir facilmente.

— Imagino que sim — disse Alek. Ele se voltou para Volger e falou em alemão — Eles querem me manter como garantia.

— Ofereça uma troca. Eu por você.

— Eu não posso deixar que você faça isso, Volger. A culpa é toda *minha*!

— Seria difícil discordar disso, mas nós vamos precisar de dois pilotos experientes para transportar tanta comida assim.

Alek franziu a testa. Ele desconfiava que o verdadeiro motivo era mantê-lo a salvo para herdar o trono da Áustria-Hungria. Mas era verdade — o velho Klopp não conseguiria dirigir um Stormwalker carregado para um lado e para o outro naquele frio, não sozinho. E, claro, ali estava a verdadeira razão para Volger fingir não falar inglês. Ele queria espionar os ingênuos darwinistas enquanto era refém.

— Certo, então. Vou dizer que queremos uma troca.

Volger ergueu uma das mãos.

— Talvez devêssemos fazer um acordo que nos beneficie mais. Se ficarmos com um deles como refém, eles podem ficar mais propensos a me devolver intacto.

Alek sorriu. Ele tinha sido intimidado pelos darwinistas a noite toda. Era hora de retribuir o favor.

— O Volger vai ficar no meu lugar — falou ele. — E nós exigimos um… convidado em troca. Talvez o senhor, capitão?

— Acho que não — disse um dos oficiais. — O capitão é necessário aqui.

— Assim como todos os meus oficiais e tripulantes — falou o capitão. — Esta é uma nave ferida. Infelizmente, não podemos abrir mão de ninguém.

Alek cruzou os braços.

— Então infelizmente não podemos abrir mão de comida.

A mesa ficou em silêncio por um instante, os darwinistas encarando Alek com raiva enquanto o conde Volger olhava placidamente, fingindo não entender.

— Bem, a resposta é óbvia — disse a Dra. Barlow finalmente. — Eu devo ir.

— O quê? — disparou o capitão. — Não diga tamanho absurdo!

— Eu raramente digo absurdos, capitão — falou a Dra. Barlow em tom de superioridade e, a seguir, começou a enumerar argumentos com os dedos. — Primeiro, eu dificilmente farei algum reparo. Segundo, sei que comida as criaturas do *Leviatã* comem ou não.

— Eu também! — disse o outro cientista.

— Mas o senhor é o médico da nave — falou a Dra. Barlow. — Enquanto eu sou um caso perdido como enfermeira. Obviamente sou a escolha certa.

Enquanto os oficiais começaram a discutir com ela, Alek se inclinou para perto de Volger.

— Ela vai conseguir o que quer. Por alguma razão, ela é bem importante aqui.

— Isso a torna a refém ideal, imagino.

— Não exatamente — murmurou Alek. Nem Klopp ou os outros homens falavam inglês. Ele teria que lidar com a Dra. Barlow sozinho.

— Você acha que ela daria problema? — perguntou Volger.

— Acho que consigo lidar com uma mulher — suspirou Alek. — Desde que ela não leve aquele monstro desgraçado dela.

● TRINTA ●

TAZZA PARECIA GOSTAR DE ANDAR NO STORMWALKER.

O monstro corria pelo piso da cabine de pilotagem e metia a pata atrás de cartuchos vazios que tinham rolado para fendas e cantinhos. Entediado com isso em pouco tempo, ele fuçou o armário de rações de emergência, depois viu os pés de Alek nos pedais e rosnou. Era bem irritante.

— Esta máquina tem um andar peculiar — disse a Dra. Barlow da cadeira de comando. O olhar permaneceu fixo nas mãos de Alek enquanto ele dirigia, o que era perturbador. — Ela é baseada em algum animal em especial?

— Não faço ideia — falou Alek, desejando que Klopp pudesse responder às perguntas. Ele havia se retirado para a cabine dos artilheiros, horrorizado pela presença de uma mulher em seu Stormwalker. Ou talvez estivesse com medo de Tazza.

— Ela anda de um jeito meio parecido com um pássaro — disse a Dra. Barlow.

— Sim, um grande galo de ferro! — acrescentou Dylan.

Alek suspirou e desejou ter negociado uma troca mais equivalente de reféns. Parecia injusto que a Dra. Barlow trouxesse uma comitiva com ela — um monstro, um assistente e um baú cheio de pertences. Lá na aeronave, Volger não teve sequer uma troca de meias.

Alek não prestou atenção nas perguntas e se concentrou nos controles. O Stormwalker estava subindo o morro rochoso que levava ao castelo, e ele não queria tropeçar na frente dos darwinistas.

A Dra. Barlow se inclinou para a frente assim que os muros decadentes surgiram.

— Que rústico.

— O propósito do castelo é ser escondido — murmurou Alek.

— Mau estado de conservação como camuflagem? Engenhoso.

Alek diminuiu a velocidade do andador à medida que o portão se aproximava, mas raspou o ombro direito nas dobradiças de ferro. Ele fez uma careta quando o rangido metálico ecoou pela cabine, e Tazza acompanhou o barulho com um ganido estridente.

— Meio apertado, não é? — comentou Dylan. — Se você vai andar por aí nesta monstruosidade, deveria arrumar uma porta maior!

Alek apertou mais as alavancas ao parar o andador, mas conseguiu segurar a língua.

— Deve haver muitos de vocês — exclamou a Dra. Barlow.

— Apenas cinco — disse Alek ao escancarar as portas do estábulo. — Mas estamos bem abastecidos. — Ele não mencionou que aquela era apenas uma de muitas despensas.

— Que conveniente. — A Dra. Barlow soltou a guia de Tazza da coleira e o monstro foi trotando para a escuridão, fuçando todos os barris e as caixas no caminho. — Mas vocês não podem ter trazido tudo isto na sua máquina.

— Não — disse Alek simplesmente. — Tudo estava esperando aqui, por precaução.

— Rixas familiares milenares podem ser muito cansativas — falou a mulher com tristeza.

Alek não respondeu e rangeu os dentes. Cada palavra que saía de sua boca apenas revelava mais informações.

Alek se perguntou se os darwinistas já haviam adivinhado quem ele era. O assassinato ainda era notícia de primeira página e a desavença entre o Pai e o imperador não era segredo. Por sorte, os jornais austríacos nunca revelaram que Alek estava desaparecido. O governo parecia querer manter o desaparecimento em segredo, pelo menos até que fosse possível torná-lo permanente.

Dylan apareceu na porta do estábulo e soltou um assobio baixo.

— Esta é a sua despensa? — O menino riu. — É de espantar você não ser mais gordo.

— Não vamos questionar a boa sorte, Sr. Sharp — disse a Dra. Barlow, como se ela mesma não estivesse cheia de perguntas um instante atrás. A cientista entregou um bloco e uma caneta-tinteiro para Dylan, e a seguir começou a andar entre os caixotes e sacos lendo os rótulos e dizendo os resultados em voz alta para serem anotados.

Após um momento observando-a traduzir facilmente os rótulos, Alek pigarreou.

— Seu alemão é bastante bom, Dra. Barlow.

— Ora, obrigada.

— Estou surpreso que não tenha conversado com o Volger — disse ele.

A Dra. Barlow se virou para Alek e deu um sorriso inocente.

— Alemão é uma língua importante nas ciências, portanto eu aprendi a ler. Mas conversação é outra história.

Alek se perguntou se aquilo seria verdade ou se ela havia entendido os dois perfeitamente.

— Bem, fico contente que ache que a nossa ciência vale a pena ser lida. Ela deu de ombros.

— Nos apropriamos da sua engenharia tanto quanto vocês da nossa.

— Nós, copiando os darwinistas? — Alek deu um muxoxo de desdém. — Que absurdo.

— Sim, é verdade — falou Dylan do outro lado da sala. — O Sr. Rigby diz que vocês, mekanistas, não teriam inventado máquinas que andam sem nosso exemplo para seguir.

— Claro que teríamos! — disse Alek, embora nunca tenha lhe ocorrido fazer a conexão. De que outra forma uma máquina de guerra andaria? Sobre *lagartas* como um trator antiquado de fazenda?

Que ideia absurda.

Enquanto os dois darwinistas retornavam ao trabalho, a raiva de Alek virou uma irritação consigo mesmo. Se ele não tivesse deixado escapar a descoberta de que a Dra. Barlow entendia alemão, talvez Volger pudesse ter tramado alguma maneira de despistá-la.

Mas então ele suspirou, deprimido diante da frequência com que os pensamentos se voltavam para a dissimulação ultimamente. Afinal de contas, a Dra. Barlow apenas fez o que Volger estava fazendo com os darwinistas, fingindo não falar a língua deles para espioná-los.

Era estranho, realmente, como aqueles dois eram parecidos.

Alek estremeceu ao pensar nisso, e a seguir foi ajudar Klopp e os demais a preparar o Stormwalker. Quanto mais cedo os darwinistas fossem embora, mais cedo toda a farsa terminaria.

— Sua engenhoca realmente consegue puxar tudo isso? — perguntou Dylan.

Alek olhou para o trenó, que estava empilhado até o alto com barris, caixotes e sacos — 8 mil quilos ao todo. Mais o peso de Tazza, que estava sentado no topo da montanha de comida pegando os últimos raios do sol. Não havia chance de a operação começar antes de escurecer, mas eles estariam prontos na aurora do dia seguinte.

— O mestre Klopp disse que o trenó deve deslizar facilmente na neve. O truque é não quebrar as correntes.

— Bem, não ficou ruim — disse Dylan. O menino estava desenhando o Stormwalker e a carga, registrando os traços do andador com riscos rápidos e certeiros. — Tenho que admitir que vocês, mekanistas, são sabichões com máquinas.

— Obrigado — falou Alek, embora fazer o trenó tivesse sido bem simples. Eles retiraram uma porta da entrada do castelo, deitaram-na e

adicionaram duas barras de ferro como patins. A parte complicada foi prender o trenó ao Stormwalker. No momento, Klopp estava no meio de uma escada, reforçando o anel da âncora do andador com a chama crepitante de um maçarico.

— Mas não é chato criar uma máquina para fazer uma coisa em que os animais são melhores?

— Melhores? — disse Alek. — Duvido que uma de suas criaturas fabricadas consiga puxar esta carga.

— Creio que um elefantino poderia puxá-la facilmente. — Dylan apontou para Klopp. — E não é preciso lubrificar as engrenagens de poucos em poucos minutos.

— O mestre Klopp está apenas sendo cauteloso. O metal pode ficar quebradiço neste frio.

— É exatamente o que eu quis dizer. Mamutinos *amam* o frio!

Alek se lembrou de ter visto fotos de um mamutino — uma espécie de elefante siberiano imenso e peludo, a primeira criatura extinta que os darwinistas tinham trazido de volta.

— Mas eles não desabam e morrem no calor?

— Isso é uma mentira dos mekanistas! — exclamou Dylan que, a seguir, deu de ombros. — Eles são ótimos, desde que a pessoa não vá além do sul de Glasgow com eles.

Alex riu, embora nunca tivesse muita certeza de quando Dylan, estava brincando. O garoto era inteligente, apesar da maneira rude de falar. Ele fora muito esperto em relação a amarrar a carga no trenó e se dera bem com Bauer e Hoffman de um jeito fácil que Alek jamais havia conseguido — sem falar uma palavra de alemão.

Alek podia ter treinado combate e táticas a vida inteira, mas Dylan era um soldado *de verdade*. Ele xingava com uma enorme facilidade, e durante o almoço lançou uma faca a 3 metros de distância que acertou bem no meio de uma maçã. Dylan era mais magro que a maioria dos garotos da idade dele, mas conseguia trabalhar ao lado de homens e ser tratado como um igual. Até mesmo o olho roxo que ganhara na queda tinha um ar de pirata.

De certa maneira, Dylan era o tipo de menino que Alek gostaria de ter sido se não tivesse nascido filho de um arquiduque.

— Bem, não se preocupe — disse Alek ao dar um tapinha no ombro de Dylan. — O Stormwalker consegue carregar toda a comida de que seu aeromonstro precisa. Embora eu não consiga ver como uma criatura só seja capaz de comer tudo isso.

— Não seja estúpido. O *Leviatã* não é uma criatura só. Ele é um emaranhado inteiro de monstrinhos, o que eles chamam de *ecossistema*.

Alek concordou devagar com a cabeça.

— Será que eu ouvi a Dra. Barlow falar alguma coisa sobre morcegos?

— Sim, os morcegos-dardos. Você devia ver aqueles monstrinhos em ação.

— Dardos? Como os de arremessar?

— Isso mesmo — falou Dylan. — Os morcegos devoram uns pregos de metal e depois soltam sobre o inimigo.

— Eles comem pregos — disse Alek devagar — e depois... *soltam*?

Dylan prendeu o riso.

— Sim, da maneira normal.

Alek pestanejou. O menino não podia simplesmente estar dizendo o que Alek pensou ter ouvido. Talvez fosse alguma de suas piadas típicas.

— Bem, fico contente que a gente esteja em paz. Assim, seus morcegos não vão... hã... *soltar* dardos em nós.

Dylan assentiu com uma expressão séria no rosto.

— Também fico contente, Alek. Todo mundo diz que os mekanistas se importam apenas com suas máquinas. Mas você não é assim.

— Bem, claro que não.

— Foi muita bravura cruzar aquele gelo sozinho.

Alek pigarreou.

— Qualquer um teria feito o mesmo.

— Isso é um tremendo lero-lero. Você se meteu em encrenca por nos ajudar, não foi?

— Isso eu não posso negar.

Dylan estendeu a mão.

— Bem, foi um gesto honrado e berrante da sua parte.

— Obrigado, senhor. — Alek apertou a mão do menino. — E foi um gesto honrado de sua parte me salvar de morrer queimado.

— Esse não conta — disse Dylan. — Eu teria morrido queimado junto!

Alek riu.

— Eu agradeço, de qualquer maneira, desde que você prometa não me ameaçar com uma faca novamente.

— Prometo — falou Dylan, mas a expressão permaneceu séria. — Deve ter sido dureza fugir de casa.

— Foi, sim — disse Alek e, então, olhou desconfiado para o garoto. — A Dra. Barlow pediu que você descobrisse quem eu sou?

— A cientista não precisa da *minha* ajuda. — Dylan deu um muxoxo de desdém. — Ela já considera que você deve ser muito importante.

— Por causa deste castelo? Porque eles vieram atrás de mim em um andador?

Dylan fez que não com a cabeça.

— Porque eles trocaram um *conde* berrante por você.

Alek praguejou baixinho. A Dra. Barlow entendeu perfeitamente quando ele chamou Volger pelo título. E aquela não foi a única besteira que ele deixou escapar.

— Posso confiar em você para guardar um segredo, Dylan?

O menino olhou para ele de lado.

— Não se for um perigo para a nave.

— Claro que não. É apenas que... você se importa de não contar para a Dra. Barlow o que eu falei sobre ser um órfão? — Alek fez uma pausa e se perguntou se simplesmente fazer aquele pedido revelaria quem ele era. — Se ela souber disso, vai descobrir quem eu sou. E aí pode haver problemas entre nós novamente.

Dylan encarou Alek por um momento e, a seguir, concordou com a cabeça solenemente.

— Eu posso guardar esse segredo. Sua família não é da nossa conta.

— Obrigado.

Quando os dois se cumprimentaram outra vez, Alek sentiu um peso sair das costas por saber que Dylan manteria a palavra. Após um mês sendo traído — pela família, pelos aliados do país e pelo próprio governo —, era um alívio confiar em alguém.

Ele sentiu um arrepio e bateu os pés.

— Vamos sair deste frio?

— Sim. Uma caneca de chá quente seria brilhante.

— Podemos acender a lareira! — disse Alek ao se dar conta de que não havia mais necessidade de esconder a fumaça. Outro lado bom de ajudar os darwinistas: ele podia tomar um banho morno e comer uma refeição quente pela primeira vez em semanas.

O jantar foi um evento extravagante, mas o banho foi melhor.

Primeiro Bauer encheu a banheira com neve, depois a derreteu com baldes de água fervendo. O banho resultante foi deliciosamente quente e, pela primeira vez em um mês, a graxa debaixo das unhas de Alek saiu. Com uma dama presente, Klopp, Bauer e Hoffman fizeram a barba, e Dylan reclamou em altos brados que não trouxera a navalha, embora o menino mal parecesse precisar dela.

A Dra. Barlow, é claro, não se dispôs a tomar banho em um castelo cheio de homens. Mas quando Dylan também não aproveitou a banheira, Alek se perguntou se fluía água quente livremente a bordo da aeronave dos darwinistas.

Hoffman estava degelando um carneiro sobre o fogo, enquanto o mestre Klopp e Bauer cozinhavam um panelão de batatas em caldo de galinha, cebolas e pimenta-do-reino. O banquete durou além do anoitecer, apesar de todos estarem muito cansados.

Foi estimulante ter uma dama à mesa. Como Alek suspeitou, a Dra. Barlow falava alemão fluentemente. E, de certa maneira, Dylan conseguiu fazer os demais rirem apenas com as palavras que ele havia aprendido em um dia.

Enquanto a noite prosseguia, Alek começou a imaginar quando seria a próxima vez que veria um rosto desconhecido. Depois de se esconder por cinco semanas, ele já tinha se esquecido de como era encontrar uma nova pessoa ou fazer um novo amigo.

E se ele ficasse enfurnado naquele castelo por anos?

Na manhã seguinte, os primeiros passos de Alek foram lentos.

O trenó não se mexeu a princípio, parecia um cachorro que se recusava a passear. Mas finalmente os patins romperam a camada de gelo da noite e começaram a deslizar pelas pedras do pátio.

Conforme o Stormwalker se aproximava do portão, Alek se perguntou se o trenó atrás deles estava direito.

O mestre Klopp leu sua mente.

— Talvez eu devesse vigiar pela escotilha como o Volger.

— Não se ofenda, Klopp — disse Alek —, mas você é um pouco parrudo demais para ficar apoiado nos meus ombros.

O professor de mekânica deu de ombros e pareceu aliviado.

— Talvez o Sr. Sharp possa ajudar — sugeriu a Dra. Barlow em alemão. Ela estava sentada no assento de comando novamente, com Tazza aos pés.

Alek concordou, e em pouco tempo Dylan estava com meio corpo para fora da escotilha superior, virado para trás e com as botas apoiadas nos ombros de Alek.

— Pelo menos nós sabemos que o trenó passa pela porta — murmurou Kloop. — Uma vez que ele *é* a porta.

Após alguns solavancos e arranhões, eles saíram para o campo aberto de gelo. Mas puxar o trenó ainda era como andar em melaço. Cada passo fazia os motores gemerem. Era irritante ter Dylan ali em cima, com as botas quicando em seus ombros.

— Prepare-se para acelerar um pouco — falou Klopp assim que chegaram à ladeira que saía do castelo. — Não queremos que a carga deslize e colida conosco por trás.

Alek então concordou com a cabeça e passou a agarrar as alavancas com mais firmeza. Quando descesse o morro, o trenó ganharia o próprio impulso.

Com um baque metálico, Dylan voltou ao interior da cabine.

— Eles estão aqui!

Todos olharam para ele, emudecidos.

— Para nos resgatar! — berrou Dylan. — Duas aeronaves surgindo sobre as montanhas à frente!

Alek parou o Stormwalker imediatamente e olhou para Klopp.

— Solte o trenó. Precisamos pegar o Volger de volta!

— Mas eles vão pensar que estamos atacando!

— Esperem um momento, vocês dois — disse a Dra. Barlow. — De acordo com o capitão, a Força Aérea não deveria chegar aqui em uma semana!

O mestre Klopp não respondeu, apenas inclinou-se para a frente e levou o binóculo aos olhos. Ele vasculhou o céu por um momento, então parou em um único ponto e franziu o cenho.

Alek espiou pela escotilha e os viu — dois pontos logo acima do horizonte. Ele silenciou o andador, tentando ouvir o som dos motores das aeronaves pela neve.

— Não são aeromonstros — falou Klopp simplesmente. — São os zepelins do *kaiser* vindo para matar.

⬡ TRINTA E UM ⬡

DERYN OUVIU O VELHO MECÂNICO DISCUTINDO COM ALEK.

Ela não precisava falar mekanistês para saber o que os dois estavam dizendo — Deryn ouviu a palavra "zepelim" sair da boca de Klopp. Então não era o resgate chegando...

Eram os alemães berrantes!

Ela imaginou que Klopp quisesse retornar ao castelo e deixar os zepelins fazerem o trabalho deles. As aeronaves ainda não deveriam ter visto o Stormwalker. Portanto, assim que o *Leviatã* estivesse destruído, Alek e seus amigos poderiam voltar a se esconder.

A Dra. Barlow estava prestes a se juntar à discussão, mas Deryn pôs a mão em seu ombro para calar a cientista. Ela sabia exatamente o que dizer.

— Seu amigo Volger está lá fora, Alek, porque ele se ofereceu por você!

— Eu *sei* — falou Alek. — Mas parece que Volger se planejou para isso. Ele fez Klopp prometer que me manteria escondido caso os alemães chegassem.

Deryn suspirou. Aquele conde era um sujeito ardiloso.

Alek voltou a falar em mekanistês e mandou Klopp soltar o trenó do andador. Era estranho como várias palavras em alemão eram quase as mesmas em inglês quando se prestava atenção. Daquela vez, porém, Alek não estava conseguindo o que queria. O velho cruzou os braços e continuava falando *nein* e *nicht*, o que qualquer idiota saberia dizer que significava "não" em mekanistês.

E era óbvio que Bauer e Hoffman obedeceriam a Klopp e não a Alek, por mais importante que o garoto fosse lá na terra dos mekanistas. Sem a ajuda deles, o Stormwalker ficaria preso ali como um cachorro amarrado a uma estaca.

Deryn sacou a faca para cordame, mas considerou que colocá-la no pescoço de Alek não funcionaria duas vezes. Além disso, tinha prometido que não faria isso.

Mas era hora de aquela briga terminar.

Com o cabo da faca, Deryn bateu com força no capacete pontudo de Klopp, que desceu sobre os olhos do homem e sufocou seu último argumento.

Deryn se voltou para Alek.

— Me dê um machado.

Deryn desceu rapidinho pela escada de correntes, com o machado preso aos cintos de segurança. A neve era funda ali na ladeira e encheu as botas com um frio cruel enquanto ela caminhava com dificuldade até o trenó.

Deryn tinha visto Klopp prender o equipamento, portanto conhecia suas fraquezas. As pontas da corrente tinham sido soldadas a dois postes de ferro na frente do trenó, a extensão da corrente passava por um anel de aço na cintura do Stormwalker. Se Deryn cortasse qualquer uma das pontas, ela passaria pelo anel até sair e soltaria o andador.

Mas a corrente era enorme, e cada elo, tão grande quanto a mão de Deryn. Ela escolheu o lado direito do trenó. A solda parecia ter sido feita às pressas: a madeira do trenó estava cheia de respingos de metal. Deryn pegou um punhado de neve com as mãos enluvadas e acumulou em torno de um elo da corrente. Tomara que Alek estivesse certo e o frio tornasse o metal quebradiço.

— Muito bem, então — disse ela ao erguer o machado. — Quebre!

O primeiro golpe quicou de volta sem força. A corrente estava frouxa demais para sentir a potência da pancada.

— Nós não temos *tempo* para isto! — gritou ela, e olhou para o horizonte. As duas aeronaves estavam perto o suficiente de Deryn para que pudesse ver as inscrições agora: cruzes de ferro nos aerofólios traseiros, os cascos prateados no sol da manhã.

— Sr. Sharp! — chamou a Dra. Barlow com a cabeça para fora da escotilha do Stormwalker. — Tem alguma coisa que possamos fazer?

— Sim — berrou Deryn. — Estiquem a corrente!

A Dra. Barlow desapareceu, e um momento depois os motores do Stormwalker roncaram. Ele deu um passo arrastado para a frente e a corrente se esticou, ficando firme. O trenó se mexeu um pouco ao lado de Deryn conforme ela acumulava mais neve.

O próximo golpe acertou o metal resistente com força e fez seus braços tremerem horrivelmente. Ela se ajoelhou para olhar melhor: a pancada deixara uma fissura em um dos elos de metal e outra no machado. Mas a corrente não estava partida.

— Bolhas.

— Alguma coisa? — gritou a Dra. Barlow.

Deryn não respondeu e bateu novamente com o máximo de força possível. O machado saltou das mãos — Deryn deu um pulo para trás enquanto ele girava no ar e caía a poucos metros de distância.

— Cuidado, Sr. Sharp — ralhou a cientista.

Deryn ignorou a Dra. Barlow e examinou mais de perto. Havia uma minúscula ruptura em um dos elos da corrente, estreita demais para outro elo escapar pela rachadura.

Mas, sob pressão suficiente, o metal poderia entortar.

Ela gritou para o Stormwalker.

— Diga para o Alek puxar o mais forte que conseguir!

A Dra. Barlow fez que sim com a cabeça e em pouco tempo o Stormwalker começou a roncar outra vez. A máquina andou pé ante pé e se afundou mais na neve. Faíscas piscaram quando os pés de metal rasparam a pedra embaixo. O trenó avançou um pouquinho e cutucou o joelho de Deryn como um monstro grande e bobo tentando chamar a atenção.

O elo quebrado estava entortando, a rachadura aumentava a cada impulso dos motores do andador. Deryn deu passo para trás por precaução. A corrente iria chicotear como um gigantesco açoite de metal quando finalmente se soltasse.

Ela vasculhou o horizonte. As duas aeronaves se separaram para abordar a presa por direções opostas. O céu se ondulou à medida que os gaviões e morcegos do *Leviatã* alçavam voo. Mas a baleia em si permanecia imóvel no chão, incapaz de fugir da aproximação dos mekanistas.

— Às bolhas com isto! — Deryn foi com dificuldade até onde o machado tinha caído e o arrancou da neve. Uma boa pancada em qualquer ponto da corrente iria abrir aquele elo berrante.

Ela agarrou uma correia solta da carga para se apoiar e prestou atenção aos roncos do motor do Stormwalker por um momento. Assim que guardou o ritmo na cabeça, Deryn ergueu o machado em uma das mãos e desceu assim que os motores atingiram o pico do ronco...

A corrente se rompeu e chicoteou rápido demais para ver. Enquanto o andador subitamente livre cambaleou para a frente, os elos passaram pelo anel de metal na cintura, chacoalhando como uma metralhadora Maxim. A ponta solta se debateu por alguns segundos e estalou freneticamente sobre a cabeça do andador, o que fez a assustada cientista voltar para dentro.

Mas a corrente ainda estava presa ao lado esquerdo do trenó... e, assim que a ponta solta passou pelo anel de aço no Stormwalker, a corrente inteira foi arremessada *de volta para cima de Deryn.*

"QUEBRANDO A CORRENTE."

Ela se atirou na neve e ouviu o metal passar chicoteando por cima. A corrente bateu na carga sobre o trenó e rasgou sacos de farinha — uma nuvem de pó branco se espalhou pelo ar.

A corrente caiu na neve e foi embora serpenteando, apenas seguindo o andador cambaleante, com a energia finalmente gasta.

Deryn ficou de pé, tossindo e pondo para fora o gosto seco da farinha que tinha respirado.

Mas tinha uma coisa cutucando o joelho dela...

O trenó estava empurrando Deryn insistentemente, ganhando velocidade. Mas o que estava puxando o trenó? Então ela percebeu o que acontecera. O último puxão da corrente fez com que ele começasse a descer a ladeira.

— Ah, que brilhante! — disse Deryn ao subir depressa a bordo do trenó. O barulho dos patins na neve cresceu enquanto ela cuspia mais farinha.

À frente de Deryn, o Stormwalker parou virado para o outro lado. Alek estava esperando que ela subisse pela escada.

O trenó estava indo em direção às pernas do andador!

Ao ficar de pé, desequilibrada em um saco de damascos secos, Deryn pôs as mãos em concha em volta da boca.

— Dra. Barlow! — gritou ela.

Não veio resposta alguma e ninguém colocou a cabeça para fora da escotilha. O que eles estavam fazendo lá dentro? Jogando ludo?

O trenó continuava ganhando velocidade.

— Dra. Barlow! — gritou Deryn mais uma vez.

Finalmente um chapéu-coco preto surgiu na escotilha. Deryn sacudiu os braços para tentar indicar o trenó, o movimento e a ideia geral de destruição. Os olhos da cientista se arregalaram quando viram a carga que acabara de ser solta avançando contra eles.

Ela desapareceu novamente.

— Já não era sem tempo — disse Deryn, cruzando os braços.

Foi sorte ela ter subido a bordo do trenó. Ele estava ganhando velocidade a cada segundo, e já deslizava mais rápido do que Deryn teria conseguido correr na neve. Ela agarrou a correia solta de novo, pois não queria cair e acabar virando uma mancha no rastro do trenó.

O Stormwalker finalmente estava andando outra vez e deu um passo pesado à frente. A máquina vacilou um pouco. Parecia um monstrinho retardado que se perguntava se devia correr de um predador qualquer.

Deryn franziu a testa e torceu para que eles não corressem para a batalha sem ela. Mas Alek não parecia ser o tipo que deixava um de seus tripulantes para trás.

A Dra. Barlow surgiu novamente e os motores do andador ganharam vida. Ela estava gritando para o interior da cabine, guiando Alek em alguma estratégia típica de cientista.

Mas o trenó continuava a se aproximar do andador e ganhava mais velocidade do que o Stormwalker na neve coberta de gelo. Deryn olhou para a carga mais alta do que ela. Se os dois objetos gigantes colidissem, Deryn estaria bem no meio.

— Anda! — gritou ao subir mais na pilha.

O Stormwalker se aproximava cada vez mais e Deryn se deu conta de que a Dra. Barlow tinha enlouquecido. Ela não estava sequer *tentando* sair da frente. O andador mantinha um ritmo regular, só um tiquinho mais devagar do que o trenó.

Ela fez uma mímica para a Dra. Barlow demonstrando estar confusa e a cientista respondeu com gestos que imitavam subir degraus.

Deryn franziu a testa e então viu a escada de mão pendurada na escotilha ventral do Stormwalker. Ela se debatia no ar conforme a máquina corria e pendia atrás como o fio partido da pipa de uma criança idiota.

— Ah, você não está pensando que eu devo agarrar *isto* aí; murmurou ela. A escada era toda feita de correntes e degraus de metal — pesada o suficiente para arrancar um dente com uma pancada!

Deryn cruzou os braços. Ela poderia subir no andador assim que o trenó parasse, não é? É claro que quanto mais rápido subisse a bordo, mais cedo eles poderiam ir ajudar o *Leviatã*.

No outro lado da geleira, as aeronaves mekanistas estavam dando o primeiro rasante. Metralhadoras piscavam das gôndolas e uma nuvem de morcegos-dardos girava ao redor delas. Naquele momento, Deryn conseguiu ver como os zepelins eram pequenos — mal tinham 200 metros de comprimento. Mas o *Leviatã* se encontrava praticamente indefeso embaixo deles, visto que as revoadas de gaviões e morcegos estavam famintas e abatidas por causa da batalha da noite de anterior.

— Não tenho uma escolha berrante, imagino — murmurou Deryn.

O Stormwalker se aproximou, tão perto que a neve que os pés gigantes chutavam batia no rosto de Deryn. Mas a escada se contorcia fora de alcance. Deryn foi devagar para a ponta do trenó e se equilibrou precariamente em um barril de açúcar. Ainda assim não conseguia alcançar a escada. Ela teria que pular.

Deryn se preparou, flexionou as mãos e tentou notar algum padrão nas contorções da escada.

Finalmente ela pulou no ar...

Os dedos agarraram um degrau de metal e Deryn se viu balançando para a frente entre as pernas do andador. O barulho do motor era ensurdecedor. Engrenagens e pistões retiniam e rangiam ao redor, um par de canos de escapamento soprou uma fumaça preta e quente na cara dela. A cada passo gigante, o apoio de Deryn no degrau levava um solavanco e os pés balançavam freneticamente. A escada se contorcia no ar e girava a menina como um carretel.

Ela sacudiu os pés até uma das botas tocar um degrau mais baixo e firmar a escada; e o mundo parou de girar.

Ao erguer o olhar, Deryn viu Bauer e Hoffman olhando para baixo do interior da escuridão da escotilha ventral. A mão de Bauer estava esticada para fora. Tudo que ela precisava fazer era subir alguns metros.

"SUBINDO ENTRE AS ENGRENAGENS."

Como se *isso* fosse fácil.

Deryn esticou o braço para pegar o degrau seguinte. O metal era dentado e agarrou suas luvas com suas pequenas serrinhas. Ela subiu fazendo com uma careta e tentou ignorar os espetos dispostos ao redor da escotilha.

Finalmente, Deryn chegou perto suficiente para estender o braço e pegar a mão de Bauer.

— *Willkommen an Bord* — falou Bauer querendo dizer "bem-vindo a bordo", é claro.

Bolhas, mas mekanistês era fácil.

◈ TRINTA E DOIS ◈

— O SENHOR ESTÁ BRANCO COMO UM FANTASMA! — disse a Dra. Barlow.

— É apenas farinha. — Deryn subiu até a cabine de pilotagem emitindo um gemido. As mãos doíam por ter se agarrado à escada que se debatia, e os músculos dos braços estavam uivando. O coração ainda batia como um martelo.

— Farinha? — disse a Dra. Barlow. — Que esquisito.

— Muito bem, Dylan! — Alek estava mexendo nos controles. — Eu nunca tinha visto alguém subir a bordo de um andador dessa forma!

— Eu não recomendo. — Ela desabou, ofegando muito no piso da cabine oscilante. Tazza chegou de mansinho para fuçar a mão de Deryn e depois espirrou farinha.

Em seguida, a menina ficou tonta por causa do movimento do andador. A jornada para fora do castelo já tinha sido ruim suficiente — o rangido de metal contra metal, o cheiro de óleo e de escapamento, o barulho cruel e interminável dos motores —, mas estar dentro de um andador trotando era como ser sacudida em uma latinha de metal de rapé. Não era de espantar que os mekanistas usassem aqueles ridículos capacetes; Deryn estava fazendo o possível para não bater com a cabeça na parede.

Klopp, que estava olhando pela escotilha com o binóculo de campanha, disse algo em alemão para Alek.

— Eu pensei que *ele* não fosse ajudar — murmurou Deryn.

— Isso foi quando nós podíamos nos esconder — falou a Dra. Barlow. — Agora que os alemães certamente nos viram, ele mudou o discurso. Se não derrubarmos aqueles dois zepelins, eles vão contar a respeito de nossos amigos austríacos.

— Bem, ele podia ter mudado de ideia um pouco mais rápido. — Deryn olhou para as mãos doloridas. — Teria caído bem uma ajuda para cortar aquela corrente.

A Dra. Barlow deu um tapinha no ombro de Deryn.

— O senhor agiu bem, Sr. Sharp.

Deryn respondeu ao elogio dando de ombros e ficou de pé. Já não aguentava mais quicar de um lado para o outro às cegas. Ela agarrou duas alças penduradas no teto, subiu e saiu pela escotilha superior.

O frio atingiu em cheio o rosto dela. Era como ficar na espinha da aeronave em uma tempestade com o horizonte oscilando a cada passo.

Deryn apertou a vista contra o frio capaz de congelar os olhos. Os zepelins estavam dando um rasante baixo agora e arrastavam cabos pelo chão. Homens desciam por eles e aterrissavam na neve com armas e equipamentos nas costas.

Mas por que se dar ao trabalho? Se eles quisessem destruir o *Leviatã*, bastava ficar no alto e usar bombas incendiárias.

Deryn pulou de volta para dentro.

— Eles estão soltando homens.

— Aqueles são Condores Z-50 — falou Alek. — Eles levam comandos em vez de armas pesadas.

— Parece que o objetivo é capturar nossa nave — disse a Dra. Barlow.

— Bolhas! — praguejou Deryn. Um respirador de hidrogênio vivo nas mãos dos mekanistas seria um desastre; eles aprenderiam tudo o que era possível saber sobre as fraquezas da grande nave. — Mas eles não têm medo de *nós*?

— Eles levam armas antiandadores a bordo — disse Alek com a cara fechada. — Não podem atirar na gente do céu, mas vão lutar no chão.

Deryn engoliu em seco. Já era ruim o suficiente andar naquela engenhoca, mas a ideia de ser queimada viva por uma bala penetrante qualquer a deixou mal.

— Nós precisamos de sua ajuda novamente, Dylan.

Ela encarou Alek.

— Você quer que eu *dirija* esta engenhoca berrante agora?

— Não, mas, me diga, você sabe atirar com uma metralhadora Spandau?

Deryn não sabia atirar com tal coisa, mas havia disparado um canhão de ar comprimido várias vezes.

Aquilo era bem diferente, é claro. Como tudo que era feito pelos mekanistas, a arma era dez vezes mais barulhenta, agitada e teimosa do que parecia. Quando ela apertou o gatilho para testar, a metralhadora chacoalhou como um pistão. Cápsulas de balas foram cuspidas pela lateral da arma e quicaram na parede da cabine como um chuvaréu de metal quente.

— Diabos! — praguejou Deryn. — Como alguém acerta alguma coisa com isto?

— Simplesmente aponte mais ou menos na direção dos inimigos — falou a Dra. Barlow. — O que falta aos mekanistas em termos de sutileza, eles compensam com destruição abrangente.

Deryn se inclinou para a frente e apertou o olho diante da minúscula vigia. Tudo que conseguiu ver foram neve e o céu pulando. Ela se sentiu claustrofóbica e meio cega. Era o oposto de vigiar em cima da espinha do *Leviatã*, quando a batalha ficava disposta embaixo como peças em um tabuleiro de xadrez.

Deryn deu uma olhadela para Klopp, que estava ocupando o posto na outra metralhadora. Em vez de olhar pela vigia, ele estava esperando Alek dizer quando atirar.

— Que se dane isto aqui. Eu volto em um tiquinho — disse Deryn ao subir pela escotilha novamente.

Ambos os Condores haviam soltado comandos naquele momento. Um grupo estava avançando em direção ao *Leviatã* com o apoio das metralhadoras do zepelim. O outro grupo estava montando uma espécie de artilharia, uma arma de campanha de cano longo apontada diretamente para o Stormwalker.

— Ah, bolhas — disse Deryn.

Os mekanistas trabalharam rápido e, um instante depois, o cano da arma cuspiu fogo. O andador se contorceu embaixo de Deryn e ela foi jogada com força contra a lateral da escotilha. Deryn quase não conseguiu evitar ser jogada de volta para dentro; os pés ficaram se debatendo lá embaixo.

Por um instante, ela pensou que o andador tinha sido atingido. Mas então Deryn sentiu o projétil passar assobiando e os ouvidos estalarem. O Stormwalker fez uma longa curva cambaleando e finalmente recuperou o equilíbrio sobre a neve.

Ou Alek era *brilhante* nos controles, ou completamente maluco. Eles estavam indo em direção ao canhão antiandador, cambaleando de um lado para o outro diante da mira enquanto os soldados recarregavam desesperadamente.

Deryn pulou para o interior, assumiu a metralhadora e mirou baixo. Calculou que o andador estaria no meio dos alemães em mais cinco segundos, se já não tivesse ido pelos ares.

— Prepare-se! — berrou Alek.

Deryn não esperou, e apertou o gatilho. A arma saltou e chacoalhou nas mãos dela cuspindo morte em todas as direções. Algumas silhuetas escuras passaram pela vigia, mas Deryn não tinha ideia se eram homens, rochas ou o canhão antiandador.

Um baque metálico sacudiu a cabine, e subitamente o mundo cambaleou para bombordo. Deryn foi jogada para longe da arma e os pés es-

"*DIE ANTI-WANDERPANZER TRUPPEN (TROPA ANTIANDADORES BLINDADOS).*"

corregaram nas cápsulas vazias que rolavam pelo chão. Ela caiu sobre algo macio, que se revelou ser a Dra. Barlow e Tazza agachados em um canto.

— Desculpe, madame! — gritou Deryn.

— Não se preocupe — disse a cientista. — Você realmente é bem leve.

— Acho que acertamos o canhão! — falou Alek ainda mexendo nos controles.

Deryn ficou de pé rapidamente subiu novamente para fora da escotilha. Atrás deles, o canhão antiandador estava destruído sobre as pegadas gigantes do Stormwalker — derrubado e com o cano torto. Os comandos estavam esparramados, alguns imóveis, a neve ao redor deles salpicada de vermelho vivo.

— Você pisoteou o canhão, Alek! — gritou Deryn para baixo com a voz rouca.

Ela deu meia-volta para olhar para a frente. O Stormwalker estava indo em direção ao outro grupo de comandos. Os soldados estavam entrincheirados na neve com uma revoada de gaviões-bombardeiros dando rasantes sobre eles, as garras reluzindo sob o sol. Alguns comandos se viraram e notaram o andador indo na direção deles, e Deryn se perguntou se deveria descer para disparar a arma cruel outra vez. Mas então o andador estremeceu debaixo dela. Saiu uma nuvem de fumaça da barriga do Stormwalker, que subiu à altura de Deryn e encheu sua boca com um gosto irritante.

Os olhos arderam, mas Deryn obrigou que eles ficassem abertos no momento em que o projétil era lançado. Ele explodiu no meio dos comandos e jogou homens para todos os lados.

— Aranhas berrantes — murmurou ela.

Quando as nuvens de fumaça e neve baixaram, nada se movia exceto por alguns gaviões bombardeiros que bateram asas de volta ao *Leviatã*. Deryn olhou novamente para o canhão. Os soldados que sobraram estavam fugindo; um Condor estava descendo para retirá-los do gelo.

Os mekanistas estavam batendo em retirada!

Mas onde estava o *outro* zepelim?

Ela vasculhou o horizonte... nada. Então uma sombra passou pela neve na direção do oeste e Deryn ergueu o olhar. A aeronave estava bem em cima dela, com os lança-bombas à mostra. Uma nuvem de morcegos-dardos subiu ainda mais e ela viu um projétil sendo disparado pelo *Leviatã*, a grande explosão inofensiva prestes a matá-los de susto.

Deryn agarrou o puxador da escotilha e desceu, fechando a tampa ao passar.

— Bombas a caminho! — gritou ela. — E dardos berrantes também!

— Um quarto de visibilidade — falou Alek calmamente, e Klopp começou a girar uma alavanca do seu lado da cabine. Deryn viu uma idêntica ao lado e se perguntou para que direção deveria girar.

No momento em que ela esticou a mão para a alavanca, o mundo explodiu...

Um clarão ofuscante acendeu a cabine, seguido por um estrondo de trovão que derrubou Deryn mais uma vez. O chão estava virando, tudo escorregava para estibordo. O guincho das engrenagens e o uivo de Tazza penetraram nos ouvidos meio surdos de Deryn e o ombro dela bateu contra o metal quando a cabine inteira cambaleou — com força.

A seguir, uma avalanche de neve entrou pela escotilha e uma onda de frio e silêncio repentino a envolveu...

⬢ TRINTA E TRÊS ⬢

ALEK TENTOU SE MEXER, MAS OS BRAÇOS ESTAVAM PRESOS, envoltos no abraço gelado da neve.

Ele se debateu por um momento e então percebeu que ainda estava preso ao assento de piloto. Enquanto abria as fivelas e saía da cadeira, o mundo pareceu se reorientar.

A escotilha estava de lado como a pupila vertical do olho de um gato.

Agora que Alek voltava a si, podia perceber que a cabine inteira estava de lado. A parede de estibordo virou o piso e todas as alças pendiam em desordem.

Alek pestanejou, sem conseguir acreditar. Ele tinha destruído o andador.

A cabine estava escura — as luzes falharam — e estranhamente silenciosa. Os motores deviam ter se desligado automaticamente com a queda. Alek ouviu uma respiração ao lado.

— Klopp! Você está bem?

— Acho que sim, mas tem algo… — O homem levantou o braço. Tazza saiu de debaixo dele com um ganido melancólico e depois se sacudiu, e jogando neve pela cabine.

— Pare com isso, Tazza. — A voz da Dra. Barlow surgiu da escuridão.

— A madame está bem? — perguntou Alek.

— Estou, mas o Sr. Sharp parece estar ferido.

Alek chegou mais perto se arrastando. Dylan estava com a cabeça no colo da Dra. Barlow, de olhos fechados. Havia um corte recente na testa, e um filete de sangue escorria para o olho adquirido na queda da aeronave. As feições magras estavam pálidas sob os hematomas.

Alek engoliu em seco. Aquilo fora culpa *sua* — ele estava nos controles.

— Me ajude a encontrar algumas bandagens, Klopp.

Empurrando a neve para o lado, eles conseguiram abrir o armário. Klopp tirou dois kits de primeiros-socorros e entregou um para Alek.

— Eu cuido do Sr. Sharp — disse a Dra. Barlow ao pegar o kit da mão dele. — Eu não sou um caso tão perdido assim como enfermeira quanto finjo ser.

Alek fez que sim com a cabeça e se virou para ajudar Klopp com a escotilha ventral, que agora estava na parede da cabine virada. O mecanismo resistiu por um momento e, em seguida, abriu soltando um guincho metálico de irritação.

Hoffman, preso de lado no assento de artilheiro, avisou que ele e Bauer estavam contundidos, mas inteiros. Alek suspirou aliviado. Pelo menos ele não tinha matado alguém.

Alek se virou para Klopp.

— Desculpe por eu ter caído.

O homem deu um muxoxo de desdém.

— Levou bastante tempo, jovem. Agora nós finalmente podemos chamá-lo de um piloto de verdade.

— O quê?

— O senhor acha que eu nunca quebrei um andador? — Klopp riu. — Faz parte do processo, jovem mestre.

Alek pestanejou, sem saber se o homem estava brincando.

Um estalo metálico ecoou pela cabine. Klopp ergueu os olhos assim que outro estalo, e depois mais um, soou como uma chuva de granizo ficando mais intensa aos poucos.

"AGUENTANDO FIRME."

— Dardos — disse a Dra. Barlow.

— Vamos torcer para que eles acertem aqueles zepelins — falou Klopp baixinho. — Caso contrário, o conde Volger ficará bem descontente conosco.

— Vou dar uma olhada lá fora — disse Alek. — Talvez a gente possa ficar de pé e voltar à luta.

Klopp fez que não com a cabeça.

— É improvável, jovem mestre. Fique aqui até a batalha acabar.

— Este parece ser um conselho sensato — disse a Dra. Barlow em alemão.

Mas a chuva de dardos continuou caindo, e Alek ouviu o som de motores de aeronave por perto.

— Eu tenho que ver o que está acontecendo. Ainda temos uma metralhadora funcionando!

Klopp tentou argumentar, mas Alek o ignorou, empurrou alguns punhados de neve para o lado e liberou a escotilha.

A neve iluminada pelo sol foi ofuscante por um momento, exceto pela cratera escura deixada pelo bombardeio aéreo do zepelim. Quase um tiro certeiro. A trilha de pegadas do Stormwalker ia direto para o buraco negro, depois ziguezagueava até onde a máquina estava caída, toda amassada.

Alek flexionou as mãos e se lembrou da luta para manter o andador de pé. Ele quase tinha conseguido. Mas *quase* não significava nada agora. O chassi do motor estava rachado; óleo quente soltava vapor ao cair sobre a neve. Uma perna gigante de metal estava torcida para o lado errado. Não havia chance de a máquina ficar de pé novamente.

Ele afastou o olhar e vasculhou o céu. O Condor que os bombardeava estava a pouco mais de 100 metros de distância, voando logo acima da neve com o balão de gás ondulando, cheio de buracos do ataque de dardos.

Gritos vieram da parte de cima do zepelim. Alek tinha sido visto por dois aeronautas que estavam virando uma metralhadora.

Então ele percebeu onde estava — bem em frente ao chassi do andador, com o brasão dos Habsburgos deixando muito claro quem e o que ele era...

Um completo idiota.

Antes que pudesse se mexer, a metralhadora do Condor cuspiu fogo. As balas bateram no casco de aço do andador e levantaram neve ao redor dos pés de Alek. Ele ficou travado esperando que o metal quente trespassasse o corpo.

No entanto, em seguida, o ar começou a ficar turvo ao redor do zepelim. O clarão ofuscante da metralhadora estava se espalhando pelos flancos da aeronave. Tarde demais, os aeronautas alemães perceberam o que estava acontecendo. A metralhadora se calou.

Mas a chama era uma coisa viva agora e dançava no hidrogênio que vazava da lona rasgada. O Condor caiu, chocando a gôndola contra a neve. O balão de gás entrou em colapso, cuspiu mais hidrogênio dos buracos, e uma centena de gêiseres entrou em erupção.

Alek apertou os olhos e cobriu o rosto. A aeronave inteira brilhou por dentro ao subir, levada de volta ao céu pelo próprio calor. O esqueleto de alumínio no interior estava derretendo. O Condor se contorceu, depois quebrou ao meio e cuspiu um enorme cogumelo de fogo da fissura.

As duas metades caíram rodopiando.

Elas pareceram bater no chão com delicadeza, mas a neve guinchou e assobiou conforme foi transformada em vapor pelo metal derretido e o hidrogênio em chamas. Nuvens brancas surgiram ao redor das duas metades dos destroços e Alek ouviu gritos horríveis além do rugido do fogo.

— Vocês, mekanistas, deviam usar armas de ar comprido.

Alek se virou.

— Dylan! Você está bem?

— Sim, você me conhece — disse o menino. A testa estava enfaixada e os olhos brilhavam ao ver o inferno. — Com alguns sais aromáticos estou de pé. — Ele sorriu e então cambaleou um pouco.

"ENQUANTO O CONDOR QUEIMA."

Alek passou o braço ao redor dos ombros do garoto para estabilizá-lo, mas o olhar dos dois foi atraído novamente para a aeronave moribunda.

— Horrível, não é? — sussurrou Alek.

— Parecido demais com meus pesadelos. — Dylan olhou ao redor. — Olhe, o outro está escapando.

Alek se virou. O segundo zepelim estava ao longe, fugindo. Alguns dos maiores gaviões do *Leviatã* estavam perseguindo a aeronave e atormentando a tripulação em cima dela. Mas, em pouco tempo, o zepelim passou por cima das montanhas em direção aos hangares flutuantes no lago Constance.

— Nós os vencemos — falou Dylan com um sorriso cansado.

— Talvez. Mas agora eles sabem quem somos.

Alek olhou para o Stormwalker de novo — quebrado e silencioso, exceto por um assobio que vinha de onde o óleo quente vazava sobre a neve. Se Klopp não conseguisse consertá-lo, os alemães teriam duas recompensas quando retornassem: o *Leviatã* ferido e o príncipe foragido de Hohenberg.

— Quando eles voltarem, vão trazer mais do que um par de Condores — disse Alek.

— Sim, talvez. — Dylan deu um tapinha no ombro dele. — Mas não se preocupe, Alek. Nós estaremos prontos para eles.

— Talvez os darwinistas possam nos ajudar — disse Klopp.

Alek olhou para ele de cima da escotilha do motor, onde estava passando ferramentas para Hoffman. A transmissão não estava tão ruim quanto esperava. O óleo tinha vazado até a última gota, mas nenhuma das engrenagens havia quebrado.

O problema de verdade era se levantar novamente. Um dos joelhos do andador estava torcido. Ele podia ter forças para andar, mas ficar de pé era outra questão.

Alek balançou a cabeça.

— Duvido que eles tenham alguma criatura forte o suficiente para levantar um andador.

— Eles têm uma — falou Klopp, olhando para o enorme corpanzil da aeronave. — Quando aquele monstro maldito subir, podemos prender cabos ao Stormwalker. Vai ser como levantar uma marionete por fios.

— Uma marionete de 35 toneladas? — Alek queria que a Dra. Barlow ainda estivesse ali; ela saberia a capacidade de içamento do *Leviatã*. Mas a doutora e Dylan tinham partido para checar seus preciosos ovos.

— Por que não? — disse Klopp, olhando de volta para o castelo. — Eles têm toda a comida que poderiam querer.

Do outro lado da geleira, a carga abandonada do Stormwalker estava rodeada por pássaros. Os darwinistas tinham enviado uma equipe para abrir os caixotes e barris a machadadas, e em pouco tempo as revoadas famintas desceram.

As criaturas do *Leviatã* pareciam saber que não havia tempo a perder.

— Jovem mestre? — falou Hoffman baixinho. — Aí vem problema.

Alek ergueu o olhar e viu uma figura em um casaco de pele cruzando a neve. Ele sentiu a boca ficar seca.

O conde Volger tinha uma expressão fria no rosto. Uma das mãos estava fechada no pomo da espada.

— Sabe o que você fez conosco? — disse ele.

A boca de Alek se abriu, mas nada saiu.

— Foi minha... — começou Klopp.

— Cale-se. — Volger ergueu a mão. — Sim, você deveria ter batido na cabeça deste jovem idiota para mantê-lo escondido. Mas eu quero ouvir a explicação *dele*, não a sua.

— Na verdade, eles bateram na *minha* cabeça — resmungou Klopp, e seguiu para ajudar Bauer.

Alek se empertigou.

— Foi a escolha correta, conde. Derrubar os dois zepelins era a nossa única chance de permanecer escondidos. — Ele apontou para os destroços queimados na neve. — Pegamos *um* deles, apesar de tudo.

— Sim, bravo — falou Volger em tom ácido. — Eu testemunhei sua estratégia brilhante de ficar parado em frente às armas do zepelim.

Alek tomou fôlego lentamente.

— Conde Volger, mantenha um tom civilizado, por obséquio.

— Você abandona seu posto, ignora a própria segurança, e agora isto! — Volger apontou para o andador quebrado com a mão tremendo de raiva e indignação. — E está me mandando ser *civilizado*? Não percebe que os alemães voltarão em breve e você nos deixou sem nenhum meio de fuga?

— Foi um risco que eu me dispus a correr.

Volger abaixou a voz.

— Uma coisa é se arriscar, Alek, mas e quanto à vida de seus homens? O que você acha que vai acontecer com *eles* quando os alemães vierem?

Alek olhou para o lugar onde Klopp tinha estado, mas os três homens tinham encontrado trabalho para fazer fora do alcance de visão.

— Klopp disse que podemos consertar o andador.

— Eu posso ser um oficial da cavalaria, Alek, mas sou capaz de ver que esta máquina não vai ficar de pé sozinha.

— Não, mas os darwinistas podem nos puxar e levantar, assim que inflarem novamente a aeronave.

— Esqueça seus novos amigos — disse Volger em tom amargo. — Depois desse último ataque, a nave deles está irreparável.

— Mas os zepelins mal a tocaram.

— Apenas porque eles queriam capturar o aeromonstro vivo — falou o conde. — Então concentraram o fogo nas partes mecânicas. Pelo que eu ouvi escondido, os motores foram despedaçados; é impossível consertá-los.

Alek deu uma olhadela para a silhueta negra e gigantesca do outro lado, com pássaros voando em círculos acima.

— Mas eles estão inflando a nave outra vez. Devem estar planejando alguma coisa.

— É por isso que eu estou aqui. Eles vão subir sem motores como um balão de ar quente. Um vento de leste vai levá-los sobre a França. Isso deve funcionar, desde que o vento chegue antes dos alemães.

Alek olhou para o Stormwalker e ficou desesperado. Talvez ainda conseguissem erguer o andador… mas o *Leviatã* jamais teria controle suficiente para deixá-lo de pé.

Volger deu um passo à frente e a raiva sumiu do rosto. Subitamente ele pareceu exausto.

— Depende de você, Alek, se quiser se render.

— Me render? Mas os alemães me enforcariam.

— Não, para os darwinistas. Diga quem e o que você é, e tenho certeza de que o levarão com eles. Você será um prisioneiro, mas estará a salvo. Talvez eles ganhem esta guerra. E então, se você tiver sido obediente, poderão colocá-lo no trono da Áustria-Hungria, um imperador fantoche e amigável para manter a paz.

Alek deu um passo para trás na neve. Volger *não podia* estar dizendo aquilo. Uma coisa era permanecer escondido — ninguém esperaria que um jovem de 15 anos lutasse na linha de frente. Mas se render ao inimigo?

Ele seria lembrado como um traidor para todo o sempre.

— Deve haver outra escolha.

— Claro. Você pode ficar aqui e lutar quando os alemães vierem. E morrer com o restante de nós.

Alek balançou a cabeça. Não fazia sentido Volger falar daquela maneira. O homem *sempre* tinha uma estratégia, um plano qualquer para impor sua vontade ao mundo. Ele não podia desistir.

— Você não precisa decidir por enquanto, Alek. Nós temos mais ou menos um dia antes que os alemães retornem. Você pode ter uma vida longa pela frente caso se renda. — Volger deu de ombros novamente. — Mas por mim já chega de lhe dar conselhos.

Dito isso, o homem se virou e foi embora.

● TRINTA E QUATRO ●

ALEK RESPIROU FUNDO E BATEU À PORTA.

Dylan abriu e franziu a testa quando o viu.

— Você está com uma aparência berrante.

— Eu vim ver a Dra. Barlow — falou Alek.

O jovem aeronauta abriu mais a porta da sala de máquinas.

— Ela vai voltar em breve, mas infelizmente está com um péssimo humor.

— Eu sei de seu problema com os motores — disse Alek. Ele decidiu não esconder que o conde Volger andara espionando. Para que o plano funcionasse, ele e os darwinistas tinham que confiar uns nos outros.

Dylan apontou para a caixa dos ovos misteriosos.

— Sim, e, além dos motores, aquele idiota berrante do Newkirk não manteve isso quente o suficiente ontem à noite. Mas a culpa é *minha*, é claro, na opinião da cientista.

Alek olhou para a caixa — apenas três ovos tinham sobrado.

— Que péssimo.

— A missão está ferrada, de qualquer maneira. — Dylan tirou um termômetro da caixa e verificou. — Sem motores, vai ser uma sorte se conseguirmos voltar para a França.

— Foi por isso que vim. Nosso andador também está acabando.

— Você tem certeza? — Dylan apontou para as gavetas que enchiam a sala. — Nós podemos dar todas as peças sobressalentes que vocês precisarem. Elas são inúteis para nós.

— Precisamos de mais do que peças, infelizmente. Não conseguimos colocar o andador de volta em pé.

— Máquinas berrantes! — exclamou Dylan. — Eu não falei para você? Nunca vi um monstrinho que não conseguisse ficar de pé por conta própria. Bem, exceto por uma tartaruga. E um dos gatos da minha tia.

Alek ergueu uma sobrancelha.

— E eu tenho certeza de que o gato da sua tia teria sobrevivido a um bombardeio aéreo.

— Você ficaria surpreso. Ele é bem gordo. — Os olhos de Dylan brilharam. — Por que vocês não vêm conosco?

— Esse é o problema. Eu não acho que os outros iriam, não se isso significar se render aos franceses. Mas se nós pudermos sair de mansinho quando vocês pousarem, então talvez…

Talvez ele pudesse convencer seus homens a se salvarem. E talvez pudesse salvar um pouco da dignidade de Volger.

Dylan estava concordando com a cabeça.

— Nós faremos um pouso forçado em um ponto qualquer, então duvido que haja uma guarda de honra presente para nos saudar. Mas saiba que não é fácil fazer balonismo livre em um respirador de hidrogênio. Tudo pode acontecer.

— Quais são as nossas chances?

— Não tão ruins. — Dylan deu de ombros. — Uma vez eu cruzei meia Inglaterra voando em um Huxley, e sozinho!

— Sério? — disse Alek. Para um menino, Dylan parecia ter vivido as aventuras mais extraordinárias. Por um instante, Alek desejou poder esquecer sua origem e virar alguém como ele, um soldado comum sem terra ou título.

— Foi o meu primeiro dia na Força Aérea e surgiu uma tempestade inesperada, uma das piores que Londres *jamais* tinha visto. Arrancou prédios inteiros do chão, incluindo...

A porta se escancarou subitamente e a Dra. Barlow entrou em um rompante com um canudo para mapas nas mãos e uma expressão furiosa.

— O capitão é um tolo — declarou ela. — Esta nave está cheia de idiotas!

Dylan bateu continência.

— Mas os ovos estão bem quentinhos, madame.

— Bem, isso é animador, embora não queira dizer nada diante das circunstâncias. Ele quer voltar para a França! — A Dra. Barlow girou o canudo nas mãos e depois ergueu o olhar, distraída. — Ah, Alek. Espero que sua máquina ambulante esteja em melhor forma do que esta aeronave tomada pela ignorância.

Ele se curvou.

— Infelizmente não, doutora. O mestre Klopp não acha que conseguiremos colocá-la de pé novamente.

— A situação está tão ruim assim?

— Infelizmente, sim. Na verdade, eu vim aqui perguntar se nós podemos ir com vocês. — Alek olhou para as botas. — Se conseguirem dar conta do peso de cinco homens a mais, ficaremos devendo a vocês.

A Dra. Barlow bateu com o canudo para mapas na palma da mão.

— Peso não será um problema. Estamos acabando com a nossa própria comida, bem como com a de vocês, dando tudo para os animais. — Ela olhou pela janela. — E nossa tripulação é menor do que era.

Alek concordou com a cabeça. Ele tinha visto os corpos cobertos lá fora e os homens trabalhando com dificuldade para enterrá-los no gelo duro como aço debaixo da neve.

— Mas a França não é território neutro — disse ela. — Vocês serão feitos prisioneiros.

— Este é o favor que vim pedir. — Alek respirou fundo. — Vocês vão pousar em um ponto qualquer, segundo Dylan. Nós podemos fugir no momento em que pousarem.

— E ninguém ficaria sabendo — acrescentou Dylan.

A Dra. Barlow concordou devagar com a cabeça.

— Isso pode dar certo. E nós certamente estamos em dívida com vocês, Alek. Mas, infelizmente, não depende de mim.

— A senhora está dizendo que o capitão não vai fazer vista grossa? — falou Alek.

— O capitão é um idiota — repetiu ela com amargura. — Ele se recusa a completar nossa missão. Nem vai tentar! Se alguém consegue fazer balonismo livre até a França, com certeza é possível ir ao Império Otomano. É só uma questão de pegar o vento certo. — Ela sacudiu o canudo. — As correntes de ar do Mediterrâneo estão longe de ser um mistério!

— Pode ser um *pouco* complicado, madame — falou Dylan, então pigarreou. — E tecnicamente nosso destino ainda é um segredo militar.

A Dra. Barlow olhou feio para os ovos.

— Um segredo completamente *sem sentido* a esta altura.

Alek franziu a testa e se perguntou o motivo pelo qual o *Leviatã* estava indo para o Império Otomano. Os otomanos eram ferrenhos antidarwinistas, graças à fé muçulmana. Eles eram inimigos da Rússia havia séculos, e o sultão e o *kaiser* eram velhos amigos. Volger sempre dissera que, mais cedo ou mais tarde, os otomanos juntariam forças à Alemanha e à Áustria-Hungria.

— Aquilo é território neutro, não é? — perguntou Alek cautelosamente.

— Por enquanto. — A Dra. Barlow suspirou. — Claro que esta situação pode mudar em breve, por isso este atraso é um desastre. Anos de trabalho no lixo.

Alek ouviu a doutora espumar enquanto refletia sobre o novo desdobramento. O Império Otomano era o lugar perfeito para alguém desaparecer. Era um reino imenso e empobrecido, onde algumas poucas moedas de ouro podiam fazer uma grande diferença. Havia muitos agentes alemães por lá, mas, pelo menos, ele não seria feito prisioneiro no momento em que chegasse.

— Se não se importar em contar, Dra. Barlow, sua missão era de paz ou guerra?

Ela sustentou o olhar de Alek por um momento.

— Não posso contar todos os nossos segredos para você, Alek, mas deve estar claro que sou uma cientista, não um soldado.

— E uma diplomata?

A Dra. Barlow sorriu.

— Todos nós temos deveres a cumprir.

Alek olhou para a caixa novamente. O que os ovos tinham a ver com diplomacia ele não sabia. Mas o que importava era que a Dra. Barlow arriscaria qualquer coisa para levá-los ao Império Otomano...

O que deu uma ideia ousada a Alek.

— E se eu lhe desse motores, Dra. Barlow?

Ela ergueu uma sobrancelha.

— Como é que é?

— O Stormwalker tem dois motores possantes. Ambos em bom estado.

Houve um instante de silêncio e, então, a Dra. Barlow se voltou para Dylan.

— Tal coisa é possível, Sr. Sharp?

O menino parecia duvidar.

— Tenho certeza de que os motores têm potência suficiente, madame, mas têm um peso berrante! E aquela maquinaria mekanista é delicada. Fazer com que funcione pode levar séculos e estamos com um pouco de pressa.

Alek balançou a cabeça.

— Sua tripulação não teria que fazer muita coisa. Klopp é o melhor mestre em mekânica na Áustria, ele foi escolhido a dedo pelo meu pai. Ele e Hoffman mantiveram aquele Stormwalker funcionando por cinco semanas com um punhado de peças. Imagino que consigam fazer um par de hélices girar.

— Sim, talvez — falou Dylan. — Mas a situação envolve um pouco mais do que simplesmente girar as hélices.

— Então seus engenheiros podem nos ajudar. — Alek se voltou para a Dra. Barlow. — O que acha? Sua missão pode prosseguir, e meus homens e eu podemos escapar para uma potência amiga.

— Mas existe um problema — disse a mulher. — Nós ficaremos dependentes de vocês.

Alek pestanejou; ele não tinha pensado nisso. Controle dos motores significava controle da aeronave.

— Nós podemos treinar seus engenheiros durante a viagem. Por favor, acredite em mim, eu entro nesta aliança de boa fé.

— Eu confio em você, Alek — falou a Dra. Barlow. — Mas você é apenas um menino. Como posso ter certeza de que sua palavra se aplica aos seus homens?

— Porque eu sou... — começou ele a dizer e depois tomou fôlego devagar. — Eles farão o que eu disser. Trocaram um conde por mim, se lembra?

— Eu me lembro. Mas, se vou fazer um acordo com você, Alek, preciso saber quem é realmente.

— Eu... eu não posso contar.

— Deixe-me tornar a situação mais fácil, então. O melhor mestre em mekânica de toda a Áustria trabalhava para o seu pai?

Alek concordou devagar com a cabeça.

— E você diz que está fugindo há cinco semanas — continuou ela. — Portanto, sua jornada começou por volta do dia 28 de junho?

Alek travou. A Dra. Barlow citou a noite em que Volger e Klopp foram buscá-lo no quarto — a noite em que os pais dele morreram. A cientista já devia suspeitar depois de todas as pistas que ele deixara escapar. E Alek acabara de entregar as últimas peças do quebra-cabeça.

Ele tentou negar, mas subitamente não conseguiu falar. Manter o desespero em segredo tornou fácil controlá-lo, mas agora o vazio interior estava crescendo outra vez.

A Dra. Barlow estendeu o braço e pegou a mão dele.

— Sinto muito, Alek. Deve ter sido horrível. Então os rumores são verdadeiros? Foram os alemães?

Ele se virou, incapaz de encarar a compaixão da doutora.

— Eles nos caçaram desde a primeira noite.

— Então temos que tirar você daqui. — Ela se levantou e colocou o sobretudo de viagem. — Eu vou explicar ao capitão.

— Por favor, madame — disse Alek tentando evitar que a voz tremesse. — Não conte a ninguém quem eu sou. Pode complicar as coisas.

Ela pareceu pensativa por um momento.

— Acho que isso pode ser segredo nosso, por enquanto. O capitão ficará contente o suficiente com sua oferta dos motores — falou ela em seguida.

A Dra. Barlow abriu a porta e, então, virou-se novamente. Alek desejou que ela simplesmente fosse embora. O vazio estava crescendo sem controle agora, e ele não queria chorar na frente de uma mulher.

Mas tudo o que ela disse foi:

— Cuide dele, Sr. Sharp. Eu voltarei.

⬡ TRINTA E CINCO ⬡

A TRISTEZA DE ALEK ERA ÓBVIA DESDE O INÍCIO, considerou Deryn.

Ela notou quando foi acordada por ele na noite do desastre; os olhos verde-escuros do menino estavam cheios de sofrimento e medo. E no dia anterior, quando Alek contou que era órfão, ela deveria ter percebido como a mágoa era recente pelo silêncio que ele fez.

Mas agora tudo estava à mostra, lágrimas escorriam pelo rosto, os soluços eram intensos. De alguma forma, ao se revelar, Alek perdera o controle sobre a tristeza.

— Pobre garoto — falou Deryn baixinho ao se ajoelhar ao lado dele. Alek estava encolhido contra a caixa da carga com as mãos no rosto.

— Sinto muito. — Ele fungou e pareceu envergonhado.

— Não seja idiota. — Ela se sentou ao lado de Alek com a caixa quente às costas. — Eu fiquei meio maluco quando meu pai morreu. Não falei por um mês.

Alek tentou dizer alguma coisa, mas não conseguiu. Ele tremeu ao engolir em seco com dificuldade, como se tivesse um nó na garganta.

— Shhh — falou Deryn, e afastou uma mecha de cabelo do rosto de Alek. As bochechas estavam úmidas de lágrimas. — E não se preocupe, não vou contar a ninguém.

Nem sobre o choro, nem sobre quem ele realmente era. Aquilo era óbvio agora. Ela fora uma bobalhona por não ter percebido antes. Alek tinha que ser o filho daquele tal duque que começou tudo isto. Deryn se lembrou do dia que subiu a bordo do *Leviatã* e ouviu que um aristocrata qualquer tinha sido assassinado, o que enfureceu os mekanistas.

Toda esta chateação por causa de um duque berrante, ela havia pensado tantas vezes. Claro, provavelmente não parecia ser assim para Alek. Ter os pais assassinados era exatamente igual ao mundo explodir, igual a uma guerra ser declarada.

Deryn se lembrou de que, depois do acidente do pai, a mãe e as tias tentaram transformá-la em uma menina decente — saias, chás e todo o resto. Como se quisessem apagar a velha Deryn e tudo o que ela havia sido. Deryn teve que lutar como uma louca para permanecer quem era.

Esse era o truque: continuar lutando, não importa o que acontecer.

— A cientista vai trazer o capitão para o nosso lado — disse Deryn baixinho. — E então nós sairemos daqui rapidinho. Você vai ver.

Não que ela tivesse plena certeza de que o plano de Alek sobre os motores funcionaria. Mas qualquer coisa era melhor do que ficar sentada ali esperando a sorte de bater uma brisa.

Alek engoliu em seco novamente e tentou recuperar a voz.

— Eles envenenaram meus pais. — Alek finalmente conseguiu falar. — Tentaram bombas e pistolas primeiro para fazer parecer que foram anarquistas sérvios, mas foi veneno no fim das contas.

— E foi apenas uma forma de começar esta guerra?

Ele concordou com a cabeça.

— Os alemães achavam que a guerra *tinha* que acontecer. Era apenas uma questão de tempo, e quanto mais cedo, melhor para eles.

Deryn começou a dizer que aquilo soava como uma loucura berrante, mas então se lembrou de todos os tripulantes que estiveram secos para entrar em batalha. Ela imaginou que sempre havia algum mané doido por uma luta.

Mas a situação ainda não fazia sentido.

— Sua família está no comando da Áustria, não é?

— Pelos últimos 500 anos mais ou menos, sim.

— Então, se os alemães mataram seu pai, por que eles estão sendo ajudados pela Áustria em vez de seu país dar uma boa surra no *kaiser*? Sua família não sabe o que aconteceu realmente?

— Eles sabem, ou pelo menos suspeitam. Mas meu pai não era muito popular com o resto da família.

— O que bolhas ele fez de errado?

— Ele se casou com a minha mãe.

Deryn ergueu uma sobrancelha. Ela já tinha visto famílias brigarem por causa das pessoas com quem os filhos se casavam, mas geralmente não chegavam ao ponto de lançar bombas.

— Os seus parentes são completamente malucos?

— Não, somos os governantes de um império.

Deryn considerou que isso era praticamente a mesma coisa, mas não comentou. Porém, falar sobre o assunto parecia ajudar Alek a recuperar o controle.

— O que tinha de tão errado com ela? — perguntou Deryn.

— Minha mãe não era de uma dinastia. Não era exatamente uma *plebeia*, fique sabendo, tinha uma princesa como ancestral. Mas para casar com um Habsburgo a pessoa tem que ser da realeza propriamente dita.

— Bem, é óbvio — disse Deryn. O jeito superior de Alek subitamente fez muito mais sentido. Ela supôs que, com o pai morto, o menino era o próprio duque, ou arquiduque, o que soava ainda mais arrogante.

— Então, quando eles se apaixonaram, tiveram que manter o sentimento em segredo — falou Alek baixinho.

— Bem, isso é muito romântico — exclamou Deryn. Quando Alek olhou para ela de um jeito curioso, Deryn abaixou a voz um pouco e acrescentou — Você sabe, todo esse segredo.

Algo parecido com um sorriso surgiu no rosto de Alek.

— Sim, creio que sim, especialmente do jeito que minha mãe contou. Ela era a dama de companhia da princesa Isabel de Croy. Quando meu pai começou a visitá-la, Isabel pensou que ele estivesse cortejando uma de suas filhas. Mas a princesa nunca conseguia descobrir de qual delas meu pai gostava. Daí, certo dia, ele esqueceu o relógio nas quadras de tênis.

Deryn deu um muxoxo de desdém.

— Claro, lá na minha terra eu vivo esquecendo meu relógio em quadras de tênis.

Alek revirou os olhos, mas continuou falando.

— Então Isabel abriu o relógio, esperando encontrar o retrato de uma das filhas dentro.

Deryn arregalou os olhos.

— E havia um retrato da sua mãe no lugar!

Alek concordou com a cabeça.

— Isabel ficou muito irritada. Despediu minha mãe.

— Que dureza. Perder o emprego apenas porque um duque qualquer gosta da pessoa!

— Perder o "emprego" foi o menor dos problemas. Meu tio-avô, o imperador, se recusou a permitir o casamento. Ele sequer falou com meu pai por um ano. Isso abalou o império inteiro. O *kaiser*, o czar, até mesmo o Santo Pai tentaram consertar as coisas.

Deryn ergueu uma sobrancelha e se perguntou novamente se Alek era maluco ou simplesmente mentiroso. Ele tinha mesmo acabado de dizer que o *papa* se metera nos assuntos de sua família?

— Mas finalmente eles chegaram a uma solução: um casamento por vias tortas.

— O que diabos isso quer dizer? — falou Deryn.

Alek secou as lágrimas do rosto.

— Eles podiam se casar, mas os filhos não herdariam nada. No que diz respeito ao meu tio-avô, eu não existo.

— Então você não é um arquiduque ou coisa alguma?

Ele fez que não com a cabeça.

— Apenas um príncipe.

— Apenas um príncipe? Bolhas, que *dureza*!

Alek se voltou para ela e apertou os olhos.

— Eu não espero que você entenda, Dylan.

— Desculpe — murmurou ela. Realmente não foi sua intenção debochar dele. O rompimento familiar custara a vida dos pais de Alek, afinal de contas. — É só que tudo isso soa meio esquisito.

— Creio que sim. — Ele suspirou. — Você não vai contar a ninguém, não é?

— Claro que não. — Ela esticou a mão. — Como eu disse, sua família não é da nossa conta.

Alek deu um sorriso triste ao se cumprimentarem.

— Eu gostaria que isso fosse verdade. Mas infelizmente nós passamos a ser da conta de todo mundo.

Deryn engoliu em seco e imaginou qual seria *aquela* sensação de a briga de família virar uma enorme guerra berrante. Não era surpresa que o pobre garoto parecesse tão abatido o tempo todo. Mesmo que nada daquilo fosse culpa de Alek, as tragédias sempre espalhavam as sementes da culpa aos borbotões.

Deryn ainda revia na mente o acidente com o pai uma dezena de vezes durante a noite, imaginava o que mais poderia ter feito para salvá-lo, se de alguma forma o fogo não tinha sido culpa dela.

— Você sabe que a culpa não é sua, certo? — falou ela baixinho. — Quero dizer, pelo que a Dra. Barlow falou, foram necessários cem políticos para tornar a situação tão ruim assim.

— Mas *eu* fui a causa do rompimento da minha família. Eu abalei tudo, e isso deu uma brecha aos alemães.

— Você é mais do que isso, de qualquer maneira. — Deryn pegou a mão dele. — Você é aquele que cruzou o gelo para salvar meu traseiro de uma geladura.

Alek olhou para ela, secou os olhos e sorriu.

— Talvez isso também.

— Alek? — A voz da Dra. Barlow surgiu do nada e o menino deu um salto.

Deryn sorriu enquanto se levantava e apontou para o lagarto-mensageiro no teto.

— O capitão concordou com sua proposta — continuou o monstrinho. — Por favor, me encontre em sua máquina ambulante. Precisamos de pelo menos dois tradutores para coordenar nossos engenheiros com seus homens.

Alek simplesmente ficou sentado ali, olhando horrorizado para o lagarto. Deryn sorriu e o puxou.

— Ele está esperando por uma resposta, seu idiota.

Alek engoliu em seco e falou com uma voz nervosa.

— Eu estarei lá assim que puder, Dra. Barlow. A senhora também pode pedir ajuda ao conde Volger. Ele fala um inglês perfeitamente bom quando quer. Obrigado.

— Fim da mensagem — acrescentou Deryn, e o monstrinho foi embora correndo.

Alek sentiu um calafrio.

— Ainda não estou acostumado com animais falantes, infelizmente. Parece um pouco herege fazê-los tão parecidos com seres humanos.

Deryn riu.

— Você nunca ouviu falar em papagaios?

— Isso é bem diferente. Eles *nasceram* para falar assim. Mas eu... eu quero lhe agradecer, Dylan.

— Pelo quê?

Alek ergueu as mãos vazias, e por um momento Dylan pensou que ele fosse chorar novamente, mas apenas disse:

— Por saber quem eu sou.

Em seguida, ele deu um abraço sem jeito em Deryn que durou apenas um instante. Depois se virou e saiu correndo da sala de máquinas em direção ao Stormwalker caído.

Enquanto a porta se fechava, Deryn sentiu um calafrio e foi tomada pela mais estranha sensação. Um formigamento bizarro restara onde os braços de Alek tinham envolvido os ombros dela — como o arrepio na membrana da aeronave quando um raio ao longe iluminava o céu.

Deryn se abraçou, mas a sensação não foi a mesma.

— Aranhas berrantes — murmurou baixinho, e se virou para verificar os ovos novamente.

◆ TRINTA E SEIS ◆

NO TURNO DE GUARDA DA TARDE SEGUINTE, Deryn e Newkirk estavam de vigia na espinha.

Durante a noite a nave tinha inchado, e o bucho do *Leviatã* estava rugindo após os monstrinhos se empanturrarem por um dia. Lá embaixo na neve, as últimas provisões estavam espalhadas e havia um bando de pássaros se alimentando. Deryn sentiu seu próprio estômago roncar com o café da manhã de biscoitos amanteigados e café. A tripulação só tinha permissão para comer o que os animais não tocavam.

Mas algumas pontadas de fome valiam a pena pela elasticidade da membrana debaixo dos pés de Deryn — retesada e saudável novamente. Os calombos espalhados pelos flancos do aeromonstro estavam desaparecendo. Por volta do meio-dia, o vento começou a arrastar a nave agora mais leve pela geleira, o que forçou os amarradores a encher os tanques de lastro com neve derretida.

No entanto, o Dr. Busk dissera que seria difícil erguer o peso dos motores mekanistas; ainda mais com cinco homens extras.

— Ele está se mexendo — disse Newkirk. — Ainda deve estar vivo.

Deryn ergueu o olhar para o Huxley. O Sr. Rigby insistiu em vigiar do ar, dizendo que não deixaria seus últimos dois aspirantes sofrerem geladuras por passarem várias horas no céu gelado, mesmo que isso significasse fugir escondido da enfermaria.

— Melhor puxá-lo logo — disse Deryn. — O Dr. Busk vai arrancar a nossa pele se ele congelar lá em cima.

— Sim — falou Newkirk ao assoprar as mãos. — Mas, se ele descer, um de nós terá que subir de volta.

Deryn deu de ombros.

— É melhor do que cuidar dos ovos.

— Pelo menos cuidar dos ovos é uma tarefa *quente*.

— Bem, o senhor ainda estaria cuidando disso, Sr. Newkirk, se não tivesse matado um dos ovos berrantes da cientista.

— Não é culpa minha que a gente esteja preso neste iceberg!

— É uma geleira, seu bobalhão!

Newkirk resmungou algo desagradável e saiu em um rompante, batendo os pés nas escamas duras da espinha. Ele alegou que o desastre com o ovo fora culpa da Dra. Barlow por não ter explicado a medição de temperatura dos mekanistas, mas um número era um número, considerou Deryn.

Ela quase o chamou de volta para pedir desculpas, mas apenas praguejou. Era melhor ver como o trabalho estava andando nas novas nacelas dos motores.

Deryn ergueu o binóculo...

Os motores dianteiros ficavam no meio dos flancos da aeronave e se projetavam como um par de orelhas. O topo de ambas as nacelas tinha sido removido e havia uma confusão de maquinaria mekanista grande demais saltando para todos os lados. Alek estava trabalhando no motor de bombordo, com Hoffman e o Sr. Hirst, o engenheiro-chefe da aeronave. Todos conversavam animadamente e agitavam os braços no vento frio.

A operação inteira parecia andar devagar. Lá pelo meio-dia, o motor de estibordo — onde Klopp e Bauer estavam trabalhando — ganhou vida e fez barulho por alguns segundos, e a membrana roncou debaixo dos pés de Deryn. Mas algo deve ter quebrado. O motor parou soltando um guincho, e os mekanistas passaram a hora seguinte jogando pedaços de metal queimado na neve.

Deryn se virou para vasculhar o horizonte. Já havia se passado mais de um dia desde o ataque dos Condores. Os alemães não dariam mais tempo para eles. Alguns aeroplanos de reconhecimento já tinham espiado sobre as montanhas, apenas para se certificarem de que a nave ferida não havia ido a lugar algum. Todos diziam que os alemães estavam calmamente reunindo uma força avassaladora. O ataque ocorreria a qualquer minuto.

E, ainda assim, o olhar de Deryn voltou para Alek. Ele estava traduzindo para Hoffman naquele momento, apontando para a parte da frente das nacelas dos motores. Alek girou as mãos como hélices, e Deryn sorriu ao imaginar a voz dele por um instante.

Então ela abaixou o binóculo de campanha e praguejou, parando de pensar besteira. Ela era um soldado, não uma menina qualquer girando a saia em uma dança de quadrilha.

— Sr. Sharp! — gritou Newkirk. — Rigby está em apuros!

Ela olhou para cima. Newkirk já estava girando o guincho como um louco. Uma fita amarela de emergência tremulou do Huxley e as bandeirolas de sinalização estavam se mexendo. Deryn ergueu o binóculo de campanha.

As letras passaram voando no dobro da velocidade, e ela havia perdido o início da mensagem por sonhar acordada como uma idiota. Mas o sentido da mensagem logo ficou evidente.

...D-O—L-E-S-T-E—O-I-T-O—P-E-R-N-A-S—E—B-A-T-E-D-O-R-E-S

Deryn franziu a testa e se perguntou se tinha interpretado mal os sinais. "Pernas" significavam uma máquina ambulante, é claro, mas não havia andadores de oito pernas listados no *manual*. Até mesmo os maiores encouraçados mekanistas precisavam de apenas seis para se locomover.

E ali era a Suíça, ainda território neutro. Será que os alemães ousariam atacar por terra?

Mas enquanto Rigby repetia os sinais, as palavras passaram voando novamente, claras como a luz do dia. Juntamente com outra informação:

E-S-T-I-M-A-T-I-V-A—Q-U-I-N-Z-E—Q-U-I-L-Ô-M-E-T-R-O-S —V-I-N-D-O—R-Á-P-I-D-O

De repente o cérebro de Deryn voltou a se concentrar completamente em ser um soldado.

— Você consegue descê-lo sem mim, Newkirk? — gritou ela.

— Sim, mas e se ele estiver ferido?

— Não está. São os mekanistas berrantes... e estão vindo por *terra*! Temos que dar o alerta.

Deryn puxou o apito de comando e assobiou o sinal de um inimigo se aproximando. Um farejador de hidrogênio próximo levantou as orelhas e depois começou a dar um uivo de alerta.

O lamento se espalhou pela nave, de farejador em farejador, como uma sirene viva de ataque aéreo. Em instantes, homens estavam correndo por todos os lados. Deryn procurou pelo oficial da vigia — lá estava ele, o Sr. Rolland, correndo em direção a ela pela espinha.

— Informe, Sr. Sharp.

Ela apontou para o Huxley.

— É o contramestre, senhor. Ele avistou outro andador a caminho!

— O Sr. Rigby? O que diabos *ele* está fazendo voando?

— Ele insistiu, senhor. O andador tem oito pernas, diz ele. Eu verifiquei essa parte duas vezes.

— *Oito?* — falou o Sr. Roland. — Deve ser um cruzador, no mínimo.

— Sim, é grande, senhor. Ele viu a 15 quilômetros de distância.

— Bem, que sorte. Os grandes não são tão rápidos. Teremos uma hora pelo menos antes que chegue aqui. — Ele se virou e estalou os dedos para um lagarto-mensageiro que passava correndo.

— Perdão, senhor, mas o Sr. Rigby falou "vindo rápido". Talvez esse seja um modelo ligeiro.

O amarrador-mestre franziu a testa.

— Parece improvável, rapaz. Mas verifique com os mekanistas. Veja se eles sabem algo sobre essa coisa de oito pernas. Depois informe à ponte.

Deryn bateu continência, deu meia-volta e desceu.

Como havia cabos pendurados por toda a espinha, Deryn prendeu uma carabina e fez rapel para descer quicando flanco abaixo. O cabo assobiou entre as luvas e a carabina de metal ficou quente enquanto ela escorregava.

A pulsação de Deryn começou a disparar; a onda da iminente batalha apagava tudo mais. A nave ainda estava indefesa, a menos que os mekanistas conseguissem fazer os motores funcionarem.

Quando as botas de Deryn bateram nos suportes de metal da nacela, o Sr. Hirst ergueu o olhar da confusão de engrenagens. Ele estava apoiado na beirada do motor, sem um cabo de segurança à vista.

— Sr. Sharp! Que uivo todo é esse?

— Outro andador foi avistado, senhor — falou ela, e se virou para Alek. O rosto dele estava sujo com listras de graxa, parecia uma pintura negra de guerra. — Não temos certeza de que tipo, mas ele tem oito pernas, então calculamos que seja grande.

— Parece ser o *Hércules* — disse Alek. — Passamos por ele na fronteira suíça. É uma fragata de uma tonelada, um protótipo novo.

— Mas é rápido?

Alek concordou com a cabeça.

— Quase tão rápido quanto o nosso andador. Você disse que ele está aqui na Suíça? Os alemães ficaram *malucos*?

— Bastante. Ele está 15 quilômetros a leste e tem batedores. Quanto tempo acha que teremos?

Alek falou com Hoffman por um momento, traduzindo para o alemão. Deryn notou os pés batendo enquanto esperava, as mãos ardiam

"AVISANDO A NOVA EQUIPE DE MAQUINISTAS."

por ter agarrado firme o cabo. Um pulo e ela estaria escorregando em direção à ponte.

— Talvez vinte minutos? — disse Alek finalmente.

— Bolhas! — praguejou ela. — Estou descendo para avisar os oficiais. Tem mais alguma coisa que eles deveriam saber?

Hoffman pegou Alek pelo braço e murmurou rápido em mekanistês. Os olhos de Alek se arregalaram ao escutar.

— Isso mesmo — falou ele. — Esses batedores que você mencionou... nós os vimos também. Eles estão armados com sinalizadores cheios de uma espécie de fósforo grudento!

Todo mundo ficou calado por um momento. Fósforo... a substância perfeita para queimar um respirador de hidrogênio.

Talvez os alemães não estivessem planejando capturá-los, afinal de contas.

— Bem, prossiga, rapaz! — gritou o Sr. Hirst para Deryn. — Vou mandar um lagarto para o outro motor. E vocês dois, vamos dar partida nesta engenhoca!

Deryn deu um último olhar para Alek e saiu do suporte. Ela caiu em direção à ponte com o cabo quente assobiando entre as mãos enluvadas.

● TRINTA E SETE ●

– MAS O MOTOR AINDA NÃO ESQUENTOU! — gritou Alek. — Um pistão pode rachar neste frio!

— Que funcione ou não — berrou Hirst para ele de volta. — A nave vai decolar de um jeito ou de outro!

O engenheiro-chefe do *Leviatã* tinha razão. Abaixo deles, a água do lastro cintilava sob a luz do sol ao transbordar dos tanques dianteiros. O convés de metal subiu debaixo dos pés de Alek feito uma embarcação oceânica levantada por uma onda. Homens voltavam aos montes pela neve em direção à aeronave, os uivos e assobios dos animais hereges ecoando como uma selva ao redor deles.

A aeronave se mexeu outra vez, e o gelo se soltou das amarras ao se esticarem e se retesarem. O Sr. Hirst estava correndo do lado de fora da nacela para cortar os cabos usados para içar as peças dos motores. Em poucos instantes, todas as conexões com o solo seriam rompidas.

Mas o motor ainda não estava plenamente pronto. Metade das velas ainda não tinha sido testada, e Klopp havia proibido de dar partida antes que ele examinasse os pistões pessoalmente.

— Será que vai funcionar? — perguntou Alek para Hoffman.

— Vale a pena tentar, senhor. Apenas dê a partida devagar.

Alek se virou para os controles. Ainda era estranho ver os ponteiros e medidores do Stormwalker fora do lugar habitual, a cabine de pilotagem, e as engrenagens e os pistões que deveriam estar no ventre do andador expostos a céu aberto.

Quando ele ajustou as velas, voaram faíscas em volta da cabeça.

— Devagar agora — disse Hoffman ao colocar os óculos de proteção.

Alek segurou a única alavanca — a outra estava no motor de estibordo com Klopp — e a empurrou delicadamente para a frente. As engrenagens giraram, cada vez mais rápido, até que o ronco do motor fez a nacela inteira tremer. Ele olhou para trás e viu as entranhas roubadas do Stormwalker girando diante dos olhos e uma fumaça negra saindo dos canos de escapamento.

— Espere pela ordem! — gritou o Sr. Hirst mais alto do que o ronco.

Ele apontou para a listra de sinalização na membrana da aeronave. Ela era feita de pele de siba, segundo a explicação do engenheiro-chefe, conectada na ponte a receptores por meio de tecido nervoso fabricado. Quando os oficiais da nave colocavam papéis coloridos nos sensores, a listra de sinalização imitava perfeitamente o tom, como uma criatura camuflada na natureza. Vermelho intenso significava força máxima à frente, roxo indicava meia força, e azul significava um quarto de força, com outros tons intermediários.

Mas com aqueles motores não testados, Alek duvidava de que sua noção de "meia força" fosse a mesma de Klopp. Poderia levar dias para achar o equilíbrio correto, e os alemães estariam ali em minutos.

As amarras se debatiam conforme eram cortadas pelos amarradores, e Alek sentiu outro solavanco debaixo dos pés. O vento frio estava empurrando a nave no momento, fazendo o grande monstro deslizar de lado pela geleira.

— Um quarto de força! — gritou Hirst. A listra de sinalização tinha ficado azul-escura.

Alek pisou devagar no pedal. A hélice respondeu. Ela rodou lentamente por um instante, depois as engrenagens giraram e fizeram as pás virarem em um borrão.

Em pouco tempo a hélice estava jogando um vento gelado sobre a nacela descoberta. Alek se abaixou mais e fechou bem o casaco. Como seria a sensação de força *máxima*?

— Um pouco menos — gritou Hirst.

Alek olhou para a listra de sinalização, que tinha ficado mais clara. Ele puxou a alavanca um pouco para trás, tomando cuidado para não desligar o motor.

— Ouviu isto? — falou Hoffman no silêncio relativo. — O motor do Klopp.

Alek prestou muita atençã... e distinguiu um ronco distante. Enquanto o próprio motor ficou mais lento, o de Klopp seguia firme empurrando o *Leviatã* para uma curva gradual à esquerda.

— Está funcionando! — gritou ele, surpreso que os motores do Stormwalker pudessem mover algo tão grande pelo céu.

— Mas por que estamos virando para o leste? — perguntou Hoffman. — Não é de lá que está vindo a fragata?

Alek traduziu a pergunta para o Sr. Hirst.

— Pode ser que o capitão queira ganhar velocidade no vale. Estamos um pouco pesados graças aos seus motores, e o avanço dá sustentação à nave. — Ele apontou para trás com o polegar. — Ou pode ser que ele tenha avistado aqueles danados lá atrás...

Alek se virou e olhou através do borrão das pás da hélice. Atrás deles, uma frota de aeronaves estava passando sobre as montanhas: Condores, Predadores de Interceptação e um Albatroz, uma gigantesca nave de assalto com planadores pendurados na gôndola. Um enorme ataque aéreo, sincronizado para acontecer assim que o *Hércules* e seus batedores chegassem da Áustria.

O engenheiro-chefe se recostou nos suportes e apoiou um pé na junta principal casualmente.

— Espero que esta sua engenhoca barulhenta esteja pronta — disse ele após colocar os óculos de proteção.

— Eu também espero. — Alek ajustou os próprios óculos e voltou para os controles. O nariz do *Leviatã* virou devagar para o leste até a aeronave finalmente ficar virada para a extensão do vale.

A listra de sinalização ficou com um tom de vermelho intenso.

Alek não esperou pela ordem de Hirst. Empurrou com força a alavanca para a frente. O emaranhado de engrenagens e pistões estalou por um momento, mas em seguida o motor roncou e voltou à vida, a hélice girando e refletindo a luz do sol.

— Verifique seu rumo! — gritou Hirst mais alto do que o barulho.

Alek percebeu o que o homem queria dizer: a aeronave estava desviando para estibordo, o motor dele estava acelerando mais do que o de Klopp. Os dentes escuros das montanhas avultavam à frente.

Ele puxou a alavanca um pouco para trás, porém, um momento depois, a nave estava virando muito para o outro lado. Klopp também devia ter visto a curva e acelerou o próprio motor para compensar.

Alek rosnou de frustração. Era como se dois homens tentassem pilotar um andador, cada um controlando uma perna.

O Sr. Hirst riu.

— Não se preocupe, rapaz. O aeromonstro já entendeu agora — gritou ele.

Alek apertou os olhos diante do vento gelado. Ao lado dele, o flanco da criatura ganhou vida e ondulou como um gramado sob um forte vento.

— O que está acontecendo?

— Eles são chamados de cílios. Funcionam como pequenos remos agitando o ar. O monstro vai nos estabilizar, mesmo que seus motores mekanistas não consigam.

"FORÇA MÁXIMA."

Alek engoliu em seco, incapaz de tirar os olhos da superfície ondulante do aeromonstro. Enquanto trabalhava nos motores, tentou pensar na aeronave como uma enorme máquina. Agora, ela havia se transformado em uma criatura viva novamente.

De alguma maneira, estavam sendo guiados vale adentro pelos minúsculos cílios. Era como cavalgar, considerou Alek. A pessoa podia dizer para onde ir, mas o cavalo escolhia onde pisar.

Hoffman cutucou o ombro de Alek.

— Diga adeus para nosso lar feliz, jovem mestre.

Alek olhou para a esquerda. O castelo passou voando ao lado deles. Havia provisões para dez anos e ele passara apenas duas noites lá...

Porém, o castelo estava perto demais — as muralhas estavam quase da mesma altura que o motor. Embaixo de Alek, os cabos continuavam se arrastando pela neve. E eles estavam indo bem na direção da fragata e dos batedores.

— Não estamos subindo!

— Parece que estamos carregando uma meia tonelada a mais ou algo assim — gritou Hirst. — Os cientistas não podem ter errado tanto! Você tem certeza de que estes motores não pesam mais do que nos informou?

— Impossível! O mestre Klopp sabe o peso exato de cada peça do Stormwalker.

— Bem, *alguma coisa* está nos prendendo! — berrou Hirst.

Alek viu lampejos de luz diante deles: mais lastro transbordando dos tanques dianteiros. Então alguma coisa sólida passou girando abaixo.

— Pelas chagas de Deus! — praguejou Hoffman. — Aquilo era uma cadeira!

— O que está acontecendo? — gritou Alek para Hirst.

O engenheiro-chefe observou outra cadeira caindo.

— Eles soaram um alarme de lastro. Tudo o que for dispensável é para ser jogado fora. — Hirst apontou para a frente. — E lá está o motivo!

Alek apertou os olhos contra o vento gelado. Uma névoa branca surgiu ao longe. Pernas metálicas reluziram sob a luz do sol e levantaram uma nuvem de neve.

O *Hércules* subia correndo o vale em direção a eles. Àquela altitude, a ponte do *Leviatã* iria colidir diretamente com o convés de artilharia.

O instinto de Alek foi puxar a alavanca, mas a listra de sinalização continuava vermelha. Perder velocidade significava perder sustentação, o que só pioraria as coisas. E virar levaria o *Leviatã* para os canhões dos zepelins que perseguiam o aeromonstro.

Hoffman agarrou o braço dele, aproximou-se e murmurou rápido em alemão:

— Isto pode ser culpa do conde.

— O que quer dizer? — perguntou Alek.

Ele mal tinha visto Volger desde a discussão no dia anterior. O conde concordara de mau humor com o plano, mas não ajudara em nada com os motores. Tinha passado o dia indo e voltando dos destroços do Stormwalker, transferindo o rádio e as peças sobressalentes para suas novas cabines no *Leviatã*.

— Estávamos levando coisas para a sua cabine, senhor. Duas vezes ele mandou que eu enrolasse uma barra de ouro em suas roupas. E eram pesadas.

Alek fechou os olhos. No que Volger estava *pensando*? Cada barra de ouro pesava 20 quilos. Uma dúzia de barras escondidas seria como ter três passageiros clandestinos a bordo!

— Assuma os controles! — gritou ele.

● TRINTA E OITO ●

OS SUPORTES QUE LEVAVAM À AERONAVE estavam vibrando como cordas de piano e pulsavam ao ritmo do motor. O metal tremeu nas mãos de Alek. Ele se segurou firme contra o vento gelado e passou pelo assustado engenheiro-chefe ao subir depressa.

— Aonde você está indo? — gritou o homem.

Alek não respondeu, o olhar estava fixo no chão que passava rápido embaixo. Ele não entendia como Dylan subia correndo por aqueles cabos de maneira tão casual. Os cintos de segurança feitos de couro que os darwinistas usavam mal pareciam ser grossos o suficiente para sustentar o peso de um homem. Obviamente, os cintos deviam ser feitos de couro *fabricado*, mas isso era apenas mais perturbador.

Os cílios ondulavam freneticamente no flanco da criatura, um oceano de grama reluzente, e as enxárcias tremulavam ao vento. Pelo menos Alek não precisou encarar a escada de corda. Os suportes levavam direto a uma escotilha de acesso entre duas costelas que sustentavam o peso do motor. Alek entrou se arrastando e desceu.

Depois do vento gelado lá fora, o calor das entranhas da criatura era acolhedor, mesmo com o cheiro esquisito e pungente. As costelas tinham um conjunto de vigas transversais entre si, portanto, Alek pôde imaginar que estava simplesmente descendo uma escada em vez de estar sob a pele de um imenso monstro.

Ele tinha sido um tolo por não se dar conta de que Volger iria levar clandestinamente tudo que pudesse a bordo da aeronave. O sujeito jamais parava de tramar, nunca deixava de planejar o próximo passo. Os preparativos de Volger para a guerra levaram 15 anos, afinal de contas. Ele não deixaria um quarto de tonelada de ouro para trás sem lutar.

Alek chegou ao fim da escada, depois desceu por outra escotilha para a gôndola principal. Mas então parou e vasculhou os corredores oscilantes da nave...

Onde ficava o camarote de Volger? Por ter trabalhado a noite inteira nos motores, Alek nem sequer dormira no próprio camarote. Seu senso de direção não foi ajudado pelo fato de os tripulantes estarem correndo por toda parte, carregando móveis e uniformes sobressalentes para serem jogados fora da nave.

Então Alek notou que o piso da gôndola estava um pouquinho inclinado para a esquerda. É claro. Os camarotes nos quais eles estavam acomodados ficavam todos a bombordo. E na direção da proa — então o ouro estava abaixando o nariz da aeronave!

Ele correu para a frente até avistar o corredor familiar. Alek escancarou a porta do camarote de Volger. A cabine estava vazia, exceto por uma cama, um armário e o rádio do Stormwalker sobre a mesa.

Volger não deixara o ouro à vista de todos, é claro. Alek abriu as gavetas, mas não encontrou nada. O armário guardava apenas roupas e armas tiradas do castelo.

Ao se abaixar no chão, viu uma valise para mapas debaixo da cama. Estendeu o braço e tentou puxá-la para fora, mas a valise não cedeu — era tão pesada quanto um bloco de ferro. Ele apoiou os pés contra a cama e puxou com as duas mãos, mas ainda assim a mala não se mexeu.

Então Alek se deu conta de que a cama deveria ser bem mais leve do que o ouro e a empurrou para o lado. Mas os fechos da valise para mapas estavam trancados. Ele teria que jogar o conjunto inteiro fora. Alek ficou de pé e abriu a janela, então tentou levantá-la.

A valise não se ergueu um centímetro do chão. Era pesada demais.

— Pelas chagas de Deus! — praguejou Alek ao dar um chute no fecho.

— Procurando por isto?

Alek ergueu o olhar. O conde Volger estava parado na porta segurando uma chave.

— Me dê isso ou estamos todos mortos!

— Ora, é óbvio. Por que acha que estou aqui? — Volger fechou a porta e cruzou o quarto. — Um negócio cruel, descer daquelas nacelas.

— Mas por quê?

Volger se ajoelhou ao lado da valise.

— Klopp precisava de uma tradução.

— Não! — gemeu Alek. — Por que você *fez isto*?

— Por que eu trouxe uma enorme fortuna em ouro comigo? Imaginei que seria evidente. — Volger destrancou a valise ao girar a chave e depois a abriu.

As barras de ouro tinham um brilho fraco. Era uma dúzia delas — mais de 200 quilos. Volger ergueu uma barra com as duas mãos e gemeu ao jogá-la pela janela.

— Bem, lá se foram setenta mil coroas — disse Volger.

Alek se curvou e ergueu outra barra, os músculos das mãos berrando ao levantá-la e jogá-la fora.

— Você quase nos matou! Ficou maluco?

— Maluco? — murmurou Volger ao erguer outra barra. — Por tentar salvar o pouco da herança que você ainda não jogou fora?

— Isto é uma *aeronave*, Volger. Cada grama faz diferença. — Alek tirou outra barra da valise. — E você traz barras de ouro a bordo?

— Eu não achei que os darwinistas fossem chegar tão perto do limite de peso. — Volger gemeu de novo quando outra barra de ouro saiu voando. — E apenas imagine como você teria ficado contente se eu estivesse *certo*.

Alek suspirou. Ao trabalhar com a tripulação do *Leviatã*, ele pegara a mania dos aeronautas com peso. Mas Volger pensava em termos de canhões pesados e andadores blindados.

Alek empurrou outra barra pela janela; restavam apenas seis.

— Mas é melhor terminarmos o serviço — disse Volger. — Jogue tudo fora, como o andador, o castelo e dez anos de provisões!

— Então *essa* é a questão? — falou Alek ao levantar outra barra. — Que eu joguei fora todo o seu trabalho? Você não percebe que ganhamos algo mais importante?

— O que pode ser mais importante do que seu patrimônio?

— Aliados. — Alek empurrou a barra de ouro pela janela. Ao cair, pensou ter sentido o convés se nivelando debaixo dos pés. Talvez estivesse funcionando.

— Aliados? — Volger deu um muxoxo de desdém, depois ergueu outra barra e a atirou pela janela. — Então vale a pena jogar fora tudo que seu pai lhe deixou pelos seus novos amigos?

— Não tudo. A minha vida inteira, você e meu pai me prepararam para esta guerra. Graças a isso, eu não preciso me esconder. Vamos, só sobraram quatro. Nós dois podemos levantá-las ao mesmo tempo.

— Ainda é pesado demais. — Volger fez que não com a cabeça. — Seu pai era um idealista e um romântico, e pagou um preço caro por isso. Eu sempre torci para que você herdasse um pouco do pragmatismo da sua mãe.

Alek olhou para a valise.

Apenas quatro barras de ouro... Ele se perguntou o que um menino como Dylan diria diante de tanta fortuna. Talvez o que Volger tinha feito não fosse uma loucura tão grande assim.

— Bem, talvez a gente possa guardar uma barra.

Volger sorriu ao se ajoelhar, tirou uma das barras e colocou novamente debaixo da cama.

— Talvez haja esperança para você afinal de contas, Alek. Vamos?

"ALIJANDO OS ÚLTIMOS LINGOTES."

Alek se ajoelhou do outro lado e juntos eles ergueram a valise, deixando o rosto de Volger vermelho com o esforço. O garoto sentiu os próprios músculos latejando nos braços.

Finalmente a valise ficou apoiada no peitoril. Alek deu um passo para trás e, em seguida, se jogou contra ela com o máximo de força possível.

As últimas três barras saíram da valise ao caírem em direção à neve, girando freneticamente, brilhando à luz do sol. Alek sentiu a mão firme de Volger no ombro como se o homem pensasse que fosse cair com elas. A aeronave se empinou debaixo dos pés de Alek e rolou para estibordo conforme o peso do ouro de seu pai caiu.

— Mas realmente não pensei que isso fosse problema, não em uma nave tão grande assim — falou Volger baixinho. — Eu jamais quis colocar você em perigo.

— Eu sei disso. — Alek suspirou. — Tudo que você fez foi para me proteger. Mas escolhi um caminho diferente agora, um menos seguro. Ou você reconhece isso ou vamos nos separar assim que esta nave pousar.

O conde Volger respirou fundo, devagar, e depois se curvou.

— Eu continuo a seu serviço, sua serena alteza.

Alek mudou a direção do olhar e começou a falar mais. Porém, uma luz brilhou lá fora e ambos se debruçaram na janela novamente.

Sinalizadores desenhavam arcos vindo do solo. O *Leviatã* tinha alcançado os primeiros batedores alemães. Os morteiros estavam disparando, mandando brasas brilhantes para o ar. Alek sentiu o cheiro forte e familiar de fósforo, e o rugido de um canhão próximo alcançou os ouvidos.

— Espero que não tenha sido tarde demais.

◉ TRINTA E NOVE ◉

– LEVANTEM OS TRASEIROS, MONSTRINHOS! — berrou Deryn ao mandar outro grupo de morcegos para o ar.

O Sr. Rigby tinha enviado os aspirantes para a frente a fim de aliviar o peso da proa. Alguma coisa pesada estava mantendo o nariz da aeronave para baixo. Ou isso ou as células dianteiras de hidrogênio estavam vazando loucamente. Mas os farejadores não encontraram o menor rasgo.

Dali de cima, Deryn conseguia ver o vale inteiro, e a visão era terrível. A máquina ambulante dos mekanistas tinha parado a alguns quilômetros de distância. Os batedores formaram uma longa fileira na neve e esperavam que a aeronave voasse ao alcance das armas.

De repente, a membrana empinou debaixo dos pés de Deryn. O nariz se ergueu um pouco.

— Você sentiu isto? — berrou Newkirk do outro lado da proa.

— Sim, *alguma coisa* está funcionando — respondeu Deryn. — Continue agitando os monstrinhos!

Deryn soltou o cabo de segurança e correu, gritando e sacudindo os braços em direção a outro grupo de morcegos. Eles se viraram para encará-la com uma expressão de dúvida antes de fugirem — ainda não tinham comido os dardos.

E não comeriam tão cedo. No momento em que soou o alarme de lastro, o Sr. Rigby jogou dois sacos inteiros de dardos fora. Se os zepelins alcançassem o *Leviatã*, ele estaria indefeso com os morcegos entupidos de comida — mas nenhum metal — e agora espalhados aos quatro ventos.

Pelo menos os motores mekanistas emprestados estavam funcionando até o momento. Eles eram barulhentos e fedorentos, soltavam faíscas que deixavam Deryn arrepiada, mas como impulsionavam a nave, ora bolhas!

Os antigos motores apenas empurravam o aeromonstro na direção certa, como um lavrador mexendo na orelha de um burrico. Mas agora a situação se invertera: os cílios estavam agindo como um leme que indicava o curso enquanto os motores mekanistas impulsionavam a nave.

Deryn não tinha percebido que a baleia podia ser tão sabichona ao se adaptar aos novos motores tão rapidamente. E ela nunca tinha visto uma aeronave se mover tão rápido. Os zepelins em perseguição, alguns deles interceptadores pequenos e velozes, já estavam ficando para trás.

Mas as máquinas terrestres alemães continuavam esperando bem em frente.

A nave deu um novo solavanco, Deryn perdeu o equilíbrio e escorregou flanco abaixo. O pé se prendeu em uma enxárcia e ela parou bruscamente.

— A segurança em primeiro lugar, Sr. Sharp! — gritou Newkirk e estalou os cintos de segurança que passavam pelos ombros como suspensórios.

— Muito convencido para um vagabundo — murmurou Deryn ao prender o fecho em uma enxárcia. Ela soltou outro grito desanimado para os morcegos, mas a nave não parecia precisar mais daquilo. O nariz estava subindo à base de solavancos e se empinava para o céu a cada dez segundos mais ou menos.

Parecia que estavam jogando oficiais pelas janelas frontais da ponte! Mas pelo menos a nave estava subindo.

Deryn foi um pouquinho à frente com cuidado até ter uma boa visão dos alemães.

Os pequenos veículos batedores, máquinas agitadas como pernilongos de metal, estavam disparando morteiros. Mas o bombardeio era composto apenas de sinalizadores, que não foram feitos para subir muito alto. Eles desenhavam um arco a alguns metros de altura e queimavam à toa ali, chamuscando o ar debaixo do ventre da gôndola.

Porém, no momento, os canhões do grande andador de oito pernas estavam subindo enquanto acompanhavam a aeronave, mas não atiravam. Na velocidade em que o *Leviatã* se encontrava, eles conseguiriam realizar apenas um disparo antes que a nave passasse pelo andador.

Um apito de comando começou a soar bem alto, uma longa nota aguda demais, quase impossível de ouvir. O sinal para todos os tripulantes irem para a popa!

Deryn deu meia-volta e correu. Pelos dois lados, os farejadores disparavam a caminho do rabo da nave. A espinha estava lotada de homens e monstros, todos correndo na mesma direção, com os artilheiros dos canhões de ar comprimido puxando as armas para levá-las com eles.

Era uma última tentativa desesperada de mover cada tiquinho de peso para a traseira da nave. Feito ao mesmo tempo, tudo aquilo iria levantar o nariz da nave e faria com que subisse ainda mais no ar.

No meio do caminho, Deryn viu clarões na neve lá embaixo e olhou para trás. As bocas dos canhões do andador estavam cuspindo fogo, e a fumaça saía formando nuvens.

Antes de o estrondo sequer chegar aos ouvidos dela, a aeronave empinou de novo — com mais força agora, como se alguém tivesse jogado fora um piano de cauda. O nariz voou para cima e escondeu o andador alemão da vista de Deryn, e o convés rolou com força para estibordo. Seja lá o que tivessem descartado, fora a bombordo.

Ela ouviu em seguida o trovão atrasado dos canhões, e os projéteis começaram a passar. Eram enormes bombas incendiárias que acenderam o céu como relâmpagos que tivessem sido petrificados.

Uma bomba passou voando tão perto que Deryn sentiu o calor nas bochechas e testa. O ar queimou e secou instantaneamente, e seus olhos foram obrigadas a fechar pela fúria do projétil. A luz provocada pelos disparos flamejantes espalhou pela membrana as sombras dos homens e dos monstros, que foram esticadas e deformadas pelas curvas da aeronave.

Mas o bombardeio inteiro estava passando bem longe a bombordo.

A perda repentina de peso, seja lá o que tenha sido, havia rolado a nave para fora do caminho bem na hora. E o trabalho que os amarradores tinham feito nos últimos dias segurou as pontas — nem um tiquinho de hidrogênio estava vazando da pele.

Mas Deryn continuava correndo para a traseira da nave assim como o resto dos tripulantes do topo. Não apenas para fazer o aeromonstro subir mais, como também para ver a parte de trás.

Lá estava ele de novo, o andador de oito pernas, agora surgindo pela popa. Os canhões giravam para tentar dar meia-volta e atirar mais uma vez, mas os novos motores mekanistas do *Leviatã* estavam afastando a nave rápido demais.

Quando os canhões cuspiram fogo novamente, os projéteis flamejantes atingiram o solo a dezenas de metros dele. Eles caíram sobre a neve e descarregavam sua fúria lá, as máquinas ambulantes sumindo atrás de uma cortina de vapor.

Deryn se uniu à comemoração que tomou conta da espinha. Os farejadores de hidrogênio uivaram junto, meio enlouquecidos com toda aquela confusão.

Newkirk apareceu, ofegante e coberto de suor, e deu um tapinha no ombro de Deryn.

— Bolhas! Que boa luta, hein, Sr. Sharp?

— Sim, foi. Só espero que tenha acabado.

Ela ergueu o binóculo de campanha para dar uma olhada nos zepelins, agora com a silhueta recortada pelo poente. Tinham ficado ainda

"OS PROJÉTEIS DO *HÉRCULES* PASSAM LONGE."

mais para trás, irremediavelmente superados pelos motores do Storm-walker.

— Eles nunca vão nos alcançar agora — falou Deryn. — Não com o cair da noite.

— Mas eu pensei que aqueles Predadores fossem rápidos!

— E são. Só que somos mais, agora que temos aqueles motores instalados.

— Mas eles não têm motores mekanistas também? — perguntou Newkirk.

Deryn franziu a testa e desceu o olhar pelos flancos do *Leviatã*. Os cílios estavam se movendo loucamente e conduziam o fluxo de ar ao redor da nave. De alguma forma, eles adicionavam as correntes do céu ao poder bruto dos motores.

— Somos uma coisa diferente agora. Um pouco de nós e um pouco deles.

Newkirk pensou por um momento, depois soltou um muxoxo e deu um outro tapinha nas costas dela.

— Bem, francamente, Sr. Sharp, não me importo se o próprio *kaiser* nos der uma força, desde que isso nos tire deste iceberg.

— Geleira. Mas você está certo, é bom voar novamente.

Ela fechou os olhos e respirou fundo o ar gelado, sentindo a nova e estranha vibração da membrana debaixo das botas.

O instinto do ar já a informava que o monstro estava desviando para o sul e rumando para o Mediterrâneo. Os zepelins lá atrás eram passado; o Império Otomano jazia à frente.

Fosse lá em que tipo de híbrido confuso os mekanistas tivessem tornado o *Leviatã*, ele havia sobrevivido.

◈ QUARENTA ◈

OS PISTÕES ERAM OS MAIS DIFÍCEIS DE DESENHAR. Havia alguma coisa na maneira como se encaixavam — a lógica mekanista deles — que provocava bolhas no cérebro de Deryn.

Ela passou a tarde inteira fazendo esboços dos motores, imaginando os desenhos em alguma futura edição do *Manual de Aeronáutica*. Mas mesmo que ninguém os visse, o dia quente era desculpa suficiente para relaxar. A aeronave estava a apenas 30 metros acima da água, o sol da tarde era refletido pelas ondas e deixava tudo cintilando. Após três noites encalhada em uma geleira, aquela parecia ser a tarde perfeita para deitar nas enxárcias, absorver o calor e desenhar.

Porém, mesmo com o mar Mediterrâneo estendendo-se por todas as direções, os mekanistas nunca pareciam relaxar. Alek e Klopp estavam ocupados nas nacelas desde o meio-dia, fazendo para-brisas para proteger os pilotos que giravam os motores. Era assim que eles estavam se chamando — *pilotos*, não maquinistas ou qualquer termo adequado da Força Aérea. Já haviam se esquecido de que os verdadeiros pilotos estavam na ponte.

Por outro lado, ela ouviu rumores de que a nave não *precisava* mais de pilotos, darwinistas ou mekanistas. A baleia tinha desenvolvido um viés independente, uma tendência a escolher o próprio caminho entre correntes de ar quente e correntes ascendentes. Alguns tripulantes se perguntavam se a queda havia destrambelhado a cachola do monstro. Mas Deryn achava que eram os novos motores. Quem não ficaria entusiasmado com todo aquele poder?

Uma abelha estava andando pelo bloco de desenho e Deryn a afastou com a mão. As colmeias saíram famintas da hibernação de três dias e se empanturraram nas flores silvestres da Itália conforme o *Leviatã* seguia para o sul. Os gaviões-bombardeiros pareciam gordos e contentes naquela tarde, entupidos de lebres selvagens e leitões roubados.

— Sr. Sharp? — disse a voz do timoneiro.

Deryn quase ficou em posição de sentido, mas então viu que um lagarto-mensageiro a encarava piscando os olhos pequenos e brilhantes.

— Por favor, apresente-se ao camarote do capitão — continuou o lagarto. — Sem atraso.

— Sim, senhor. Imediatamente! — Deryn fez uma careta ao ouvir a voz sair aguda como a de uma menina. Ela engrossou o tom e falou: — Fim da mensagem.

Ao recolher o bloco e os lápis enquanto o monstrinho ia embora correndo, Deryn imaginou o que tinha feito de errado. Nada ruim o suficiente para merecer uma audiência com o capitão — pelo menos nada de que pudesse se lembrar. Ela fora até mesmo elogiada pelo Sr. Rigby por ter feito Alek refém durante o ataque do Stormwalker.

Mas nervos de seu corpo tremiam apesar de tudo.

O camarote do capitão ficava perto da proa, ao lado da sala de navegação. A porta estava semiaberta e o capitão Hobbes se encontrava sentado atrás da mesa, onde as cartas náuticas na parede farfalhavam, agitadas pela brisa morna saída de uma janela aberta.

Deryn bateu continência prontamente.

— Aspirante Sharp se apresentando, senhor.

— Descansar, Sr. Sharp — falou o homem, o que apenas deixou Deryn mais nervosa. — Por favor, entre. E feche a porta.

— Sim, senhor.

A porta do capitão era um pedaço sólido de madeira natural, não tinha sido feita de pau-de-balsa fabricado, e se fechou com força e determinação.

— Posso saber, Sr. Sharp, qual a sua opinião sobre nossos hóspedes?

— Os mekanistas, senhor? — Deryn franziu a testa. — Eles são… muito espertos. E bem determinados em manter aqueles motores funcionando. Bons aliados para se ter, diria eu.

— Diria mesmo? Então é uma sorte que eles não sejam oficialmente nossos inimigos. — O capitão bateu na gaiola sobre a mesa com o lápis. A andorinha-mensageira que estava lá dentro se agitou, a língua saiu para provar o ar. — Acabei de saber que a Inglaterra não está em guerra com a Áustria-Hungria, não ainda. No momento, temos apenas que nos preocupar com os alemães.

— Bem, isso vem a calhar, senhor.

"O CAMAROTE DO CAPITÃO."

— Com certeza. — O capitão se recostou e sorriu. — O senhor é bem amigo do jovem Alek, não é?

— Sim, senhor. Ele é um bom rapaz.

— Ao que parece. Um jovem garoto como aquele precisa de amigos, especialmente depois de ter fugido de sua terra natal. — O capitão ergueu uma sobrancelha. — Triste, não é?

Deryn concordou com a cabeça.

— Creio que sim, senhor — respondeu ela, com cuidado.

— E tudo bem misterioso. Aqui estamos nós à mercê deles em termos mecânicos e, no entanto, não sabemos muita coisa sobre Alek e seus amigos. Quem são realmente?

— Eles são um pouco fechados — disse Deryn; o que não era uma mentira.

— Bastante. — O capitão Hobbes pegou a folha de papel diante dele. — O ministro da Marinha ficou curioso a respeito deles e pediu para ser mantido informado. Então pode ser útil, Dylan, manter os ouvidos atentos.

Deryn soltou um suspiro devagar.

Aquele era o momento, obviamente, em que o dever exigia que ela contasse ao capitão tudo que sabia — que Alek era o filho do arquiduque Ferdinando e que os alemães estavam por trás do assassinato do pai dele. O próprio Alek tinha dito: a questão não era apenas familiar. Os assassinatos tinham começado toda a guerra berrante, afinal de contas.

E agora o lorde Churchill em pessoa estava perguntando a respeito!

Mas ela tinha prometido a Alek que não contaria. Deryn devia isso a ele depois de soltar os farejadores em cima do garoto quando se conheceram.

Por falar nisso, a nave inteira devia a ele. Alek revelara seu esconderijo para ajudá-los a lutar contra os zepelins e abrira mão do Stormwalker e de um castelo cheio de provisões. E tudo que pedira em troca foi permanecer no anonimato. Parecia até indelicado da parte do capitão perguntar.

Ela não podia quebrar a promessa — não daquela forma, sem ao menos perguntar a Alek primeiro.

Deryn bateu continência prontamente.

— Fico contente em fazer o que puder, senhor.

E saiu sem contar coisa alguma a respeito do segredo para o capitão.

Naquela tarde, quando ela foi procurar Alek na tarefa de cuidar dos ovos, a sala de máquinas estava trancada.

Deryn deu algumas batidas fortes à porta. Alek abriu e sorriu, mas não deu passagem.

— Dylan! Que bom ver você. — Ele abaixou a voz. — Mas não posso deixar que entre.

— Por que não?

— Um dos ovos está meio pálido, então tivemos que rearrumar os aquecedores. É tudo muito complicado. A Dra. Barlow disse que outra pessoa na sala pode afetar a temperatura.

Deryn revirou os olhos. Conforme se aproximavam de Constantinopla, a cientista se tornava cada vez mais cheia de cuidados com os ovos. Eles sobreviveram à queda de uma aeronave, a três noites em uma geleira e a um ataque de zepelim, e ainda assim a doutora parecia pensar que os ovos quebrariam se alguém olhasse torto para eles.

— Isto é muito lero-lero, Alek. Me deixe entrar.

— Você tem certeza?

— Sim! Nós estamos mantendo os ovos a uma temperatura perto da corporal. Outra pessoa aí dentro não vai prejudicar.

Alek hesitou.

— Bem, ela também disse que o Tazza não passeou o dia inteiro. Ele vai derrubar as paredes do camarote da doutora se você não cuidar disso.

Deryn suspirou. Era espantoso como a cientista podia ser tão cansativa sem mesmo estar *presente*.

— Tenho uma coisa importante para lhe contar, Alek. Vá para o lado e me deixe entrar!

Ele franziu a testa, mas cedeu e deixou que Deryn entrasse se espremendo na abafada sala de máquinas.

— Bolhas, você tem certeza de que não está quente *demais* aqui?

Alek deu de ombros.

— Ordens da Dra. Barlow. Ela disse que o ovo doente precisava ser mantido quente.

Deryn olhou para a caixa de carga. Dois dos ovos sobreviventes estavam aninhados juntos em uma ponta; o outro estava sozinho no meio, cercado por uma pilha de aquecedores incandescentes — um número em excesso. Ela deu um passo à frente para verificar o termômetro e franziu a testa em seguida. Eles eram os berrantes dos ovos da Dra. Barlow. Se ela queria cozinhá-los, beleza.

Deryn tinha coisas mais importantes com que se preocupar.

Ela se voltou para Alek.

— O capitão me chamou hoje. Ele perguntou sobre você.

A expressão de Alek ficou séria.

— Ah.

— Não se preocupe. Eu não contei coisa alguma. Quero dizer, não quebraria minha promessa.

— Obrigado, Dylan.

— Embora ele… —Deryn pigarreou tentando soar casual. — Ele tenha dito para ficar de olho em você e informar qualquer coisa que eu descubra.

Alek concordou devagar com a cabeça.

— Ele lhe deu uma ordem expressa, não foi?

Deryn abriu a boca, mas nenhuma palavra saiu — algo estava mudando dentro dela. A caminho dali, Deryn torcera para que Alek desse permissão para contar ao capitão, o que resolveria todo o problema. Mas agora um desejo completamente diferente estava entrando de mansinho na mente.

Deryn se deu conta de: o que realmente queria era que Alek soubesse que ela havia mentido por ele, que continuaria a mentir por ele.

Ela subitamente teve aquela sensação de novo, a mesma de quando Alek contou a história dos pais — um estalo no ar superaquecido. A pele formigou no local onde ele a abraçara.

Aquilo não estava indo bem *de maneira alguma*.

— Sim, creio que sim.

Alek suspirou.

— Uma ordem expressa. Portanto, se descobrirem que você escondeu a minha identidade, vão enforcá-lo como um traidor.

— Me enforcar?

— Sim, por se associar ao inimigo.

Deryn franziu a testa. Apesar de tanta ponderação sobre promessas e lealdades, ela não havia pensado tão à frente assim.

— Bem… não *exatamente* o inimigo. Não estamos em guerra com a Áustria, segundo o capitão.

— Ainda não. Mas, pelo que o Volger ouviu no rádio, isso é questão de uma semana, mais ou menos. — Ele deu um sorriso triste. — É engraçado todos aqueles políticos decidindo se somos inimigos ou não.

— Sim, berrantemente hilário — murmurou Deryn. Era *ela* que estava ali, não um político qualquer. A decisão era dela. — Eu prometi, Alek.

— Mas você também prestou juramento à Força Aérea e ao rei Jorge. Eu não vou lhe obrigar a quebrar esse juramento. Você é um soldado bom demais para isso, Dylan.

Ela engoliu em seco e se remexeu no mesmo lugar.

— Mas o que eles vão fazer com você?

— Serei mantido bem preso. Sou valioso demais para que me deixem escapar pelas matas do Império Otomano. E, quando voltarmos à Inglaterra, vão me colocar em um lugar seguro até que a guerra acabe.

— Bolhas. Mas você *salvou* a gente!

O garoto deu de ombros. A tristeza continuava em seu olhar. A dor não transbordava em lágrimas novamente, porém era mais profunda do que Deryn jamais tinha visto.

Ela estava tirando o único tiquinho de esperança de Alek.

— Eu não vou contar — prometeu Deryn de novo.

— Então vou ter que me entregar — falou Alek com tristeza. — A verdade vai ter que vir à tona, mais cedo ou mais tarde. Não há motivo para fazer você ser enforcado.

Deryn queria argumentar, mas Alek não estava facilitando. Ele tinha razão a respeito de desobediência de ordens durante a guerra. Era traição, e traidores eram executados.

— Isso é tudo culpa da Dra. Barlow — resmungou Deryn. — Eu não teria descoberto quem você era se ela não fosse tão enxerida. A doutora também não vai contar, mas é claro que eles jamais enforcariam uma sabichona como ela.

— Não, creio que não. — Alek deu de ombros outra vez. — Ela não é um soldado, afinal de contas. Ainda por cima, é uma mulher.

O queixo de Deryn caiu. Ela quase tinha esquecido — a Força Aérea *não* enforcaria uma mulher, não é? Nem mesmo um soldado comum. Ela seria expulsa, certamente, perderia tudo que sempre quis: o lar na aeronave, o próprio céu. Mas eles jamais executariam uma menina de 15 anos. Seria uma *vergonha* berrante demais.

Ela abriu um sorriso.

— Não se preocupe comigo, Alek. Eu tenho uma carta na manga.

— Não seja estúpido, Dylan. Esta não é uma de suas aventuras malucas. Isso é sério!

— As minhas aventuras *são* todas sérias!

— Mas não posso deixar que corra o risco — alegou ele. — Pessoas demais já morreram por minha causa. Eu vou com você ao capitão agora e explicarei tudo.

— Não precisa — argumentou Deryn, mas ela sabia que Alek não escutaria. Ele não acreditaria que ela estava a salvo do enforcamento a não ser que soubesse a verdade. E o mais estranho de tudo era que ela praticamente *queria* contar a Alek, trocar o segredo dele pelo seu.

Deryn se aproximou.

— Eles não vão me enforcar, Alek. Eu não sou o soldado que você pensa.

Alek franziu a testa.

— O que você quer dizer?

Deryn respirou fundo.

— Eu não sou realmente um…

Um barulho veio da porta: o som metálico de chaves. Ela se abriu e a Dra. Barlow entrou dando passos largos, ficando séria ao ver Deryn.

— Sr. Sharp, o que o *senhor* está fazendo aqui?

◈ QUARENTA E UM ◈

ALEK NUNCA TINHA VISTO UMA EXPRESSÃO tão fria no rosto da Dra. Barlow. O olhar passou de Dylan para os ovos, como se pensasse que o menino tivesse ido roubar um.

— Desculpe, madame — murmurou Dylan, engolindo o que quer que fosse falar. — Eu só vim ver o Tazza.

Alek pegou o braço de Dylan.

— Espere. Não vá. — Ele se voltou para a Dra. Barlow. — Temos que contar ao capitão quem eu sou.

— E por que faríamos isso?

— Ele mandou o Dylan ficar de olho em mim e contar tudo o que descobrir. Tudo. — Alek se empertigou e tentou invocar a voz de comando do pai. — Não podemos pedir que Dylan desobedeça uma ordem expressa.

— Não se preocupe com o capitão. — A Dra. Barlow desdenhou com a mão. — Esta missão é *minha*, não dele.

— Sim, madame, mas não é apenas ele — disse Dylan. — O almirantado sabe que temos mekanistas a bordo, e o ministro em pessoa andou perguntando sobre eles!

A expressão da Dra. Barlow ficou séria novamente e a voz virou um rosnado.

— *Aquele* homem. Eu devia saber. Esta crise é toda culpa dele, e no entanto ainda ousa interferir com a minha missão!

Dylan tentou gaguejar alguma resposta, mas não conseguiu.

Alek franziu a testa.

— Quem é este sujeito?

— Ela está falando do lorde Churchill — Dylan conseguiu falar. — Ele é o ministro da Marinha. Comanda a força naval inteira!

— Sim, e alguém pensaria que isso seria o suficiente para o Winston. Mas agora ele ultrapassou os limites do cargo — disse a Dra. Barlow. Ela se sentou ao lado dos ovos e afastou alguns dos aquecedores do ovo doente. — Sentem-se, vocês dois. É melhor que saibam a história toda, uma vez que os otomanos vão descobrir em breve.

Alek e Dylan se entreolharam, então ambos se sentaram no chão.

— No ano passado — começou a doutora —, o Império Otomano fez uma proposta para comprar um nave de guerra construída na Inglaterra. O modelo está entre os mais avançados do mundo, acompanhado por uma criatura forte o suficiente para alterar o equilíbrio de poder nos mares. E está pronto para navegar.

Ela parou, olhou um termômetro e depois mudou de lugar mais alguns aquecedores na palha.

— Porém, na véspera do dia em que nos conhecemos em Regent's Park, Sr. Sharp, o lorde Churchill decidiu confiscar aquela nave para a Grã-Bretanha, embora já estivesse totalmente paga. — Ela fez que não com a cabeça. — Ele suspeitava que os otomanos pudessem acabar do outro lado desta guerra e não queria o *Osman* em mãos inimigas.

Alek franziu a testa.

— Ora, isso é puro roubo!

— Creio que sim. — A Dra. Barlow mexeu em um pedaço de palha. — Mais importante: foi um gesto chocante de diplomacia. Aquele homem irritante tornou quase certa a união dos otomanos com os mekanistas. A nossa missão é evitar que isso aconteça.

Ela fez carinho no ovo doente.

— Mas o que isso tem a ver com o meu segredo? — perguntou Alek.

A Dra. Barlow suspirou.

— Eu e o Winston discordamos a respeito dos otomanos há algum tempo. Não o agrada que eu esteja tentando consertar seus erros, e ele adoraria me atrapalhar. — Ela olhou para Alek. — Descobrir que nós temos o filho do arquiduque Ferdinando como prisioneiro daria a ele a desculpa para mandar esta nave retornar.

Alek trincou os dentes.

— Um prisioneiro? Nossos países nem sequer estão em guerra! E quero lembrar a senhora quem controla os motores desta nave.

— Esta é exatamente a questão — disse a Dra. Barlow. — *Agora* entende por que não quero que você e Dylan conversem com o capitão? Isso causaria um monte de problemas e nos jogaria uns contra os outros. E temos nos dado tão bem!

— Sim, ela está certa — falou Dylan. O garoto parecia aliviado.

A Dra. Barlow se virou e arrumou os ovos novamente.

— Você pode deixar o lorde Churchill comigo.

— Mas isso não é apenas problema seu, madame. É do Dylan também. A senhora diz que irá protegê-lo, mas como pode prometer… — Alek franziu a testa. — Quem é a senhora exatamente, madame, para peitar esse tal lorde Churchill?

A mulher se empertigou e arrumou o chapéu-coco.

— Eu sou exatamente como você me vê: Nora Darwin Barlow, diretora do zoológico de Londres.

Alek pestanejou. Ela falou Nora *Darwin* Barlow? Um novo nó começou a se formar no estômago.

— A senhora q-quer dizer — gaguejou Dylan — que seu avô… o *apicultor* berrante?

— Eu nunca disse que ele era um apicultor — riu a doutora. — Apenas que se inspirava nas abelhas. Suas teorias não teriam alcançado tamanha elegância sem o exemplo instrutivo delas. Então pare de se preocupar com o lorde Winston, Sr. Sharp. Ele não é nada que eu não possa encarar.

Dylan concordou com a cabeça e pareceu pálido.

— Então eu vou ver o Tazza, madame.

— Uma excelente ideia. — A doutora abriu a porta para ele. — E que eu não veja o senhor aqui de novo sem permissão.

O garoto começou a sair e, então, deu uma última olhada para Alek. Por um instante eles se entreolharam, depois Dylan balançou a cabeça e desapareceu.

Ele provavelmente estava tão abismado quanto Alek. A Dra. Barlow não era apenas uma darwinista; ela era *uma Darwin* — a neta do homem que estudou a fundo as cadeias vitais.

Alek sentiu o chão se mexer, mas duvidou que fosse a aeronave fazendo uma curva. Ele estava ao lado da encarnação de tudo aquilo que fora ensinado a temer.

E tinha confiado a própria vida totalmente a ela.

A Dra. Barlow voltou aos ovos. Estava rearrumando os aquecedores, juntando todos perto do ovo doente novamente.

Alek cerrou os punhos para evitar que a voz tremesse.

— Mas e quando nós descermos em Constantinopla? Assim que a senhora e sua carga estiverem em segurança lá, o que a impede de me prender?

— Por favor, Alek. Eu não tenho intenção nenhuma de prender alguém. — A Dra. Barlow esticou a mão para mexer no cabelo dele, o que provocou um arrepio na coluna de Alek. — Eu tenho outros planos para você.

Ela sorriu ao sair pela porta.

— Confie em mim, Alek. E fique bem atento aos ovos hoje à noite.

Assim que a porta se fechou, Alek se virou para a caixa de carga que brilhava suavemente e imaginou o que havia de tão importante nos ovos. Que tipo de criatura fabricada poderia substituir um poderoso navio de

guerra? Como um monstro que não era maior do que uma cartola poderia manter um império fora desta guerra?

— O que há dentro de vocês? — falou Alek baixinho.

Mas os ovos apenas ficaram parados ali, sem responder.

• POSFÁCIO •

Leviatã é um romance steampunk, portanto a maioria dos personagens, criaturas e mecanismos é invenção minha. Mas a linha de tempo do livro é baseada no verdadeiro verão europeu de 1914, quando o continente se viu entrando em uma guerra desastrosa. Então eis uma rápida análise do que é verdadeiro e o que é ficcional na trama até aqui.

No dia 28 de junho, o arquiduque Francisco Ferdinando, herdeiro do trono da Áustria-Hungria, e sua esposa, Sofia Chotek, foram assassinados por jovens revolucionários sérvios. Em meu mundo, eles sobreviveram a dois ataques, porém foram envenenados mais tarde naquela noite. No mundo real, no entanto, eles foram mortos à tarde. (Eu queria que o livro começasse à noite.) Assim como em *Leviatã*, os assassinatos levaram a uma guerra entre a Áustria e a Sérvia que se espalhou para a Alemanha e a Rússia, e por aí vai. Na primeira semana de agosto, o globo estava envolvido na Grande Guerra — agora chamada de Primeira Guerra Mundial. As duas mortes trágicas e uma diplomacia estarrecedora entre as grandes potências da Europa resultaram em mais milhões de outras mortes.

Na época, houve rumores de que o governo austríaco, ou talvez o da Alemanha, havia planejado em segredo os assassinatos — ou como desculpa para começar uma guerra, ou porque Francisco Ferdinando tinha uma índole muito pacifista. Hoje, poucos historiadores acreditam nessa teoria da conspiração, embora tenha levado anos para ser refutada. Certamente os militares alemães estavam determinados a começar uma guerra e usaram os assassinatos para fazer exatamente isso.

De qualquer forma, Francisco e Sofia não tiveram um filho chamado Aleksandar. Seus filhos foram chamados Sofia, Maximiliano e Ernesto. Porém, assim como Alek em minha história, os três foram proibidos de herdar as terras ou os títulos de Francisco, tudo graças ao sangue menos que real da mãe. E, assim como em *Leviatã*, os pais imploraram tanto ao imperador austro-húngaro quanto ao papa para mudar tal situação. No mundo real, porém, Francisco e Sofia não conseguiram.

A história romântica que Alek conta sobre a partida de tênis e o relógio de bolso é totalmente verdadeira.

Charles Darwin realmente existiu, é claro, e no meio do século XX fez as descobertas que são o cerne da biologia moderna. No mundo de *Leviatã*, ele também conseguiu descobrir o DNA e aprendeu a manipular essas "cadeias vitais" para criar novas espécies. Porém, no nosso mundo, o papel do DNA na evolução não foi totalmente compreendido até os anos 1950. Apenas agora estamos fabricando novas formas de vida, e nenhuma tão grandiosa quanto a aeronave em que Deryn Sharp mora.

Nora Darwin Barlow também existiu de verdade, uma cientista por seu próprio mérito. A rosa silvestre Nora Barlow foi nomeada em homenagem a ela, que também editou várias edições definitivas da obra do avô. Mas ela não foi uma diretora de zoológico, nem uma diplomata.

O tigre-da-tasmânia é um bicho totalmente real. Era possível ver um tilacino muito parecido com Tazza no zoológico de Londres em 1914, mas não mais. Apesar de ter sido o maior predador do continente australiano há apenas alguns milhares de anos, a espécie foi caçada pelos humanos até sua extinção, no início do século XX.

O último tigre-da-tasmânia conhecido morreu em cativeiro em 1936.

Quanto às invenções dos mekanistas, elas estão um pouquinho à frente de seu tempo. As primeiras máquinas de guerra blindadas não entraram em batalha até 1916. Elas não podiam andar, mas usavam lagartas de tratores, assim como os tanques de hoje. Somente agora as forças armadas do mundo estão começando a desenvolver veículos funcionais com pernas em vez de lagartas ou rodas. Animais ainda andam muito melhor em terreno difícil do que qualquer máquina.

Portanto, *Leviatã* aborda tanto futuros possíveis quanto passados alternativos. O livro vislumbra o futuro, quando as máquinas parecerão com criaturas vivas, e criaturas vivas poderão ser fabricadas como máquinas. E ainda assim a ambientação também relembra uma época antiga em que o mundo era dividido entre aristocratas e plebeus, e as mulheres na maioria dos países não podiam se alistar nas forças armadas… ou sequer votar.

Esta é a natureza do gênero steampunk, misturar futuro e passado.

O conflito entre Winston Churchill e os otomanos sobre navios de guerra confiscados também é baseado em fatos. Mas isso é melhor ficar para o segundo livro, que acompanha o *Leviatã* à antiga cidade de Constantinopla, capital do Império Otomano.

Este livro foi impresso em
papel off-set 90g/m² na Markgraph.